老岸

LAO AN

范小青

长篇小说系列

FAN XIAO QING

人民文学出版社

图书在版编目(CIP)数据

老岸/范小青著. —北京：人民文学出版社，2015
（范小青长篇小说系列）
ISBN 978–7–02–010991–3

Ⅰ.①老… Ⅱ.①范… Ⅲ.①长篇小说—中国—当代 Ⅳ.①I247.5

中国版本图书馆 CIP 数据核字(2015)第 120250 号

责任编辑　包兰英
装帧设计　陶　雷
责任印制　史　帅

出版发行　人民文学出版社
社　　址　北京市朝内大街 166 号
邮政编码　100705
网　　址　http://www.rw-cn.com

印　　刷　北京季蜂印刷有限公司
经　　销　全国新华书店等

字　　数　253 千字
开　　本　680 毫米×1000 毫米　1/16
印　　张　20.25　插页 3
印　　数　1—5000
版　　次　2016 年 10 月北京第 1 版
印　　次　2016 年 10 月第 1 次印刷

书　　号　978–7–02–010991–3
定　　价　36.00 元

如有印装质量问题，请与本社图书销售中心调换。电话：010-65233595

明万历十七年,旱,水浅,城下石湖西去里许,露一九孔大石桥,并有古时田岸遗迹,时人称之"老岸",月余,复没。

——题 记

引　子

　　毕润泽的小名叫作巴豆。

　　巴豆大家都知道这是一味中药,确切地说巴豆是一种剧烈的泻药,中医认为凡属虚寒征的某些重症,比如寒结便秘、腹水肿胀、痰阻喉痹这样的病症,可用些巴豆破积、逐水、缓解病情,当然对巴豆是要慎用的,因为巴豆很剧烈,有大毒。如果榨去油分做成巴豆霜,则性缓也。

　　那么把一个人的名字叫作巴豆,是不是意味着这个人在社会或生活的某些方面会起一些导泻疏利的作用呢？这很难说,因为一个人的名字多半是在他很小的时候就取的,虽然从前有"三岁看到老,七岁定终生"这样的说法,但如果真的这样去看待人生,那显然是不切实际的。何况巴豆这个名字是在巴豆刚刚生下来的时候就取了的,那时候巴豆无疑只是一个很普通很正常的婴儿,当然谁也不知道他长大以后会是一味泻药还是一帖甘缓剂,说到底一个人的名字和这个人的一生不见得有什么必然的联系。根据《易经》的"象""数"理论建立的天格、地格、人格、外格、总格五格剖象法,运用阴阳五行相生相克的道理,可以根据一个人的姓名,测算他的命运,比如性格、健康、婚姻、事业等。这种起源于日本、流行于中国台湾、又热到大陆的"科学"测字法,确实使很多人入痴入迷，可惜却并未深入寻常百姓家，老百姓中的为父为母者为新生的孩子取名，翻《新华字典》无疑是有的，但求教于《易经》的恐怕不多。

巴豆这个名字是巴豆的祖父取的，还有巴豆的哥哥叫作老姜，也是祖父的意思。巴豆的祖父是一位中医。其实从巴豆和老姜这样的名字中多少能传递出一些信息来。

如果从头说起，那么巴豆祖父的祖父以及巴豆家再上辈的先人都是中医，而且是吴门医派的重要一脉，毕氏内科，曾经享誉吴中，百年不衰，由于种种原因这事显然不能从头说起。

巴豆家可说是一个中医世家，但到了巴豆的父亲毕逸群这一辈，毕氏内科就转向西医了。毕逸群出生于一九一五年，幼年时由于家庭的影响，自然也是从读儒书、通经史开始，而后习儒医的。但在毕逸群的年轻时代，东渡日本留学西医，后来就成为这座儒风浓郁、自古独尚中医的小城中最早的西医医师，有关这件事，有关毕逸群的转向，毕老太爷当时是怎么样的一种看法和心情，这都是旧话了。

从巴豆和老姜来说，虽然巴豆和老姜这样的名字始终散发着纯浓的中药味土腥味，但巴豆和老姜，却都是堂堂的西医科大学生。

年近五十的毕老姜毕润身，是市第三人民医院的胸外科主治大夫，人称毕一刀，目前正在为晋升一级教授努力。

和老姜相比，巴豆的经历要曲折一些，这倒合了五格剖象法的推测，五格剖象法给予"老姜"和"巴豆"这两个名字的命运推算分别如下：

老姜：成功顺调，顺利达到目的。此为吉。

巴豆：表面吉祥，但成功困难，虽用尽苦心，要达到目的则较迟缓，易患肠胃病。此为凶。

巴豆的曲折经历算起来是从巴豆一九六五年进入医科大学那

时候开始的。如果从那时候说起,巴豆还只是一个毛头小伙子。但巴豆现在不再是一个毛头小伙子。关于巴豆的曲折经历巴豆现在绝对没有重提旧话的想法。关于巴豆的曲折经历,巴豆的离了婚的妻子曾经用一句话概括,她说巴豆这是早知今日何必当初。其实说到底许多人的曲折经历都可以用这句话来概括。

不过巴豆本人也许不这么想。

从一九六五年开始的巴豆的个人经历,恰巧是另一幅五格剖象图:

第一格:1965—1970 年,医科大学学生。

第二格:1970—1975 年,农村赤脚医生。

第三格:1975—1980 年,街道医院医生。

第四格:1980—1985 年,市第一人民医院医生。

第五格:1985—1990 年,劳改农场狱医。

聪明人一眼就能看出这里边的因为所以,笨一些的人也不难从中推想出一连串的故事情节,但这都不是巴豆想做的事情,巴豆现在唯一要做的,就是面对现实。

巴豆的现实是什么呢?

巴豆的现实就是这一天巴豆刑满释放。

在管教干部送巴豆的时候,他们确实是真心实意的。巴豆曾经帮他们处理过一些棘手的事故,主要是犯人的自残自杀,巴豆的医术令他们难忘。所以他们在送巴豆的时候,真心诚意地祝愿巴豆开始新的生活。

巴豆知道他们是真心的,因为巴豆和他们道别时说"再见",他们立即沉下脸来说不和你再见,这使巴豆感动。

但是要说刑满释放这一天,就是新生活的开始,就是新的人生的开始,从此以后就可以再塑一个我,即再塑一个巴豆,这种看法未免过于乐观。

最最渴望再塑一个我的当然是巴豆他自己,但是巴豆在刑满释放这一天,并没有急不可待地扑向新生活。

劳改农场在太湖中的鱼腥岛上,从鱼腥岛出来,可以先摆渡到对岸半岛,再坐长途车进城,或者还有另一种走法,即直接从鱼腥岛坐内河小客轮进城,小客轮早上七点开船,下午五点左右到。从时间上看,后一种走法要比前一种走法多花将近五倍的时间,巴豆选择了后一种走法。

这是不是意味着巴豆并不急于扑向新生活呢?

现在在水网密布的南方城乡之间,公路早已经四通八达,乡村长途汽车,披着很厚的尘土,背着沉重的包袱,在柏油的、水泥的或者是沙石的路面上奔波,给农民进城和城里人下乡带来方便。从前人说北人骑马南人乘舟,当然是有事实根据的。从前南方城乡的人出门都是一叶小舟,现在大家都改为乘车。汽车比船要快得多,现在的人都很忙,总是有做不完的事情和来不及做的事情。虽然坐车拥挤喧闹,少一点小船的悠然之情,但毕竟换回了一样东西,那就是时间。时间是什么,当然可以说时间就是一切,也可以说时间什么也不是。

那么对巴豆来说,时间是什么呢?

现在长途车的线路已经延伸到各个乡镇,但是小客轮的经营没有停止,还是有一些人因为各种各样的原因乘坐小客轮,比如乡间的菜农,比如往返于城乡间的小贩,再比如太湖中的果农,他们大都随身携带着许多东西,所以才走水路,还有就是巴豆这样的人。

下晚的时候,小客轮进埠,这是年复一年、日复一日的工作,所以船也懒得鸣笛报信号,只是将它的身体笨拙地靠向石驳岸。乘客们也都有些沉闷,多少跟阴沉的天气有关,或者跟漫长单调的水上旅程有关,没有什么人发出喧嚣之声,也没有什么骚动,大家带着淡漠的神色,默默地跨过跳板,穿过码头上那一片城市中少见的空旷,四散在这座被秋雨笼罩的小城之中。

现在天色将黑,巴豆背着行李走出轮埠。现在巴豆是一种什么样的心情,这也许并不重要,各种各样的心情巴豆大概都经历过了,现在巴豆只是要回家。巴豆也和许多正常人一样有一个正常的家,他的老父亲、他的妻子和他的女儿。巴豆在这个家里作为儿子、作为丈夫、作为父亲,这已经是过去的事情了。四年前有一张薄纸轻而易举地剥夺了巴豆做丈夫的权利。

一个人判刑入狱,多半是罪该如此,如果他的妻子因此提出离婚,也当是无可非议。不可能要求一个女人承担拯救一个男人的灵魂的重任。从道义上讲,女人也许有这样的责任。但是女人没有这样的能力,况且女人还有抚养和教育孩子的任务。因此不应该把和入了狱的丈夫离婚的女人一概看作不负责任和落井下石。同样,对于一个判刑入狱的人来说,又加上妻子离婚,无疑是雪上加霜,屋漏偏遭连阴雨,但这样是不是就意味着一条黑道走到底,永无回头之日呢?当然也不能一概而论。其实说到底,夫妻之间,不管发生了什么事,如果多一些谅解,事情的发展也许会好一些。

那么巴豆和巴豆的妻子之间是否也需要有一些谅解,如果是,那么究竟是巴豆谅解妻子,还是妻子谅解巴豆呢?

巴豆的妻子在和巴豆的关系中,似乎从一开始就扮演了一个默默无闻的角色,有许多事实或者说巴豆的妻子和巴豆的六年的婚姻史加上四年的婚后史可以证明巴豆的妻子不是那样过河拆桥的势利人。

巴豆和妻子相遇在他们结婚前四年,也就是说他们在结婚前四年就都已经知道对方的存在。那时候巴豆的妻子是一个相当讨人喜欢的姑娘,她从卫校毕业后分配到打浦桥街道医院药房工作的时候,也正是巴豆从乡下回城、安排到这里做推拿医生的时候,那一天他们在医院狭窄阴湿的过道里相遇,他们礼貌地打过招呼,她称他为"毕医生",巴豆说"你好",巴豆并不知道她叫什么名字。

那时候巴豆和妻子以及他们的同事谁也没有想到以后的事情。那时候巴豆看上去有点老苍,巴豆的妻子那时候还是一个刚刚脱离学校的小丫头。巴豆比他的妻子大八岁。

街道医院很小,一般的科只有两三个医生,推拿科只有巴豆一个人,好像只是为了巴豆才开出这个科来的,而事实却正好相反,恰恰是因为医院要开设一个推拿科,才接受了巴豆,这就可以想象当年巴豆在做了多年赤脚医生之后要想穿上一双鞋,也是很不容易的。

街道医院的病人大多是老人,老人的腰腿病痛是常见病,而且大都相当顽固,如果外科和伤科没有好的效果,就交给推拿科,这也是治病的惯例。街道医院,麻雀虽小,但五脏俱全。

巴豆自己的专长是内科心血管系统,但是巴豆始终没有发挥自己的专业特长,如果相信五格剖象法的推测,"达到目的较迟缓",或许巴豆在晚年会有所发达,但这个希望似乎太遥远了一点因而也就有些渺茫。巴豆并不认为做推拿医生就低人一等,既然都是给人治病,就没有科目的贵贱,只有医术的高低,这样的想法,和巴豆的家教是有关系的。巴豆的推拿术是在农村跟一位老中医学的,当时巴豆是有一些感触的,父亲从中医转向西医,父亲在当时也许觉得中医的前途出路未必乐观才这样做的,但父亲的儿子巴豆又从西医转向中医,这确实使巴豆有一些想法,巴豆可以说是一边学一边工作,他的推拿术不断地提高,这并不证明巴豆对推拿这门医科有很大的兴趣,只是巴豆在推拿科的工作是尽心尽力的。说到底像巴豆这样经历曲折的人,对于自己的工作以及对于自己的人生都不会很拆烂污的。

自从那个冬天的早晨,巴豆和他未来的妻子在过道里相遇,巴豆对那张冻得红扑扑的讨人喜欢的脸早已经淡漠了,几年来,巴豆无数次从配药的小窗口走过,从外面看进去,只能看到一件白大褂的前胸部位。巴豆并不知道是谁值班,他只知道两个药剂员一个姓李一个姓刘。巴豆的推拿科和药房之间较少发生联系,病人倘若要用狗皮膏药,一般都找外科或伤科大夫开。当然五年之中巴豆和他未来的妻子肯定打过无数次照面,可是巴豆并没有印象,在五年中巴豆谈过好几个对象,或者阴差阳错,或者高不成低不就,或者因为别的什么原因巴豆始终没有成功。

一直到那一天,巴豆看见她坐在走廊尽头的长椅上哭泣,有两个女医生和一个女护士在劝她,巴豆看她伤心欲绝的样子完全是真实的,巴豆当时有点感动。后来巴豆找了个机会向理疗科的叶医生打听,叶医生告诉他小李几次恋爱的挫折,叶医生认为这都是因为小李太老实。叶医生当时甚至有些激动,她认为现在外面的小姑娘都是很厉害的,像小李这样的人,是要吃亏的。巴豆听叶医生这样说,觉得小李在恋爱上多次受挫,和他倒是有点相似的。

巴豆记得那是十月初的一天,那一天下班的时候,巴豆推着自行车出医院大门,就看见那个伤心欲绝的姑娘走在他的前面,巴豆没有上车,他推着车子跟在后面走了一段,拐过弯,巴豆就在后面喊:"小刘,小刘。"

巴豆的声音十分急切,使前面的姑娘停了下来,她回头看他。

巴豆看到她的眼睛还有些红肿。

她说:"毕医生,你是叫我吗?"

巴豆说:"是呀。"

她笑了,说:"我是小李呀。"

巴豆说:"你是小李呀。"

小李说:"那你怎么叫我小刘呢?"

巴豆说:"我没有叫你小刘,我知道你是小李,我怎么会叫你小刘呢。"

小李又笑了,她说:"你叫错了还不承认。"

巴豆发现小李带哭的笑很有特色,巴豆说:"我请你吃晚饭,好不好?"

已经说过这是十月初的一个夜晚,天气不错,小李同意由巴豆请她吃一顿饭。

巴豆还记得那天他穿的是一件暗红格子的衬衣,衬衣是巴豆的嫂嫂买的,大家都觉得巴豆穿这件衬衣显得年轻一些。

巴豆和巴豆的妻子的恋爱是一场速决战。这一年,大家在收到新年贺卡的同时也收到了巴豆结婚的请柬。许多同事在大吃一惊之后,迅速地回味过来,他们感叹这种明摆着的天地般配怎么在五年之后才被发现。

街道医院这样的单位是不可能给巴豆他们提供一个温暖的小巢的。巴豆家的住房因为巴豆的侄儿侄女长大成人而显得不那么宽敞了,而正在这时,老姜分到了一套新房子,老姜举家迁走,这不能不说是巴豆的运气。

一年以后,巴豆的女儿毕业出生,这个家看起来是比较完整的了。

巴豆是否觉得一切都很顺利?巴豆记得当时有一句时髦的话,叫作赶上了末班车,巴豆是否应该庆幸?但是后来的事实证明,如果要说巴豆是赶上了末班车,那么巴豆上车的地方却不是一个起点,而是一个终点。巴豆后来曾经想过,给这段人生打上句号的并不是别人,只能是他自己。巴豆这样想,是否有些后悔的意味?但不管怎么说,巴豆在人生的上升时期跌落下来,也许命运早有安排了。

巴豆的妻子小李在巴豆患难之中,提出离婚要求,经多方做工作无效,法院判离。女人的心胸是一个伸缩性很大的容器,女人的心胸宽广的时候,可以容下一个天和一个地,女人的心胸狭窄的时候,就容不下一粒芥菜籽,而这粒芥菜籽,常常是另一个女人。说到底,巴豆的妻子认为巴豆犯案是为了另一个女人,为了另一个女人不惜以身试法,这使巴豆的妻子永远无法原谅巴豆。面对妻子这样的看法,巴豆无言以对,事实正是这样。这是不是说故事又落入一个古老而蹩脚的圈套:红颜是祸?或者这样就可以为巴豆开脱些许,因为一切应该由一个叫章华的女人来承担。但是如果把一切归咎于一个叫章华的女人,未免不够公允。

章华出现在巴豆的生活中,完全是一个偶然的因素,由一个偶然的因素,引起了一个必然的结果,这只能说是命中注定。章华只是章华她自己。章华并不为任何别人而存在,或者说章华的存在并不是为了和任何别人过不去,既然五格剖象法认为巴豆成功困难,那么巴豆也许应该早有准备。

那是一个星期天,巴豆在街道医院值班,快要下班的时候,一辆三轮车拉着章华和一个外国人到街道医院求救。巴豆当时来不及多想什么,立即给生命垂危的外国人诊断、治疗,一直到他病情缓解,巴豆才喘了口气。

这时候章华说:"我叫章华,在南洲宾馆工作。"

巴豆这才有空看了她一眼,章华不能算很漂亮,但她有一种让人动心的气质,巴豆注意到了。

巴豆看看那个外国人,说:"很危险,怎么会跑到我们这个小医院来的,万一出事,怎么办?我们这里条件设备都很差的。"

章华说:"他叫威廉,是英国人,他们是英国政府的一个代表团,代表团出去参观游览,威廉要一个人出来在古城的大街小巷转转,只好由我陪他了。"

巴豆说:"你是翻译?"

章华说:"我不是翻译,我是临时抽出来帮助搞外事的,我是做服务工作的。"

巴豆说:"你懂英语?"

章华说:"我也不大懂,我只是自己学学,口语不行的,和威廉说话,很勉强的。"

巴豆又给威廉做了一次检查,看他情况稳定多了,巴豆说:"他有心脏病,他自己知不知道?"

章华说:"我不清楚,他没有跟我说起过,不过我想他可能不知道,他一直说他身体很好,陪他出来,他都是要步行的,很少叫车,最多就是叫一辆三轮车。"

巴豆说:"这就更危险,以后要叫他当心这种病,说犯就犯的。"

章华说:"今天真是多亏了你,要不然我真不知道怎么办好了。"

巴豆说:"他怎么转到打浦桥这边来了,这边有什么看的。"

章华说:"他这个人就是喜欢古里古董的东西,他好像对我们这里的许多情况都了解的,他知道打浦桥有一座什么古建筑,所以要来看。"

巴豆问:"他是搞古建筑的?"

章华说:"我也不大清楚。"她说话时看到巴豆桌子上有一本英语书,章华拿起来翻了一下。

这时候威廉醒了,睁开眼睛说:"我在什么地方?"

章华说:"你病了,这是在医院。"

威廉说:"我怎么会病了,什么病?"

章华说:"这位大夫给你检查了,是心、心……"她拿不准心血管疾病应该怎么翻译,一时有点尴尬。

巴豆接过去说了,把详细病情告诉了威廉,威廉听了,哈哈大笑起来,说:"不,不,我没有心血管系统的疾病,你一定是误诊了。"

章华有些发急,说:"威廉先生,你不能掉以轻心的,最好住院彻底检查一下。"

威廉又笑了起来,说:"你们的心情我是理解的,可是你看我,壮得像头牛,你们放心,我不会有病的。"

章华也不好再跟他争辩,她朝巴豆看看,巴豆没有说话。

临走时,章华说:"对了,麻烦你半天,还不知你叫什么呢。"

巴豆说:"我姓毕。"

章华说:"你是这里内科的吧?"

巴豆说:"我是推拿医生。"

章华有点惊奇,张了张嘴好像要说什么但没有说出来。

威廉在一边说:"这位先生,英语说得很好。"

巴豆笑笑。

巴豆从窗口看出去,看见章华和威廉一起上了那辆三轮车,很快走远了。

如果事情到此为止,巴豆以后也许不再会记得这个章华和这个威廉。但是事情并没有到此为止,几天以后,章华陪着威廉又来了,威廉是来感谢巴豆的,那天回去以后,威廉又有些不适,到大医院做了全面检查,果真确诊是心血管系统的疾病,而且还是比较严重的。章华跟威廉说:"你看,那天那位大夫说得不错吧。"

威廉说:"是的,那天我还笑了他,真是失礼了。"

章华说:"既然失礼,就去赔礼呀。"

不知道章华是玩笑话还是别有什么用心,威廉听了章华的话,真的到打浦桥医院来了。这一次他们见了面就好像已经是老朋友了,巴豆一边帮病人推拿,一边和威廉章华说话,威廉看巴豆的推拿很有兴趣,不住地说:"好,好。"

他们一直等到巴豆下班,威廉提出来一起去吃饭,巴豆同意了,他们的交往正式开始了。

奇怪的是,当初巴豆和妻子的接触是从一顿晚饭开始,现在他和章华的接触也是从一顿晚饭开始。

如果那个星期天不是巴豆值班,如果那天威廉没有发病,如果那天不是由章华陪同威廉,如果巴豆没有很快诊断出威廉有心血管系统的疾病,如果……事实上却没有那么多的如果,因为一切已经发生,已经开始。

开始接触章华,开始对妻子之外的别的女人有兴趣,巴豆这样做是正常的,并没有什么见不得人的内容。以后巴豆对章华的了解渐渐地多起来,章华对于巴豆的吸引力也渐渐地大起来。

章华在南洲宾馆大堂上做一个大堂管事,因为能力比较强,又能说外语,所以常常抽在外事上帮忙。其实章华并没有很高的学历,她毕业于一所旅游职业学校。在刚刚进入八十年代的时候,人才开发还在萌芽状态,像章华这样的人才还不多,所以章华就特别显眼突出。章华的家庭,确切地说章华的父母都是相当级别的干部。章华各方面的条件都很不错,所以巴豆和她开玩笑,说她是天时地利人和。

威廉对于章华有没有什么工作之外的念头,这也是不言而喻的。但是章华对于威廉好像并没有别的想法,所以后来威廉回国以后,章华也就不再提起他了。

章华常常来找巴豆请教外语,章华其实大可不必舍近而求远,在章华工作的环境中,不可能没有比巴豆强的外语人才,可是章华还是要来找巴豆,这也是巴豆所希望的。

巴豆的外语很快就不够章华请教的了,于是巴豆也认真起来,其实学习外语只是他们交往中的一个内容,时间长了,巴豆发现章华的所谓天时地利人和只是一个表象而已。

巴豆和章华来往,妻子不可能不知道,妻子也不可能没有想法,但是她忙于工作,忙于家务孩子,不再有更多的精力来干涉巴豆的事情,这和她比较信任巴豆也是分不开的。巴豆在进入八十年代以后,对于自己业务的进步越来越重视,这也使他的妻子感到欣慰。

可是在一个小小的街道医院,想要在心血管专业上有所发展,是很困难的,章华在半年时间里,帮助巴豆跳出了街道医院,进了市里一家最大的医院——市第一人民医院。

可是在以后的一段时间巴豆在专业上并没有什么明显的长进，在云集着全市许多高手的地方，巴豆的资历、资格、水平以及临床经验都显得很稚嫩，有时稚嫩得有些上不了台面。巴豆在那里，似乎永远只能做一个一般的门诊医生。但不管怎么说，巴豆的工作调动是从低处往高处走，所以巴豆及其家人都为此高兴，也为此骄傲。

在巴豆的休息日，有时章华来找他帮忙，主要是翻译方面的工作，起先只是作为章华个人的请求，后来章华拿来一张聘书，说是外事部门翻译力量缺乏，宾馆请巴豆做他们的业余翻译，这就成了公事了。所以章华拿来的报酬也是公事公办。

报酬是比较丰厚的，巴豆以及巴豆的家也确实需要一些外快来补贴家用，就这样巴豆在他的人生的另一条路上迈出了第一步。

这期间威廉又来过好几次，这么频繁地往一个小小的城市跑，这不能不使人对他的企图有所想法，但当时章华以及巴豆都从另一方面去考虑问题，以为威廉对章华放不下。

这样他们就犯了一个错误，这个错误是由误会引起的。

有一天，巴豆章华陪同威廉去文物商店参观，谈起文物，巴豆跟威廉也能说一些，威廉很感兴趣，问巴豆怎么对文物这么内行。巴豆说："内行是谈不上的，只是稍懂一些皮毛。"因为巴豆的祖上有一些东西留下来，巴豆的父亲毕逸群也收藏了一些。其实毕老先生在这方面的兴趣并不很大，所以平时也不多说，巴豆所懂当然更少了。

威廉提出要到巴豆家去看看，巴豆回去问了父亲，毕老先生不大欢迎，但还是同意了，巴豆就领了威廉回家看古董。

毕家的古董数量并不很多，但质量很高，这和毕老先生的品位当然是有关系的。威廉看了一只明朝的白茶盏，这只茶盏，光莹如玉，内有绝细龙凤暗花，底有大明宣德年制作暗款，隐隐起纹，实可称为一代佳品。威廉就此爱不释手了。

威廉的意思要用重金购买这只明器，毕老先生当然不会同意，老先生自然是"贫不卖书留子读，老犹栽竹与人看"的老思想，其实不要说毕老先生不肯卖，即使巴豆，也是不愿意的。所以威廉自知无望，也不强求，只是拜托巴豆替他留心，巴豆嘴上答应，心里却想，叫他留心古董文物，真是找错了人，他一天到晚和病人打交道，药倒是不少，古董却是没有的。

威廉走了以后，巴豆在天井里和邻居说话，他们看见一个老外到巴豆家来，都很奇怪，问起来，巴豆说是来看他家的古董的，又说外国人要古董，老先生不肯卖，大家说笑了一阵，也就过去了。

此话就不再提了。

巴豆虽然不把威廉的事放在心上，威廉却常常通过章华来催问，有时威廉自己来找巴豆，有一次就说到威廉为什么要这些东西。威廉说，并不是他自己要，是他的父亲喜欢，他的父亲在抗战期间来过中国，当时他是英军飞行员，一次在沦陷区上海执行侦察任务，不幸飞机被击中，他跳伞落在苏州城西石湖边一户农民家门口，是那户农人救了他。以后他一直在那里养伤，到抗战胜利后，他还在苏州待了一段时间。在苏州的这段时间，给他留下了非常深的印象，特别是苏州的古老的文化特色使他赞叹不已，回国以后，他一直想念这一段时光。可惜再也没有机会重来苏州。威廉在懂事以后，就经常听父亲讲这段往事，使威廉对苏州也有了一种特别亲切的感觉。现在威廉的父亲已经八十多岁，并且重病染身，可能于世不久了，但他的收藏爱好却丝毫不减当年，尤其是对于来自苏州的东西，老人总是特别喜欢，所以威廉要尽力为老父亲办一点事情，以了却老人最后的愿望。

巴豆听威廉这样说了，倒觉得自己不应该了。

一日巴豆到南洲宾馆去找章华，出来的时候被一个三轮车工人拦住了，那人三十来岁，瘦瘦的，脸上长满红疙瘩，自我介绍他是在南洲路上做生意的,巴豆问他什么事,他说毛小白癞子托他帮助巴豆打听古董的事情,现在打听到了,问老外要不要。

巴豆听了有些奇怪,但没有追究。为了帮助威廉了却心愿,巴豆迈出了关键的一步。

三轮车工人带着威廉和巴豆到了石湖。他们在石湖边的一户人家,看到了许多古董,巴豆发现威廉的眼睛都红了,当时巴豆也曾经有过一丝怀疑,但他没有往深里想。威廉在那里买了好几件东西,有明清的,还有一件唐朝的高足碗和一件宋朝的花青碗。

卖主开出的天文数字和威廉一掷千金的行为,使巴豆突然清醒过来,巴豆这时候才想到"走私"两个字。巴豆再看卖主和这个地方,卖主的脸上当然看不出什么来的,但这个地方却很可疑,房子很破旧,也没有什么家具,看上去像个临时的住所,巴豆不由得脱口说:"这恐怕不行。"

威廉和卖主都看着他,巴豆说:"你出不了海关的。"

威廉笑起来,拍拍巴豆的肩说:"你放心,我是知法的,我会报关的,出不了关,我就不带走。"

巴豆回头问卖主:"你这些东西,哪里弄来的?"

卖主说:"也是向别人买来的。"

巴豆问:"向谁买的,在什么地方?"

卖主说:"这我怎么知道,做我们这一行的,这点规矩还是懂的,不该问的就不要多问,就像我和你,你也不会告诉我你叫什么,住在哪里,我也不会告诉你我叫什么,对不对?"

巴豆没有话说,他的心情沉重起来。

事情办成之后,威廉给巴豆的报酬巴豆没有要。

隔日威廉就走了,巴豆把这件事告诉了章华,章华听了也有些担心,他们一起找到石湖边那户人家,却已经人去屋空了。

巴豆忐忑不安地回到家,妻子说有人送了一包东西,她还没有来得及拆开看,巴豆拆了,一看是一大包钱,巴豆知道是威廉叫人送来的,他把钱放好,没有告诉妻子。

威廉果真出了海关,他当然不可能是走正路出去的,不管威廉是怎么出去的,他一走,巴豆和章华都松了一口气,那笔钱巴豆也开始用了。

后来有一个机会,巴豆和毛小白癞子说起这件事,毛小白癞子莫名其妙,他根本不知道有这回事,也从来没有拜托过什么人。巴豆向他描述了那个三轮车工人的模样,毛小白癞子想了半天也没有想起是谁。

当时他俩都觉得这件事很蹊跷,但是时间一长,也就淡忘了。巴豆是相信毛小白癞子的,也许那个三轮车工人是从别的地方别的人那里听来的,为了不使巴豆怀疑才说了毛小白癞子的。

谁料到一年以后威廉在另一个地方失风,牵出一连串的人和事,其中当然有巴豆。

巴豆出事,那个拉他们去石湖的三轮车工人,还有那个卖主都不知去向,事已如此,巴豆也没有再说出毛小白癞子,当然即使说出毛小白癞子,毛小白癞子也没有责任,他根本与这件事无关。章华是有一定的责任的,但因为她并没有牵涉到走私中去,再加上她父亲的关系,就摆脱了干系。

到最后,被判刑的只有巴豆一个人。

巴豆被判了五年。

巴豆在被判了刑以后,才知道威廉关于他父亲的那一番话全是谎言。

威廉是个骗子、走私犯,这不用怀疑,可是介绍威廉的章华呢,她虽然没有承担什么责任,但是除了巴豆,其他所有知道这件事的人都认为章华也是个骗子。

巴豆是怎么想的,只有巴豆自己清楚。

巴豆被送劳改农场之前,允许家属再见一次,那一天巴豆的妻子去见巴豆,一进接待室,她看到章华哭着扑到巴豆怀里,她一边哭一边说："是我害了你，是我害了你，我……"

巴豆的妻子看到巴豆搂着章华，巴豆的妻子什么也没有说，转身就走了。

巴豆和章华发现她的时候，她已经走到门口了，章华追出去喊住了她，章华说："对不起，都是我不好。"

可是巴豆的妻子并没有回头。

以后巴豆到了鱼腥岛的劳改农场，劳改农场规定隔一段时间家属可以去探望，巴豆的妻子去探望巴豆时，又碰上了章华，每次都见章华哭得眼睛红红的，巴豆的妻子对巴豆说："她要是再来，我就不再来了。"

章华也一再跟巴豆说这是最后一次了。

可是下一次她还是来，总是和巴豆的妻子碰上，这样过了一年，巴豆的妻子果真不再来了。

最后的结果是，巴豆接到两个女人的来信。

章华信上只有一句话：我不能再来看你了。

妻子的信，是一张离婚协议书。

这就是过去。

现在巴豆身背行李站在轮埠外面。马路对面是1路车站，乘1路车就可以到达三摆渡。

但那是五年前的线路。

现在呢？

巴豆朝马路对面走去。

第 1 章

苏城如掌大。

苏州地方的小而精巧,这是世人皆知的。

小而精巧,民间说城东放一个屁,城西能闻到臭味,当然这只是比喻而已。

这座小城基本上是一座四方城,从城南的盘门走到城北的平门,或者从城东的相门走到城西的胥门,倘是步行,恐怕也得走上老半天的,并不是一个屁的时间就能横穿或者竖贯的。

其实,不论是从前还是现在,真正用自己的两只脚,横穿东西、竖贯南北的人,恐怕也是极少的。古人坐轿,今人乘车,名正言顺。或者因为养尊处优不愿意以自己的脚行走,或者世事繁纷,不及以自己的脚行走,也或者年老体弱,不能劳累自己的脚,凡此种种,就有了代步的工具,从轿子始,又有了马和马车,又有了黄包车,又有三轮车,再有汽车和火车。

但是在苏州,车子的发展是比较慢的,原因则是多方面的。从前苏州的街道,多是石子路,为路面的结实计,石子常是竖砌,自是不能十分的平服,石子街上行车,难免颠簸,坐车的人就要受颠簸之苦,若是坐轿,也就无碍,石子的高低不平,只是触着抬轿人的脚底板,与坐轿人并无什么影响,故在这地方轿子的历史是比较长的，此为一。再说苏州的街道，大多狭窄，行车也是诸多不便，要两车并行或是交叉而过，更是困难，轿子比起车子来，要狭小一些，穿大街走小巷自是方便一些，此为二。苏州虽是一座城市，却是处在水网之中，即使在城内，也是水网密布，河道纵横交错，古称"三横四直"，只是指的城内主要河道，另有诸多大小河流并不在其中，有河就有桥，唐人说苏州"红栏三百六十桥"。有桥就有石级，有了石级车子就不好过，还是轿子方便，此为三。再则，苏州地方有闲阶级比较多，这些人等，出门讲究一个"雅"，坐着轿子，晃荡晃荡，多少悠闲雅致，此为四。还有，苏州城四四方方，十分坚固，外来的风，比较难吹进来，而祖传的东西，却能延之长久，这是否也算是一个原因。

在火车汽车之前，先有三轮车，再前有黄包车，再前就叫作东洋车。东洋车顾名思义是从东洋来的，据说这种东洋车车身很高，双轮用铁皮包住，行路隆隆作响。一八七四年，法国人米拉从日本引进三百辆东洋车到上海，中国的人力车大体上就是那时候开始的。但这样的车，不大能在小城里发展盛行，因为许多饱食终日的有闲阶级，是要嫌车声嘈杂的，他们平时三五一淘，饮茶闲聊，或好友对弈，凝神静心，抑或用小嗓子尖尖地唱一段昆曲，凡此种种都要有一个"雅"字，倘若雅兴正浓，突然间有一辆东洋车滚滚而过，隆隆车声，惊天动地，必是大煞风景，绅士人等必是讨厌之至。那时的地方，并没有市政府这样的管事单位，大小事情，均由绅士商量决定，若是他们不喜欢东洋车，东洋车是不会有什么招式的。正如从前苏州的骑马，也是有人支持倡议的，或者以为坐轿是人抬人，用别人的脚，代替自己的脚，是不平等的，而以畜代轿则无此种顾虑，因为人与畜是没有什么平等可言的。但是苏州地方，车既不能盛行，马也是不大好招摇过市的，街道既已狭小，加之店肆林立，店主们对于店招，又是十分讲究，大都请名人书写，烫金做匾，弄得十分华丽气派，竖于店门上方，横在街头。骑高头大马者，一不小心就会撞得头破血流,所以说到底还是轿子为好。

以至到了清末前后一段时间,一直到民国初期,上海的人力车迅速发展,总数已达数万辆,而在苏州,却仍是以轿代步的为多,当时城中私宅停轿就有两三千顶。这些人家的太太小姐们出门必是坐轿无疑,即使老爷少爷们也都是以轿代步的多。至于轿夫,则有两种:一种是大户人家的轿夫,另一种是临时雇用,临时召唤的。

虽然有以上诸多原因,苏州的车子发展比较缓慢,但轿子的逐渐衰落,各种车子的盛行,还是一个不可阻挡的大趋势。

苏州的人力车是在一九〇〇年前后开始萌芽的,在此后的一二十年间,一直规定人力车不能进城,到了一九一四年又规定凡每车向警察局捐洋五角者,能在火车站一带的城区活动。一九二三年正式批准人力车可以在城内行驶,之前还经过一九二一年到一九二三年两年时间的试行。由此可见,苏州人力车的发展是比较缓慢的。

人力车发展起来,也和轿子一样,有几种不同的情况,有长年包车、短期包车,更多的车夫则是在大街上等客。

那时候,车子的所属则有三种情况:第一种是归属车行的;第二种是富有人家,自己购买车子,雇车夫;第三种是车夫自己买车,接受用户包用或出去拉生意。

稍许有些身份有些财产的人家,总是要包一辆车的,即使不常用,也是要包下来的。

当时毕仁达毕氏中医内科就包了一辆车。

已经知道毕仁达是一位很有名望的中医,主治内科。从前毕氏无疑是有比较大的房屋和比较厚的家产,从前毕氏在挂牌行医之外,还开有"养生堂"药店,货栈、工场和店堂都有相当的规模。在三十年代初期,药店职工有二十多人,经营中药上千种,信誉甚好,业务鼎盛。可惜在一九三七年底,被日本人的飞机炸成了一片废墟。

在一九三七年冬天的时候，巴豆的祖父毕仁达先生带着劫余的一些钱，在城西北角的三摆渡买了一幢独门独户的住宅，三楼三底两隔厢，另有一方天井。这住宅同毕氏从前的阵势相比是不可同日而语了，其实那时候毕家人口不多，在家住的只有毕仁达老夫妇，再有一二仆佣。药店及制药工场炸毁，药店职工已经四散。毕仁达的长子早逝，次子毕逸群从日本留学回来，经同学介绍，在设于上海的铁路中心医院就职，只三年时间，就升为主任医生，似是不思归了。所以若从经济角度计，毕仁达似乎没有必要买下整幢的住宅，但在劫余之后，毕氏内科的牌子要重新竖起来，这份脸面还是要的，毕仁达也许是要给人一种"饿死的骆驼比马大"的印象吧。

那时候毕仁达的年纪已经在六十的门槛上了，进进出出腿脚不如以前利索。毕氏中医内科虽然以坐诊为主，但若有重症病人，也时有出诊，一切以病家为重，一切为病家着想，这是毕氏医科的宗旨。

毕仁达既知出门是少不了的，就租了一辆黄包车作包车。这包车夫姓毛，大家叫他毛白癞子。毛白癞子肯定是有大名的，但谁也记不起来了。毛白癞子是从苏北乡下逃难来的农民。为什么大家要叫他毛白癞子，这也没有什么依据可查，毛白癞子并没有生过癞疮之类的疮疖，到后来毛白癞子的儿子被叫作毛小白癞子，毛小白癞子也没有生过什么疮疖，他们一家人的皮肤都很健康，身体也很健康，此是后话。

毛白癞子拉车十分尽心，深得毕先生喜欢，这是当初的事实。在毛白癞子给毕先生拉包车之前，是住在车行的小阁楼里，三四十人挤在一起，很肮脏。自从毛白癞子给毕先生拉了包车，毕先生就叫毛白癞子住下来，毕先生专门空出一间房子给毛白癞子住。至于后来毛白癞子怎么又把在乡下的老婆孩子接上来，是毕先生善人善心主动提出来，还是毛白癞子得寸进尺硬挤进来，是毕先生白给他们住,还是毛白癞子出了钱的,这些都是过去的事情,现在再追本溯源,已经没有什么必要。

再到以后,这幢房子里又搬进两户人家,空间就显得十分狭小了。现在三摆渡11号的住房格局是这样的:毕家住楼上两间加楼下一隔厢,毛家住楼下两间,另外有后来进来的李家和丁家各住楼下楼上一间,再有一间小隔厢,是四家合用的厨房。

造成这样的格局,当然不是一天两天的事情,但不管怎么说,格局既然已经造成,就是无可改变的事实了。

从毕仁达先生当年买下三摆渡11号这幢独门独户的住宅,到现在成为四户人家合住的杂院,时间已经走过了半个世纪,毕仁达老先生早已作古,现在被大家叫作毕老先生的,是毕仁达的儿子毕逸群。毕仁达的儿子也已被叫作老先生了,世事的沧桑更是可以想象的了。

毕逸群第一次回到三摆渡的家,是在一九三八年初,那是一个特殊的年代,上海的医院被日本人接管,一切为日本伤兵让路,毕逸群辞去职务,回到故乡,面对一片残砖碎瓦,毕逸群长叹一声。曾经深深地印在他的记忆中的家、毕氏内科、养生堂药店、制药工场等一切,只能永远作为记忆了。

当时苏州已经有了西医院,几位西医同道听说毕逸群回来了,上门相邀。毕逸群应邀前往。但因毕逸群是东洋留学生,在西医界有些声望,日本人三番五次上门,要他出来主事,毕逸群当然不肯,被闹得很不安宁,所以只在医院待了几个月,就下乡躲避,到乡下小镇交通最不方便的地方挂牌行医。到抗战胜利后,毕逸群又回到上海的医院。以后毕逸群回故乡创业的想法终因种种原因不能实现,一直到退了休,他才重回家乡,在家里闷了一年,耐不住寂寞,重新申请挂牌行医。

如果现在就说纵观毕逸群一生这样的话,未免为时过早,但对一个七十有五的老人来说,他的人生主要阶段基本上可以画上一个句号了。毕先生在他的青年时代、壮年时代,无疑有过许多建树,西医学界有一些较为有名的成就,都和毕逸群先生有关系。但是现在毕先生老了,一个人老了,对于他的光辉的过去,或许会有不同的想法,有些人老了,会把自己的过去看得十分珍贵、十分重要,或者时时挂在嘴上,或者每日思想之。这样也许可以弥补"老"的空虚。也有另一些人在他们老了之后,对于他们的过去却看得很淡,好像那是一段不值一提的索然无味的极为平常的人生。毕逸群先生,看起来是属于后一种老人。

毕逸群先生在退休以后重新申请行医也有十年了,可惜的是,到毕先生这里来看病的人并不多,这和毕先生住的地方不在闹市是有关系的。三摆渡,作为住家选择这里是不错的,但要开门营业,就稍嫌偏僻一些了,当年毕仁达先生选择三摆渡时,三摆渡还是一处相当热闹的地方,后来逐渐冷落了。

三摆渡只是苏州城里一个普通的地名,从二十年代初,在这里建立了精神病医院,所以时间长了,三摆渡这个地名也就带上了某种色彩,平常时候,比如什么人的言行有悖常理,旁人开玩笑,就说这个人是三摆渡的。到后来,弄得有些住在三摆渡的人,都不好意思说自己是三摆渡的了。

现在的三摆渡比起从前要冷落一些,但说到底,到毕先生这里来看病的人不多,还是因为现在多数人没有看私人医生的习惯。

当然,说私人医生的病人不多,也不是绝对的,有些病科还是有人相信的,有的也会出现门庭若市的情形,比如牙科,比如针灸科,等等。毕先生是西医内科,私人医生开西医内科的为数很少,现在的西医内科,对一些重大病症或疑难杂症,说到底主要是靠化验,这和现代人的物质崇拜心理和科学崇拜心理是相符合的。而个人行医的西医内科,不可能有这些设备,只能靠经验,经验这东西却很难说,它或者比化验更可靠,也或者就是一句空话。

在早些时候,对于吴中毕氏内科,当然是有许多人相信的,但大家信服的是中医科的毕氏内科,而不是毕氏后代毕逸群的西医内科,如今一些上了年纪的老人,也许还能记起毕仁达先生的一些神医妙方,但对于转学了西医的毕逸群则所知甚少。对于毕氏中医内科的传人毕逸群来说,他既然没有能够继承祖业,自然也就不可能作一些光大毕氏中医科传统的努力。他如今是否有些后悔当初的选择了呢?

其实,如果说毕逸群作为毕氏传人没有继承和发扬祖传医术,但毕逸群作为一名杰出的西医内科医生,以他的技术,以他的成就,绝不至于辱没毕氏门楣的。可惜毕逸群的名只是出在上海,几十年中他也多次想回故乡办医创业,但都未如愿,以致他在故乡反倒默默无闻。花开墙外。

毕先生开业十年,病人虽然不多,但他多少还是有一些作为的,他有几次为病人作了排除癌变的判断。少数被大医院的化验结果宣判了死刑的病人,在走投无路的情况下,如果撞到毕先生这里上诉,也许会有改判的可能,但这种希望实在是太小了,要在坚如磐石的不可动摇的科学的世界里,挑剔出失误,并且不是一般的失误,而是根本性的失误,毕先生的工作显然十分艰难,甚至可以说多少有些力不从心、回天无术。毕先生的病人大都是这些走投无路的人,因为现在一般在伤风感冒小毛小病以至一些较为严重的过去被视为洪水猛兽的比如伤寒、肺炎之类,只要不是绝症,多半是没有人来求私人医生的。

毕先生现在常常回想起敌伪时期他在乡下小镇行医的情形,他有时觉得那段时间是他一生中最快活的日子,其实那段时间恰恰是他几十年中最无所作为的时期。那时候,乡下还是相信中医的多,但他的病人并不少,因为那时候乡下的人还不太明白中医和西医的区别,他们大概以为凡是挂牌行医的都是一样的医生,病人来找毕先生,对于他望诊不把脉不看苔,却用一副听筒和一只手电筒,都觉得很奇怪,都来看新鲜,对于毕先生开的西药,几片小白药片,或是一包药粉,就能治好病,许多人不相信,坚持要开方子到中药房去抓药,毕先生也就给他们开方子。毕先生常常回想那时候他怎么那么迁就,病人不相信西医相信中医,他也不多解释。他的西医是以中医垫底的,他完全可以开出一帖高水平的中药方子,他现在回想起来觉得十分有趣,所以在几十年以后,他仍然很向往乡下小镇,他甚至想再到乡下小镇去行医。

但是他也知道这是不可能的,他不可能再到别的任何地方去行医了,这里边也许有许多原因,但解释却只需要一个:毕先生老了。

毕先生现在老了,看上去他是无所追求了。

毕先生已经老了,那么他把一切的希望寄托在他的子女身上,这是很正常的,而且他的儿子老姜和巴豆他们确实没有辜负他的期望,老姜学西医外科,巴豆学西医内科,毕先生如愿以偿。

但是以后的事实证明,毕先生不能如愿以偿。在庆贺毕先生七十大寿之后不久,巴豆出事了。

毕先生还记得那个中午的情形,巴豆没有准时回来吃饭,后来老姜回来了,老姜面色苍白,他朝老父亲看看,没有说什么,就到巴豆屋里去了。

毕先生已经预感到出了什么事情,但他没有想到是巴豆,他还以为是老姜有什么事情了。

毕先生等老姜下楼,老姜却一直没有下来,毕先生就自己摸上楼去,老姜看到父亲,就说:"巴豆被抓起来了。"

然后老姜讲了事情的经过。

毕先生现在对过去的事情确实已经淡忘,可对这件事却一直是记忆犹新的。一直到五年以后,现在巴豆就要回来了,毕先生又想起那个中午的情形。

对于毕先生的家来说,巴豆出事,走的却不是巴豆一个人,巴豆的妻子在一年以后也走了,并且带走了女儿毕业。毕先生的家一下子变得空洞而且凄凉。

老姜为了照顾老父亲,叫儿子毕竟过来住,可是毕竟毕竟太年轻,住过来的时候还在读高中,对于老人,他最多也只能在生活上给一点帮助,其他方面他也是无能为力的。

现在巴豆要回来了,老姜和老姜的妻子金林一起来打扫房间,楼上东边的一间原来是巴豆夫妇住的,几年里一直没有动过,现在重新打开,老姜和金林以及毕先生都希望这是一个新的良好的开始。

毕先生在刚回家乡时,是住在楼上的,后来年纪越来越大,腿脚有些僵硬,就搬到楼下东隔厢住。东隔厢原先是毕先生挂牌问诊的地方,后来就和毕先生的卧室并为一处了。

东隔厢原先是和楼下的东间相通的,没有别的门,楼下东间是毛家住的。毕毛两家虽然相处不错,但毕竟内外有别,何况毕先生的为人一向比较持重、谨慎,所以尽管毛小白癞子一再叫毕先生只管从他的房间出入,毕先生却是万不能这样做的,于是就封了这扇门,另外开了一扇门直对着街面。这样病家求医,也不必再绕到院子里了。

在巴豆回来之前,毕先生早就在考虑巴豆回来以后的事了,老姜和金林也都在为巴豆想办法,他们当然希望巴豆能够重操旧业,但这个想法不大容易实现,他们心里也都清楚。

一天毕先生到外面散步,经过三摆渡居委会门前,他朝里边看看,陈主任看到他,招呼他进去坐坐,毕先生就进去了。

居委会办公的地方不大,人倒蛮多的,大都是些和毕先生差不多年纪或者比毕先生稍微年轻一点的老人,他们常常在那里说长道短,说着说着一天也就过去了。

大家看到毕先生,都跟他打招呼,说:"毕先生,长远不见你过来坐了。"

毕先生说:"来的来的。"

他们又问他身体怎么样,毕先生说:"就这样,也没有什么大毛病,也没有什么大力气。"

老人们都说是,人老了,就是这样的。

说了一些闲话,陈主任就问毕先生:"是不是巴豆快要回来了?"

毕先生点点头,叹了口气。

陈主任说:"好,回来就好。"

别的老人也说:"是的,回来就好,毕先生你也要熬出头了。"

毕先生说:"到哪里去出头啊,我是不想了……"

大家听毕先生这么说,想想巴豆好好的一个做医生的,弄得吃了官司,即使放出来,往后也是不能怎么出头的了,也都为毕先生叹惜,毕先生这样的人家,出这种事情,是很可惜的。

他们不再跟毕先生说巴豆的事,免得引起毕先生的愁肠。

葛老爹摸着自己的胃问毕先生:"毕先生,我这胃,怎么老是不安逸?"

毕先生问他怎么不舒服,葛老爹说:"饱了就胀,空了就痛,难侍候的。"

毕先生说:"开点药吃吃。"

葛老爹说:"药是吃了不知多少了,也没有什么用。"

旁边有人说:"你叫毕先生帮你看看。"

葛老爹说:"我是要吃中药的,毕先生是开西药的。"

旁人说:"毕先生也会开中药方子的,毕先生的中药方子,拿到药房去,几个老师傅都服帖的。"

大家都说是,说毕先生中医西医全来事,是有真功夫的。说了一会儿,葛老爹也没有请毕先生开方子。大家又扯到中药的药渣子的事情,说病家把中药的药渣倒在路当中,到底是什么道理,到底是怎么行起来的,各人说各人的道理,争执不下,就问到毕先生,毕先生说:"我也是小时候听大人说的,说从前的郎中对中草药把握不准，常常有药死人的事情，但也有的病人并不是吃了药死的，从前的人水平低，弄不清楚到底是怎么死的，有不讲理的，就怪医生药死的，找医生倒翻账，所以后来一些郎中就叫病家把中药渣倒在路中央让大家看，有毒无毒，就清楚了。这种风俗慢慢地就传了下来，一直到现在还有人家这样做。"

大家听了，又议论了一番，只有陈主任知道毕先生没有心思说闲话，她把毕先生叫到一边，说："巴豆要回来了，回来以后的事情你有没有帮他考虑考虑？"

毕先生说："唉，还是陈主任晓得我的心思，我正在发愁呢，都说出来的人很难的。"

陈主任说："是呀，山上下来，是不大好找工作的。"

毕先生的脸色有点发白，他摇摇头，说："我这把老骨头，要害在他手里的。"

陈主任连忙说："巴豆回来你可不要这样说呀。"

毕先生点点头。

陈主任又说："其实工作也不是一定找不到的，就要看什么事情了。"

毕先生说："他除了看看病，别的还会做什么呢。"

陈主任说："那也不一定的，巴豆也不是个笨人，其实现在外面的人也有不大讲究名气而讲实惠的，有的单位，听起来虽然不大好听，但是经济收入高，还是有不少人想去的。"

毕先生说："这倒也是的，现在的人，都想得开的。"

陈主任说："其实你不讲，我也一直在帮巴豆留心的，只是不晓得你的想法，所以也不好跟你说。"

毕先生说："我们没有什么想法，到这一步了我们还想什么呢，只要巴豆出来能有个去处，不要让他荡在外面就好。"

陈主任说："我倒有一个地方。"

毕先生连忙问："什么地方？"

陈主任说:"叫巴豆到根芳那里做做,怎么样?"

毕先生说:"根芳那里不是满了吗,那天丁家里的小女儿说想进去也进不去了,是不是满了?"

陈主任说:"那也要看什么人的,女的是太多了,不好再进了,巴豆这样的,还是要的。再说巴豆我们从小看着长大的,都晓得他的。"

毕先生连连点头,说:"陈主任,你对我们的关照,我真是……我也不知怎么说好了。"

陈主任笑笑说:"这有什么,这也是我们的工作呀。"

毕先生说:"谢谢陈主任。"

第 2 章

下雨了。

雨不大,却是密密的、绵绵的。

雨飘在巴豆脸上,巴豆有一点陌生的感觉,他把行李背好,朝马路对面走去。

过马路的时候,巴豆看见有一辆三轮车朝他过来,巴豆让了一下,这时他却听到有人说:"上车吧。"

巴豆这才发现三轮车工人是毛小白癞子的儿子毛宗伟。

巴豆一愣之后,有点激动,他说:"你怎么来了?"

毛宗伟说:"我是来接你的。"

巴豆说:"你怎么知道?"

毛宗伟说:"老姜早就打听好了,老姜也来了,他在汽车站等。"毛宗伟一边说一边接过巴豆的行李,放上三轮车,又说,"你怎么到现在,我们都以为你坐汽车来的,一大早就出来等了,等到下晚也没有接到,末班车都过了,我说肯定是坐了船了,老姜还不相信,还在那边等,说可能还有加班车。"

巴豆说:"我坐了船。"

毛宗伟说:"我们过去叫老姜,他还在那边呢。"

他们一起到汽车站,老姜果真还在等加班车,见毛宗伟领了巴豆过来,老姜上前来,拉住巴豆的手,说了一声"回来啦",就没有话了。

巴豆看到老姜的眼睛发红,笑了一下,说:"好吧?"

老姜说:"我们都好的,你好吧?"

毛宗伟在一边说:"上车吧,雨大起来了,上了车再说吧,回去有你们说的呢。"

巴豆上了三轮车,老姜骑着自行车跟在一边,他很想跟巴豆说话,可是隔着一辆车,不好说话。

巴豆坐在车上,看着毛宗伟奋力地踏车,他也很想跟毛宗伟说话,可是一时不知道怎么开口,他不知道怎么称呼毛宗伟。从前巴豆和大家一样是叫他绰号的,现在有点叫不出口。毛宗伟的绰号叫作"毛估"。毛估,这是方言中的一个词,意思就是"粗略地估计",比如有一个菜贩子卖菜,他不用称,抓一把菜扔在顾客的菜篮子里,只是估一估有几斤几两,就照这估计的收钱,这就可以叫作毛估估。如果说一个人的小名比如巴豆这样的名字并不一定能够标志出一个人的某些特征,但一个人的绰号,却常常可以反映出这个人的一些行为特征来。毛估这个俗语,在民间的运用,尤其是作为一个人的绰号的时候,那么它的意思、它的内涵显然要更丰富一些。比如还有着"马而虎之""笼而统之""大而化之",或者"得过且过""丢三落四"等的意思。在毛宗伟的妹妹生小孩的时候,毛宗伟的母亲叫毛宗伟到医院去看看生男还是生女,毛宗伟去转了一圈,回来告诉母亲说妹妹大概生了个女儿。毛宗伟的母亲说别的事情你可以毛估估的,生小孩的事情你不可以毛估估的。毛宗伟说,我去的时候看见妹妹在哭,我想她大概生了女儿不开心哭的,所以我也没有再问她。毛宗伟的母亲急了,说刚生小孩不能哭的,就赶到医院去,才知道生的是儿子。母亲回来埋怨毛宗伟,可是毛宗伟说,我又没有说肯定是女儿,我只是说大概是女儿,我是毛估估的。

这就是毛估。

看起来毛估的绰号和他的脾性十分相符。

说起来巴豆家和毛宗伟家已经做了几十年的邻居了,这样的邻居关系是够长的了,不可能他们之间没有疙疙瘩瘩的事情,没有吵吵闹闹的时候,但总的说来他们的相处还是相当不错的。这里边一个重要原因,很可能是因为他们两家的职业特性相差较大。

巴豆家是一个医生世家,而毛宗伟家则是一个车夫世家,从毛白癞子拉黄包车开始,以后毛小白癞子继承了父业,巴豆小的时候,正当毛小白癞子壮年。毛小白癞子一副好身坯,每天在院子里练石担,那时候巴豆和老姜都很崇拜毛小白癞子,他们喜欢听他吹牛,喜欢他身上的汗水味。毛小白癞子那时还没有孩子,他常常带巴豆去兜风,带巴豆到三轮车工人聚头的茶馆酒店去。巴豆那时候有没有跟毛小白癞子说过长大了也要踏三轮车这样的话,现在当然没有人记得了,即使当时巴豆真的说过,也不会有人听进去的,因为巴豆和老姜,注定是要学医的。到后来毛宗伟从苏北建设兵团回来,他的祖父毛白癞子已经踏不动车子了,他把三轮车传给孙子,毛宗伟就接过去了。毛宗伟的母亲曾经极力反对,她大概认为一家人已经出了两代车夫了,她的儿子不应该再做这一行了。其实她心里也很明白,她希望子女学学毕先生家,做大夫,这是不可能的。

如果设想一下毛宗伟家也是医生世家,或者巴豆家也是车夫世家,他们的相邻关系会是什么样呢?

其实这些都是空话。

现在巴豆看着毛宗伟的背,他觉得毛宗伟的背不如以前那么挺直了,巴豆说:"毛估你好吧?"

毛宗伟说:"好啊。"

巴豆说:"讨老婆了吧?"

毛宗伟嘿嘿一笑,说:"哪里呀。"

巴豆又说:"有对象了吧?"

毛宗伟说:"算是有了一个,不过还没有定。"

巴豆说:"怎么样?"

毛宗伟说:"马马虎虎。"

巴豆笑了起来,毛宗伟还是老样子,这使巴豆觉得一切都好像还是在从前。

毛宗伟说:"妹妹结婚了,小孩也养好了,是个儿子。"

妹妹就是毛宗伟的妹妹毛佩珍,大家都叫她毛妹妹。毛妹妹和毛宗伟相差十岁,父母哥哥都很宠她的。

密密的雨把大家的衣服都打湿了,巴豆回头看看老姜,说:"你们出来没有带雨披?"

老姜抹了一把脸上的雨水,说:"出来时天气蛮好的。"

毛宗伟说:"不碍事,马上就要到了。"

三轮车和老姜的自行车拐进了三摆渡,毕竟已经在巷口张望,远远地看到他们过来,他转身回进去了。

老姜和巴豆一起走进家门,毕先生坐在墙角的一把椅子上,他朝巴豆看看,说:"回来啦?饿了吧?吃饭吧。"

好像巴豆这一天和每一天一样,下班刚回来。

老姜的妻子金林已经把饭菜准备好了,放满了一桌子,巴豆看见其中有一盘酱肉,麦柴黄色的,巴豆知道是陆稿荐的酱肉,这是他最喜欢吃的菜。

苏州陆稿荐的酱肉是很有名的,不过巴豆对于陆稿荐的酱肉却是先有理性认识,后有感性认识的,当初毛小白癞子每日拉车回来,总要在熟食摊上买一包熟食,鸡头鸭脚猪耳朵。倘是巴豆在门口玩,毛小白癞子就塞一块在巴豆嘴里,问好吃不好吃,巴豆当然说好吃,毛小白癞子就说,这算什么好吃,下次我买陆稿荐的酱肉给你吃。巴豆对陆稿荐酱肉的印象就是那时候留下的。

金林走过来说:"身上湿了,去换了衣服吃饭吧。"

巴豆点点头。

金林说:"房间都收拾好了,还是东边那一间。"

巴豆上楼经过西边毕竟住的那一间,门开着,巴豆看到里边墙上贴着小虎队、草蜢队以及其他一些港台男女歌星的照片,有一套带卡拉OK的新型音响设备。

巴豆想起来毕竟已经二十三岁了。巴豆出事那年,毕竟还在念高中,虽然人高马大,但还是个孩子,现在毕竟已经长大成人了。

巴豆换了衣服下来,老姜说:"吃饭吧。"

毕竟和毕至都掩在暗处,好像在窥视巴豆,他们好像不好意思正眼看巴豆,叫他们吃饭,也不肯过来,金林说:"随他们去,我们吃。"

巴豆在大家的注视下,把那一盘酱肉狼吞虎咽地吃去大半盘,毕先生看看巴豆,他叫毕至把剩下的半盘端走,对此谁也没有说什么。

毕先生一直看着巴豆吃,他自己没有动筷子,过了好一会儿,他说:"回来了,回来就好。"

老姜和金林都小心翼翼地,想说什么,又不知说什么好。

吃过饭,金林收拾了碗筷,一家人重又坐下,毕先生说:"这几年,家里也说得过去,只是我的身体不如从前了,天气冷了就有点喘,腿脚也不大好走。"

巴豆看着老父亲,没有说话。

毕先生又说:"老姜他们很忙,平时毛家相帮我不少。"

巴豆点点头。

金林说:"你回来,工作的事,老姜帮你跑了不少单位,好话也不知说了多少,可是……"

老姜说:"这事不急,以后慢慢说。"

毕先生说:"巴豆你要有思想准备,找事情恐怕不太好找。"

巴豆说:"我知道。"

毕先生说:"本来我想让你做做推拿,你的推拿做得不错,现在又缺这一行。"

老姜说:"你是说做开业医生?"

毕先生说:"我想是这样想的,可是开业医生恐怕也做不成,我打听过,许可证恐怕批不下来。"

老姜说:"批不下来也好,不做开业医生,巴豆还年轻,做开业医生没有什么前途。"

毕先生叹了一口气,说:"前途,到这样子了,还什么前途不前途啊。"

一直没有说话的毕竟突然插嘴说:"那不一定,现在外面混得好的,多数是山上下来的,我们单位一个户头,从前一点花头也没有的,进了一趟宫,放出来,不到两年工夫,私人轿车已经买起来了,市长也没有他小子混得好,过得舒服。"

金林说:"你少开口。"

毕竟说:"为什么要我少开口,我说得不对?我告诉你,现在外面,只有两样东西是有道理的,一是权,二是钱,弄不到权的人,就去弄钱,不弄钱你就死蟹一只了。"

毕至在旁边笑,金林说:"你笑什么,你以为毕竟的话就是真理啊。"

毕竟还要说什么,大家就看到毛小白癞子走了进来,说:"巴豆回来了,过来坐坐。"

巴豆起身,毛小白癞子说:"你坐你坐。"

巴豆看毛小白癞子还是捧着那把积满茶垢的茶壶,头上已有了不少白发,巴豆说:"你身体好吧?"

毛小白癞子说了一个"好"字,突然把茶壶朝桌上一蹾,"砰"的一声响,吓了大家一跳,毛小白癞子说:"巴豆,你说,那个坑害你的小子,叫什么?"

巴豆一愣。

大家都有点发愣。

毛小白癞子说:"我们这道里,居然有这种败类。"

毕竟说:"我以为你们这道里好货多着呢。"

毛小白癞子说:"别人我不管,吃到巴豆头上,我是不客气的。巴豆,你说,是什么样的一个人?"

巴豆说:"我也记不清了,只记得好像瘦瘦高高的,面孔一点也记不起来了。"

毛小白癞子追问:"车号呢?"

巴豆说:"我没有留意,当时也想不到要去记他的车号。"

毕竟对毛小白癞子说:"你真是白问,要是知道车号,不是早就找到了,还等到现在你来问。"

毛小白癞子"嘿"了一声。

毕竟又说:"你嘿什么,你想做侦探啊,人家警察查了几年也没有查出来。"

毕先生说:"查出来又怎么样,巴豆这几年是吃他自己的官司。"

毛小白癞子说:"你倒想得通。"

毕先生说:"想不通又有什么办法,自己闯的祸,只有自己承担。"

金林说:"从前的事情少讲吧,还是说说正经事,往后……"

老姜说:"你急什么。"

金林说:"我急什么,我有什么好急的。"

这时巴豆站起来,说:"我吃多了,出去走走。"

毕先生说:"时间不早了。"

巴豆说:"我不会走远的。"

巴豆出门之前,听见毕竟说:"我有一件事,跟你们讲一讲,单位车队缺人,要选几个人学驾驶,我要去。"

金林说:"学驾驶,我不同意。"

毕竟笑了一下,说:"你不同意有什么用,我已经报了名,上面已经批了,生米已经做成熟饭了。"

金林又说什么,巴豆没有再往下听,他走了出去。

巴豆走出来,天井里黑乎乎的,天井的一角,停着一辆三轮车,这是毛小白癞子的车,毛宗伟的车不在,他大概去拉夜车了。

巴豆走近毛小白癞子的车,伸手摸摸,对于三轮车,巴豆好像有一种说不清的感觉,如果因为和毛家做了几十年的邻居,巴豆对于三轮车有一种特殊的情绪,那么后来巴豆一个跟斗栽下来,虽然多半是他自己的责任,但正如毛小白癞子所说,和一个三轮车工人的坑害也多少有一点关系,所以巴豆对于三轮车似乎就有了一种更为复杂的想法。

巴豆只在天井里站了一会儿,毛小白癞子就跟了出来,对他说:"你要出去走走,我陪你去。"

巴豆说:"你不休息?"

毛小白癞子说:"习惯了,早睡也睡不着,在家里听老太婆说话烦人,不如出来转转。"

巴豆笑笑。

毛小白癞子说:"你还不知道吧,前边巷口,原先的破庙,现在做旅馆了,走,我们到那边去吹吹牛,解解闷气。"

巴豆说:"你去吧,我想一个人走走。"

毛小白癞子看了巴豆一眼说:"好吧,不过巴豆我跟你说,我看你还是从前的样子,我希望你还是从前的样子。"

巴豆说:"是的。"

毛小白癞子出去后,巴豆一个人沿着小巷慢慢地走,三摆渡现在是比较冷清的,入夜就没有什么人在外面活动,巴豆走到拐角上,这里有一盏路灯,在黑黑的细雨中,路灯的灯光十分昏暗,巴豆走过去的时候,就看见路灯下站着一个人,是一个女人,穿着深色的风衣,打着一把深色的伞,头上用深色的方巾包着。

巴豆走过去，女人一动不动地站着，伞阴严实地遮盖着她，别人无法看清她的脸以及她脸上的表情。

巴豆看到这个人的身影，心里突然地有些紧张。

前妻小李和章华都是这样的身材。

是小李？

是章华？

不是小李。

也不是章华。

巴豆的心松了下来，他从她身边走过去，她仍然一动不动，也没有一点声音。

巴豆拐上大街，雨还在下着，巴豆没有带伞，一会儿身上就有点湿了，巴豆正犹豫要不要回去，老姜拿着伞追了上来，他把伞给了巴豆，说："你早点回去吧，我们也要走了，明天一早要上班。"

巴豆说："我就回去。"

老姜说："你回来，毕竟就住回去了，有什么事你就来叫我们。"

巴豆说："好的。"

老姜说："工作的事，我会放在心上的，我总要想办法的，爸爸说他给你找了一处，也不肯告诉我是什么事，你回去问一问，要是不合适，就不要去。"

巴豆说："好的。"

老姜说："爸爸他是想你尽快安定下来，他的心情，你也要体谅。"

巴豆点点头。

老姜走了以后，巴豆撑着伞在雨中站了一会儿，也不知要往哪儿去，好像没有什么地方可去的，他又慢慢地往回走。

巴豆和毛小白癫子前后脚进了天井，毛小白癫子说："你也回来啦？刚才你没有看到，从精神病院逃出来一个病人，居然到家乐旅馆登记住了下来,开始谁也看不出是个疯子,住下来以后就不对头了,和服务员讲话,是用外语讲的,还叫服务员代买到美国去的飞机票。他们连忙到医院去问了,医院正在寻找呢,马上来人要想捉回去,谁知道过来一看,人已经溜走了。"

巴豆想起路灯底下的那个人,问:"是不是女的?"

毛小白癞子朝巴豆看看,说:"不是女的,是个男的,四十几岁的样子。"

巴豆说:"从医院里逃出来的事情多吗?"

毛小白癞子说:"哪里多呀,很少的,那里边很严的,一般根本是逃不出来的,这个人,有本事的,偷了医生的工作服,大摇大摆地走出来,门房见他面孔陌生,以为他是新来的医生,问了几句,他对答如流,门房哪里还会怀疑。"

巴豆笑了一下。

毛小白癞子说:"也不知道逃到哪里去了,要是个武痴就不好了,出去要闯祸的。"

巴豆没有说什么,他在想路灯底下的那个女人。

停了一会儿,毛小白癞子说:"巴豆,我不是和你开玩笑,真的,这几年我没有忘记,你回来就好,我一定帮你找到那个家伙。"

巴豆听毛小白癞子又提起这事,他知道毛小白癞子心里不痛快,并不一定次于巴豆家里的人,从巴豆和毛小白癞子的年纪和辈分来看,他们既不是同辈人,也不是两代人的关系,他们之间好像是半辈之差,这种半辈之差的关系有时会比同辈人或者隔代人的关系更为融洽。

巴豆很清楚毛小白癞子心里的疙瘩,但是巴豆不愿意毛小白癞子卷到他的事情中来,即使有必要寻找那个三轮车工人,也该由巴豆自己来办。何况巴豆现在,并不知道有没有这个必要。

巴豆就把话题扯开了,他说:"毛估夜里还出车啊?"

毛小白癞子说:"他呀,只晓得死做,自己的事情,一点也不在心上,老太婆天天给我敲木鱼,好像找对象是我的事情,你看看他的样子,衣衫没有衣衫样子,人没有人样子,说起来做了这一行,脸面上少一点光彩,自己再不好好修作,到哪里去找女人。"

巴豆说:"我路上问过他,他说有了一个。"

毛小白癞子大笑起来,说:"你听他的,谁问他他都说有一个了。"

巴豆也笑了。

毛小白癞子说:"弄不懂他的心思,苦了这么多年,钱多少也积了一点,讨个老婆也足够了,不晓得他在钻什么牛角尖,毛四十的人了,什么事情还是毛估估,讨女人的事情也是毛估估的。"

他们在门前说了一会儿,毛小白癞子说:"你回去吧,老先生等你回去的。"

巴豆到父亲住的东隔厢看看,父亲还没有睡,正在咳嗽,巴豆进去帮父亲捶了捶背。毕先生说:"巴豆。"

巴豆"嗯"了一声。

毕先生说:"我都想过了。"

巴豆说:"什么?"

毕先生说:"你的日子,往后你到底怎么办?"

巴豆说:"爸爸,你知道我现在最想什么?"

毕先生说:"你想你的女儿。"

巴豆一下子觉得鼻子发酸。

毕先生说:"这事情你要想开一点,也不要怪她,她也不是个狠心的人,要怪也只能怪你自己。"

巴豆说:"是的。"

毕先生又开始咳嗽。

巴豆说:"她走了以后,有没有回来看看?"

毕先生说:"回来是回来的,过些日子,就把毕业带过来,毕业也很恋这边的家。"

巴豆没有作声。

毕先生说:"我跟金林讲了,叫她去告诉毕业和她娘,你回来了。"

巴豆说:"还是先不要告诉吧。"

毕先生说:"早晚要知道的,不管怎么说,毕业还是你的女儿。"

巴豆说:"她长大了吧?"

毕先生说:"毕业很懂事。"

巴豆愣了好一阵,说:"一走就走了两个。"

毕先生说:"事情已经到这个地步了,你不要多想了,想也想不来了,还是想想以后的事情,你有没有考虑过?"

巴豆摇摇头。

毕先生说:"我想来想去,陈主任的话是对的。"

巴豆说:"哪个陈主任?"

毕先生说:"就是居委会的陈主任,人很好的,我跟她说起你要回来,她就帮你想办法找了工作。"

巴豆说:"什么工作?"

毕先生说:"陈主任叫你先到根芳那里做做。"

巴豆问:"根芳是谁?"

毕先生说:"根芳现在在弄家乐旅馆,根芳很能干的,陈主任很信任她的。"

巴豆说:"好吧。"

对于巴豆来说,到哪里都是一样的,他没有资格挑挑拣拣,他也不想挑挑拣拣,既然父亲认为到根芳那里比较合适,他就到根芳那里去做。

第 3 章

根芳是一个来历不明的女人。

根芳拿她妹妹的身份证到保姆劳务市场报了名,后来她就到三摆渡的吴老师家帮佣。

那时候吴老师的老母亲中风瘫痪,要人服侍,可是换了几个小保姆都不行。吴老师看根芳年长几岁,样子也比较实诚,就要了根芳。

根芳初到三摆渡来的时候,大家并不知道她的身份证是她妹妹的。

根芳在吴老师家服侍老太太,并且做其他许多事情,她服侍老太太服侍得很好,家务事也做得好,吴老师家的人对根芳很满意。后来老太太过世了,吴老师家的人都不想让根芳走。可是吴老师的家境并不好,服侍老太太,是没有办法的事情,现在是不能再留根芳了。

也是事情凑巧,那一阵三摆渡小店的小姑娘贪污了钱,被开除了,正缺人。

吴老师在路上碰见居委会的陈主任,吴老师说:"陈主任,听说小店里要人,我给你推荐一个人,怎么样?"

陈主任笑笑说:"是根芳吧?好吧,就叫根芳来做吧。"

吴老师说:"陈主任你可以先调查一下的。"

陈主任说:"调查什么呀,你们家的根芳,大家都知道的。"

吴老师说:"根芳运气好。"

根芳就到小店去卖东西,她的工作做得很认真,手脚干净,人缘也好,受到大家的欢迎。小店里的人,大都是临时工,一般都做不长的,不是手脚不干净被辞退,就是嫌赚不到大钱自己走,这样根芳做了一年,就已经是一个老资格了。

过一阵居委会筹办"家乐旅馆",在考虑负责人选的时候,陈主任提出根芳,但也有人认为根芳虽然工作好,但毕竟是一个没有根底的人,总是不大放心的。陈主任不这样想,她说:"怎么说根芳没有根底呢,根芳有身份证,就是根底嘛。"别人觉得陈主任的话也对,再说旅社负责人的人选选来选去没有合适的,最后就照陈主任的意思,定了根芳。

本来居委会定一个小小的负责人,是用不着上级批准的,不过陈主任是个比较谨慎的干部,她还是向街道办事处的负责人汇报了一下,并且要了根芳的身份证带去给他们看。他们笑着说:"看什么身份证呀。"

陈主任说:"我做事情要负责的,对上对下,都不能拆烂污的。"

街道领导说:"你陈主任办的事情,我们怎么会不放心呢。"

他们真的没有看根芳的身份证。

陈主任回去把身份证还给根芳时,她问根芳:"你是说你今年三十七岁,是不是?"

根芳说:"是的。"

陈主任拿根芳的身份证仔细地又看了看,说:"不对呀,这上面怎么写一九五九年出生,怎么差这么多?"

根芳的脸有点变色,过了好一会儿,她说:"这不是我的身份证,这是我妹妹的。"

陈主任说:"你怎么可以拿你妹妹的身份证出来冒充呢。"

根芳说:"我的身份证丢掉了,还没有补到,我就先拿了我妹妹的出来。"

陈主任说:"不可以这样的,这样做是犯错误的。"

根芳小心地看了陈主任一眼,说:"你是不是不要我做了……真的,你要是不相信,你可以到我们那边去调查的。"

陈主任说:"你跟你妹妹住在一起?"

根芳说:"我们就姐妹俩,都是招女婿的,都住在家里。"

陈主任看看根芳,又问:"你一个人长期在外面做事,你家里人没有意见?你男人呢?"

根芳说:"我男人死了。"

陈主任想了想说:"过去我们对你的了解太少了。"

根芳说:"你们可以去调查的。"

陈主任说:"调查倒也不一定,工作还是要你做的,只是希望你好好做,不要给人家说闲话。"

根芳说:"是的。"

根芳拿她妹妹的身份证出来做事,这件事很快大家都知道了,三摆渡一带的人,再看根芳的时候,眼光里就有一种怀疑的意思,不过好在根芳自己并不在乎,她仍然和以前一样踏踏实实地做工作,把一个什么基础都没有的"家乐旅馆"办得很兴旺。时间长了,对她有些看法的人也没有别的话好说了。

以后,大家见了根芳都叫她老板娘了。

两年后一个秋天的早晨,根芳在旅社后院天井里洗被单,这是一个晴朗的天气,太阳已经升起来了。旅社的一群小丫头在根芳的指挥下忙得很有生气,她们打打闹闹,吵吵嚷嚷,根芳叫她们不要闹,有的客人还没有起来呢。

这时候陈主任走了进来,她说:"根芳,给你推荐个人。"

根芳回头,就看见一个男人站在陈主任身后,根芳愣了一下。

陈主任说:"一直说要增加人的,一直没有合适的,拖了很长时间了。"

根芳又回头看这个人,根芳觉得他的脸色有些苍白,他发现根芳注意他,就稍稍挪了一下位置,倚在门框边,正有一缕阳光照在他脸上,他眯起眼睛来,好像把自己的一切都要眯起来的样子。

根芳朝他笑笑。

陈主任说:"我介绍一下,这是根芳,旅社的负责人。这是……他姓毕,就住在三摆渡,他……"

根芳"哦"了一声,说:"我知道了,就是毕先生家的。"

陈主任说:"他是老二,叫毕、毕润……叫毕什么的,我倒记不清了,我们这里都不叫他大名的,叫他巴豆的。"

几个小丫头听说这么一个大男人叫巴豆,都笑起来,根芳也笑了一下。

陈主任说:"我那边还有个会,就这样了,安排巴豆做什么,你看着办吧。"

陈主任临走把巴豆叫出来,跟他说:"巴豆,你这个人,我们大家都是知道的,可是,你犯了事情,跟从前总是不一样了,你自己心里要明白,从今以后要好好地做人了。"

巴豆说:"是的。"

陈主任说:"你老父亲为你是伤心伤透了,你以后不能再叫他伤心了,是不是?"

巴豆说:"是的。"

陈主任说:"安排你到这里做,生活可能是粗一些重一些的,不过收入还是不错的。"

巴豆说:"家里都跟我说了,谢谢陈主任关心。"

陈主任说:"还有,我要先提醒你的,旅社里做事的女人多,根芳是很老实的,不过有几个年纪小一点的,可能有点轻骨头,你要自己管住自己,要小心一点才好。"

巴豆说:"是的。"

"还有……"陈主任顿了一顿说,"不说了吧,许多事情要一样一样关照也关照不过来,还是要靠你自己争气的。我走了,你进去吧。记住,做事情勤快一点。"

陈主任走后,巴豆就回进来,几个小姑娘都盯着他看,他朝她们笑笑。

根芳把她们支走了,说:"你想做什么活?我们这里……"

巴豆说:"我无所谓,你叫做什么就做什么。"

根芳说:"你管管账行不行?"

巴豆说:"你们缺管账的?"

根芳说:"也不是缺管账的,本来也没有专门管账的,是我兼做的,我文化不高,管账很吃力,我听他们说你是很有水平的。"

巴豆说:"我不能管账,我恐怕只能做做粗活的。"

根芳也没有一定要巴豆管账,她说:"要不你就负责那辆黄鱼车。"

巴豆问:"黄鱼车做什么?"

根芳告诉他,旅社里设有食堂,所以有许多采买任务,都要用黄鱼车的,每天早晨买菜,隔一段时间买米买煤,或者旅社要添置大件东西,其他时间要去拉客人的。

巴豆说:"好的。"

根芳就把黄鱼车的钥匙给了巴豆,说:"买菜的事,你问问刘厨师,他会跟你说的。至于拉客人,反正沈美珍要去的,你跟着她就可以,做几天就有数了。"

正说着,就有一个三十多岁的女人过来,说:"走了走了,今天谁跟我去?"

根芳对巴豆说:"这就是沈美珍。"又回头跟沈美珍说,"往后就是他跟你了。"

沈美珍笑起来,说:"叫一个大男人跟我做,好笑。"

根芳说:"你不是说踏不动车子,现在有人踏了,你这张嘴也好歇歇了。"

沈美珍说:"我是不会歇的,歇人不歇嘴的。"

根芳说:"他姓毕,叫……"

沈美珍说:"用不着你介绍的,我晓得的,他叫巴豆,山上下来的。"

根芳朝巴豆看看,说:"你今天刚来,就不要跟她过去了,先歇一歇再说。"

巴豆说:"不碍事的,我就跟她去好了。"

根芳说:"也好。美珍你等一等,我带巴豆先认识一下。"

根芳就领着巴豆到旅馆里走走,见了人一一介绍过,有些人就住在三摆渡一带,本来和巴豆就认识,现在见了,都很客气,和他打招呼,最后就到了厨房,见了刘厨子。

刘厨子说:"好的,巴豆,在这里做做好的。"

巴豆说:"是的。"

刘厨子说:"有什么难处,找我好了。"

根芳说:"刘师傅是很热心肠的。"

刘厨子说:"我们跟巴豆,好多年的街坊了,巴豆什么样人,我们都有数的。"

根芳说:"那是的。"

这边正说着,那边沈美珍嚷嚷起来,说时间迟了。

根芳对巴豆说:"你去吧,沈美珍这个人,就是一张嘴凶,她要是瞎说什么,你不要跟她计较。"

巴豆说:"我不计较的。"

巴豆踏了黄鱼车,沈美珍坐在后面,一上车她就咯咯地笑,说:"我踏车子总算踏出头了,现在也轮到我做做大了。"

她见巴豆不说话,又说:"喂,你怎么不说话,这么大的架子做什么呀?"

巴豆说:"我有什么架子。"

沈美珍说:"你本来架子就蛮大的,你那时候是大医生,我老早就认识你的,你不认识我,本来嘛,怎么会认识我们小老百姓。"

巴豆想了想,记不起沈美珍是哪里的,他问:"你从前在哪里做的,是不是三摆渡这边的?"

沈美珍说:"怎么不是,我是煤球店的,这一带的人都认识我的,他们都叫我沈老虎的。"

巴豆不由笑了一下。

沈美珍说:"有什么好笑的,其实我这个人,就是一张嘴,你说是不是?"

巴豆说:"这样好。"

沈美珍说:"这样是好,凶一点,人家不敢欺负我们,我们小老百姓,没有什么别的办法,只有靠自己的。"

巴豆说:"你后来怎么不在煤球店做了?"

沈美珍说:"不要提了,提起来气人,我们店里那个老甲鱼,吃错了药,想吃我的豆腐,哪有那么便宜的事情。"

巴豆说:"哪个老甲鱼?"

沈美珍说:"还有哪个,就是店主任,他以为有一点小屁权,我就会服他了,做梦!"

巴豆说:"你就躲出来让他了?"

沈美珍说:"哪有这么便宜的事,我叫我家男人教训教训他的,我家男人不敢,缩头乌龟,我自己想办法弄瘪老甲鱼,在他的茶杯里放一点泻药,叫他吃点苦头,等他不泻了,再放一点,多放是不行的,少放一点,叫他有苦说不出。"

巴豆说:"他怎么会不知道?"

沈美珍说:"起先他是没有想到的,后来怀疑到我了,我是不怕的,跟他来个死不承认,他也拿我没有办法的,不过煤球店是不好再待下去了。"

巴豆说:"你就到旅馆来了?"

沈美珍说:"没有,一开始叫我到湖笔社去,我去了不到半年就出来了。你想想,叫我跟几个老头老太太死坐在那里做小毛笔,厌气死了,我做不下去的,我想弄点钱做做小生意,可是老公公不肯拿出来,死抠,黑心得不得了,说要钱可以的,他要放高利贷的,借一百,要还他一百五,这种老货,气死人的。"

巴豆说:"你们跟老人没有分开?"

沈美珍说:"我要分开的,我男人不肯,这个男人,实在不像个男人,一点主意也没有的,毛四十岁的人了,还是听老娘老爷的话,跟他吵也吵了无数次了,没有用的。"

巴豆说:"你一张嘴怎么不发挥作用?"

沈美珍笑着说:"发挥不出来的,他们这一家人,儿子是三拳打不出一个闷屁来的,你再讲,他只当听不见,功夫好得不得了,两个老不死的,又是两张利嘴,连我也甘拜下风的。"

巴豆说:"你怎么会想到到旅馆来做的呢,是不是这里效益比较好?"

沈美珍说:"好什么呀,陈主任见过什么世面呀,一二百工资算什么呀。"

巴豆说:"根芳好像很能干的,人也蛮好的,是不是?"

沈美珍愣了一下,说:"根芳,笑面虎。"

巴豆踏了一阵车子,出汗了,停下来脱外衣,沈美珍下车跟他换,巴豆不要,沈美珍说:"你不要跟我犟。"

巴豆就没有跟她犟。

沈美珍踏车子往前,巴豆坐在后面,一路看着街道两边的建筑。

巴豆的感觉好像对这一切已经很陌生了,其实五年并不算很长。巴豆一路看着,有一些新建的大楼,但是并不很多,变化不是很明显,和旧房子挤在一起,给人一种鹤立鸡群的感觉。尽管如此,巴豆心里还是有一种重新入世的感受,他毕竟和这个世界隔绝五年了。

他们到了车站,停好车子,时间还早,沈美珍说:"你在这里守着,我出去转一转就回来。"

巴豆说:"要我在这里做什么?"

沈美珍说:"你急什么,这一会儿你看看野景,等一会儿有火车到,下了客人,我会过来的。"

沈美珍就走开了,巴豆干坐了一会儿,没趣,摸出烟来,却找不到火柴,到旁边一个三轮车老工人那里借火。

那老工人跟巴豆搭讪,说:"没有见过你,是新来的吧?"

巴豆说:"我不是三轮车,我是旅馆的。"

老工人说:"我知道你是三摆渡旅馆的,那边的人我都熟悉,所以我晓得你是新来的。"

巴豆说:"你们做的年数长了,都熟了。"

老工人说:"你们三摆渡我也有几个同道的,毛小白癞子,还有他的儿子毛宗伟,他们家的老爷子毛白癞子我也认识的。"

巴豆说:"我们是邻居。"

老工人"哦"了一声,说:"自己人,自己人,我跟毛家是一级关系,你是他们的相邻,等于是自己人,对不对?"

巴豆笑笑。

老工人说:"我姓张,他们都叫我张大帅。你不要笑,我们这班人,阿胡乱的。"

巴豆又笑笑。

张大帅说:"你这样的人,怎么会在那种小地方做,是不是刚刚下来?"

巴豆点点头。

张大帅说:"你看我的眼光怎么样,凶不凶?我跟你说,在这种地方混了几十年下来,什么样的人没有见过,什么样的事情没有碰到过。"

巴豆说:"是的。"

张大帅又说:"你是什么事情进去的?"

这时候又有几个年纪轻一点的三轮车工人过来听他们攀谈,他们听张大帅问巴豆,其中有一个就插上来说:"做码子,还是挂码子?"

另一个说:"看他样子,不像。"

巴豆说:"你们倒是熟门熟路的。"

一人说:"不瞒朋友,我们这里,蹲过白帝城的,百分之九十五,你看看这批年纪轻一点的,全是这帮朋友,只有张大帅这种老货,没有见过大世面。"

张大帅说:"小老卵,人不老卵老。"

他们一起大笑。

张大帅对巴豆说:"你听他们胡吹,这几个,小角色,边风子,小敲小打,惹祸的事情不敢做的。"

那几个人起了一会儿哄,走开了。

张大帅说:"我也长远不到毛小白癞子那边去了,从他不做车站生意,也有好几年了,他身体好吧?"

巴豆说:"好的。"

张大帅说:"仍旧天天喝酒唱戏?"

巴豆说:"还是的。"

张大帅笑,说:"老家伙,几时要去望望他了,长远不见,有点牵记他了。你回去先给我带个信儿,说我过日要去喝他的老酒。"

巴豆说:"好的。"

张大帅四处看看,说:"沈美珍这个女人,又溜开了?"

巴豆说:"她说出去转转。"

张大帅说:"转她个魂,去赌去了,这女人,赌性重的。"

巴豆还没有来得及说什么,就见沈美珍笑着过来了,满面春风。

张大帅一看,说:"好了,今天手气好的。"

沈美珍说:"要你管什么闲事。"

张大帅说:"我不管你谁管你。"他回头对巴豆说,"你到这种地方,有什么做头,还不如出来拉拉车子,钱也好赚,省得跟这些女人烦。"

沈美珍说:"死老张,你少触壁脚,我们旅馆有什么不好。"

张大帅说:"你们呀,婊子窝,好呀。"

沈美珍一边笑一边说:"你再讲,我撕豁你这张嘴。"

张大帅说:"我不跟你烦,我烦不过你,我跟这位朋友说正经事。真的,我看你倒不如跳出来的好,现在嘛,你赚到钱,就是本事。"

沈美珍说:"你有什么好去处,给我去。"

张大帅指指车站出口处,说:"去吧,下客了。"

果真下了一大批客人,沈美珍叫巴豆把车子踏过去,自己迎上去,哇啦哇啦地喊:"家乐旅馆,家乐旅馆,环境优美,房间舒适,价格便宜,一流的服务……"

她一边喊一边挥动手里的牌子,可是没有什么人驻足看一下或者听一听,很快出站的人走得差不多了,沈美珍索性上前拉拉扯扯,后来总算给她拉到一个,四十出头的样子,尖头尖脑的,被沈美珍拉着过来,一路说:"你们是什么旅馆,有没有发票的?我要报销的。"

沈美珍说:"你放心好了,有发票的,怎么会没有发票呢,我们又不是什么野鸡店,不会骗你的,你要报销,多给你一点发票,怎么样?上路吧。"

那人被沈美珍连拉带推地上了车,沈美珍对巴豆说:"你拉他过去吧,我在这边。"

巴豆就踏了黄鱼车送客人去旅馆,一路上这个人不停地说话,一会儿说上当了,肯定是什么破地方,要不然怎么用黄鱼车出来接客人,一会儿又问是不是汽车出去派别的用场了。巴豆没有接他的腔,只管往前,到了三摆渡,叫那人下车,领他进旅馆去。那人进了旅馆一看,叫起来,说:"上当了,上当了,你们骗人,这种破地方,什么旅馆呀,一座破庙,这地方怎么可以住人。"

他大叫大嚷,引来不少人看热闹,巴豆说:"这里为什么不可以住人,许多客人住在这里不是蛮好吗。"

那人说:"我跟他们不一样的,他们是什么人,他们能住我不能住的,我上你们的当了,我不住了,你送我回去。"

这时根芳他们也出来了,根芳说:"你不住我们也不能勉强你,不过我跟你说,我们这里房子虽然旧一点,但是条件不比别人差的,我们连续几年都是先进单位。"

那人说:"我不相信你们,这种房子,住在里边吓人兮兮的。"

根芳说:"你实在不想住就算了。"

那人说:"你们把我骗到这里,怎么算了?"

巴豆说:"是不能这么算了,你把车钱付了。"

那人说:"什么,还要叫我付车钱?你们耽误了我的时间,我没有跟你们算账,算是便宜你们了,你们这是什么经营作风,我要到工商局去告你们,罚你们一笔钱,你们就老实了。"

根芳把巴豆拉到一边,跟他说:"你不要多说了,还回车站去吧,沈美珍那边等你的。"

巴豆骑上车子正要走,就看见老父亲站在不远处看着他,巴豆走过去,说:"爸爸,你怎么来了?"

毕老先生看看巴豆,没有说话,只叹息一声。

巴豆说:"是不是有什么事情?"

毕老先生摇摇头,过了一会儿,他说:"你在这里先做做,老姜正在帮你想办法,我也托了人的。"

巴豆说:"这里做做也好的,一样的。"

毕老先生说："你这样想就好。"

巴豆说："我是这样想的。"

毕老先生说："我没有什么事情，你去忙吧。"

巴豆踏了车子走，毕老先生在后面关照："马路上小心一点，车子多。"

巴豆应着，很快骑远了，他回头看，父亲还站在旅馆门前看着他。

巴豆第二次来到车站，沈美珍正和几个三轮车工人在翻扑克，最简单的赌法，谁的点数大谁就是赢家，沈美珍的手气比较好，总是能翻到大点数的牌，所以笑脸常开着，巴豆看了好一会儿她才发现巴豆来了，扔下那几个人过来问巴豆："喂，那个寿头怎么样了？"

巴豆把情况说了，沈美珍说："你放心，这是一条网中的鱼了，到了根芳手里，谁还能逃得出来。"

巴豆说："根芳有这本事？"

沈美珍怪样地一笑，说："要不然怎么是根芳呢。"

巴豆说："不过旅馆的房子是旧了一点，门面上不大好看，当初怎么选了这地方做旅馆的？"

沈美珍说："这地方现成的，不要本钱的，有什么不好。"

巴豆说："倒也是的，一座旧庙，利用起来了。"

沈美珍说："他们都说这地方风水好，财神庙嘛，风水当然好啦。"

三摆渡街口的这座庙，原先是一座五路神庙，庙门两边的石柱上刻有"神明在此，各宜恭敬，官吏士民，于此下马"十六个字。其实即使不刻这十六个字，百姓们对于五路神也是十分恭敬的。在古代民间风俗有东西南北中五个方位神，称为"五路神"，这五路神的职能是保护人们的旅途平安。而古人出门，大都是经商谋财，于是五路神就逐渐地等同于财神了。五路神就称为"五路财神。"

对于财神的膜拜，民间有各种不同形式，膜拜的对象也有所不同，有人拜的是一路财神赵公元帅，也有人敬五路财神，这其实都无关紧要，关键是心诚，心诚则灵。

在三摆渡这一带以及在城西北角，许多人都是敬五路财神的，所以从前三摆渡的这座五路神庙的香火是很兴旺的，虽然在苏州城里，有上方山借阴债的说法，更多的人要敬财神都是往上方山去的。上方山上的庙叫作五显灵顺庙，这"五显"究竟何许人氏，何方神仙，说法是很多的，这也不奇怪，本来这种神鬼之事，是不大可能有一个确定的说法的，有的说法认为"五显"不仅不是神仙，而且是妖怪，说这五妖能附于人身作怪，百姓惧之，所以供奉以求平安。这样的说法和五路财神相去甚远，以后也不知怎么附会成了五路财神，大家希望财运亨通，家道兴旺，就在八月十七日五路神生日这一天，到上方山烧香，这种做法，又称作借阴债。凡是借到阴债的人，必是能够发财大吉的。关于阴债，何为借到，何为借不到，也是有说法的，比如求签，求到上、中签，便为借到，求到下签，便是借不到。上方山借阴债的这种风俗，在城里城外都是很兴的，以致给一些巫觋兴妖作怪以可乘之机。他们不仅贪掠百姓钱财，而且伤风败俗，闹得乌烟瘴气，在清朝康熙年间，江苏巡抚指上方山五显为"邪神"，并亲自上山把五显泥像拖出来抛于石湖，煞住了"五显"作祟。

尽管如此，人们还是要往上方山去，而三摆渡这边的这个五路财神庙，只是一些近段的居民或者一些老人，已没有力气上上方山，就到这里来还一还心愿。

在当年毕仁达医生购买三摆渡房子时，五路神是怎么样的一番情形，现在已经不得而知了。后来五路神庙就不再是一座庙了，成了街道工厂的仓库，然后又改做居委会的办公室，再以后就办了家乐旅馆。

把一座破庙办成一家像模像样的能够吸引人的旅社,并不是一件很容易的事,所以沈美珍说根芳有本事,巴豆是相信的。

中午他们回到旅馆,果然看见早上那个人已经住下,正在食堂和几个人吹牛。

巴豆走进去,他还跟巴豆笑笑。

按旅馆规定,旅馆的工作人员可以在食堂吃饭,巴豆第一天来做,根芳就叫他在食堂吃,可是毕老先生要巴豆回家吃饭,巴豆一时还没有拿定主意,他到食堂看看,发现在这里住宿的人,大都在食堂吃饭,这大概也是根芳想的办法。

刘厨子在里边看到巴豆,连忙招呼他,巴豆过去,刘厨子拿出两个瓷盘子,一只盛了饭,一只是菜,递给巴豆,巴豆犹豫了一下,接了过来,说:"我想回去吃的。"

刘厨子说:"回去吃做什么,这里有的白吃,乐得白吃。"

一会儿根芳也过来吃饭,她坐到巴豆旁边,说:"一开始不习惯吧?做做就会习惯的。"

巴豆说:"蛮好的。"

根芳说:"你回来晚了,毕老先生来看过你两次了。"

巴豆说:"是不是有什么事情?"

根芳说:"我也问过他的,他说没有什么事,我看也不像有什么要紧事情,大概不放心你,过来看看的。"

巴豆点点头。

根芳说:"吃过饭你回去看看,要是有什么事情,你去办好了,在这里做,无所谓上班下班的,有空多做点,没有空就少做一点,大家都这样。"

巴豆说:"好的。"

吃过饭巴豆就要回去看看,临走时根芳喊住他,给他一个信封,巴豆一看,是钱。

巴豆说:"不是说好十天以后拿钱的吗?"

根芳说:"早拿晚拿总是要拿的,你可能需要用钱,先给你,一样的。"

巴豆拿了钱,说:"谢谢了,你多关照的。"

根芳笑笑,就走开了。

巴豆拿了钱走出来,碰见沈美珍,沈美珍说:"我说的吧,根芳会吧。"

巴豆觉得根芳确实是会做人的,但是巴豆并没有多想什么,根芳和他并没有多大的关系。

第 4 章

毕先生的几位医学界老友,筹办退休专家中西医汇通门诊,大家一致认为毕先生是不可缺少的人选。

季凤达医生去找毕先生,请毕先生出山,毕先生说:"我是西医。"

季医生说:"我也是西医。"

毕先生说:"我老了。"

季医生说:"我也老了。"

他们互相看看,笑起来了。

季凤达比毕先生稍小几岁,他的从医道路和毕先生相差不多,也是在家学了中医,而后进西医学校学习,早在三四十年代就已经是一个中西贯通、医术高明的医生,他早年在苏州郊外的一个小镇上行医,被当地群众誉为"三庭柱"之首,由于他每日门诊要到下午四五点钟才能结束,难以应邀出诊,所以当地流传"请不出的季凤达"就是由此而来的。以后他又响应人民政府的号召,和另几个医生一起,创办个体医生联合诊所,并把自己的医疗器械药品等都带进了联合诊所,当时人民政府曾经号召医学界同道学习季凤达。季凤达的联合诊所办得很出色,季医生的名声也越来越大,几年后就调到市里一家大医院做了副院长。

由此可见,季凤达和毕先生相同的只是他们从医的开始,以后的经历却是不一样的,正因为如此,他们的晚年境遇也有所不同。毕先生从医的主要阶段不是在当地,所以当地人对于毕先生的了解是很有限的。季医生却不同,他的名就出在本地,季医生是平民百姓和领导干部都了解、都熟悉的。

现在在老百姓中,若是有了病找不到好医生,他们就会想起或者提起季医生,如果有谁曾经请季医生看过病,日后说起来,也是很光彩的。还有一些老干部,比较信任季凤达这样的老医生,有了什么疑难病症,还是要找季凤达看的,所以季医生虽然已经退休好多年,却还是门庭若市。

现在季医生提议创办中西汇通专家门诊,立即得到各方面的支持和帮助。季医生缺少的就是符合条件的人选。

季医生来找毕先生,和季医生相比,毕先生默默无闻地生活着,不显山不露水,慕名找上门来的人很少,但是在同道中,毕先生的医术医道,大家都是知道的。

季医生说:"以前我们虽然接触不多,但是毕先生的事情我们都晓得的,我们请毕先生出山,主要是想请毕先生为我们撑撑台面,有毕先生在,我们这个门诊的档次就高得多了。"

毕先生说:"季医生你客气了,我是人老珠黄了,没有用了。"

季医生说:"没有的事,毕先生是宝刀不老的。"

毕先生笑了,说:"你们怎么弄个什么中西汇通呢?"

季医生说:"不瞒毕先生,什么中西汇通,一个老名字罢了,老名字翻出来新用,也是现在比较时兴的。"

毕先生说:"哗众取宠啊。"

他们又一起笑了起来。

季医生说:"毕先生同意了,是吧?"

毕先生说:"你们这样上门来请,我怎么好推辞呀。"

季医生见说通了毕先生,很高兴,说:"我来之前,他们都说我要碰钉子的,我也是做好了准备来的,想不到毕先生是很好说话的人,早知这样,我早就来向毕先生请教了。"

毕先生说:"你这个中西汇通,打算怎么弄?"

季医生说:"其实说起来也没有什么新东西。"

毕先生郑重地说:"马马虎虎恐怕不行的,既然叫退休专家门诊,人家寄的希望一定是比较大,不能拆烂污的,总要弄点新的东西,不然人家会说话的。我们可以商量商量,大家出出主意。"

季医生说:"是的,毕先生说得有道理,我先回去,跟他们商量一下,回头来向毕先生汇报。"

毕先生说:"汇报是不敢当的,我的想法,既然要弄,就要像模像样的。"

季医生点头,说:"是的。"

季医生回去以后,毕先生倒是上了点心思,他翻箱倒柜找了一些过去的医学书,都是有关中西贯通的,比如有《医学原始》等。

《医学原始》的作者王宏翰是清康熙年间苏州的一位名医,在他行医的年代,已有少数西方医学著作传入我国,比如《性学粗述》《空际格致》《全体新论》等,这些书都对王宏翰产生过相当的影响,他精通中医,又致力于西医学的研究探索,为了汇通中西,他曾经撰写了不少著作。王宏翰可算是中国最早的中西汇通派。在王宏翰以后比较有影响的中西汇通派有清光绪年间的顾福如。顾福如的父亲也是苏州著名的中医,顾福如从小受新思潮影响,改学西医,考入苏州博习医院医学堂学西医,先后师从美籍医师伯乐文和国人医师成颂文,学成后,伯乐文赠予听诊器一副,成颂文授予抬牌一文,上书:伯乐文、成颂文门人,顾福如中西内外大小文脉。悬壶于苏州诊所。顾福如于实践经验中深感中西医学各有所长,觉得应该互相济用,而不必存畛域之见。所以他在临床工作中,常常以中西两法诊治,并且开始利用化验等先进查病手段,因而顾氏名声大震,就诊者络绎不绝。

后来毕先生抗战时期在乡下小镇的情形其实和当初顾福如的情况大同小异，所不同的是毕先生因为出洋留学，对西医学的掌握当然要比当年的顾福如全面、透彻得多，所以后来毕先生一旦有机会回到西医界，对于中医，他也就不再有什么留恋的了。

现在毕先生重新找出一些古旧医书来看，他看王宏翰、顾福如他们的书，也看他们的门人当初记录下来的王、顾的一些问诊，开药的详细内容。毕先生看着，就觉得很有启发。

本来毕先生等着季医生去商量过了再来跟他说说，可是季医生一去以后好长时间一直没有再来，毕先生虽然心中有些惦记这件事情，但因为巴豆回来以及因此而带来的一系列事情，毕先生这一阵就觉得有些心烦意乱，也无暇再顾及季医生说过的事了，既然季医生不再来找他，毕先生也就不再放在心上。

对毕先生来说，巴豆是第一位的，这一点不用怀疑，那天毕先生在家乐旅馆门前看到巴豆，毕先生就意识到巴豆是不适合做这个工作的，毕先生心里，总是在想着巴豆的事，他要为巴豆找一个适合于他的事做，这是毕先生的一块心病。

毕先生已经把季凤达的事情丢开了，可是季医生却又来了，告诉毕先生，专家门诊的事情已经全办好了，门诊放在区医院，现在是万事俱备，只等开张了。季医生说开张之日，市里的领导、区里的领导都要来祝贺的，又说毕先生的门诊是定在周三和周六上午。季医生要毕先生早做准备。

毕先生说："哎呀，你也不来打个招呼，这么突然来跟我说，我怎么来得及准备什么呀。"

季医生说："毕先生以你的本事其实也不需要什么准备的，是不是？别的不行，要说看病，你还不是驾轻就熟。"

毕先生连连摇头，说："不行的，不行的，我已经很生疏了。再说病人倘是要开中药吃，我对中药也把握不好了。"

季医生说："毕先生你就不要客气了，中药方子你要是开不出来，还叫什么毕先生，毕先生的情况我们都有数的，要是真的一时把握不准，看看中医书，现在的书上，什么都写得清清楚楚。"

毕先生说："要看了书开方子，还叫什么专家门诊，要被人家笑话的。"

季医生说："就是，所以我们知道毕先生是来事的。"

毕先生说："我能不能迟一些日子去，这一阵家里有点事，我放心不下，去坐诊恐怕也是不能安心的。"

季医生就问他什么事，毕先生犹豫了一下，还是告诉了季医生，毕先生儿子的事情，季医生是听说过的，所以毕先生一说，季医生就明白了，他说："是工作的事，我可以帮你留心，你平时出去得少，跟外面人联系也少，大概没有什么路子，我在外面有很多熟人，我帮你打听打听。"

毕先生说："季医生真要是有办法那是太好了，我拜托季医生，要不要我去把巴豆叫来，你见见他？"

季医生说："不必了，巴豆的事，我们都听说过的，从前他在第一人民医院的是吧？"

毕先生叹气说："好好的日子，他自己作掉了。"

季医生说："已经过去的就算了，现在争取投个好胎倒是真的。"

毕先生说："就是这句话呀，可是像他这样里边出来的，到哪里去投好胎呢。"

季医生说："你不要着急，巴豆是有一技之长的，现在外面缺这样的人才的。"

毕先生十分感动，连连说："好，这就好，季医生肯帮忙，我就有盼头了。"

季医生笑笑说："我会尽力而为的。"

然后季医生就把话题转到专家门诊的事上，和毕先生谈妥了，季医生就走了。

到了毕先生门诊的那一日,毕先生一大早就过去了,季医生已经在那里,见了毕先生,他很高兴,说了毕先生一堆好话,毕先生一直等他说巴豆的事,可是季医生一直没有提起,毕先生也觉得刚来就追问季医生这件事不大好,只有耐心地等一等。

季医生他们办的这个专家门诊,是很重视宣传的,事先在报纸上和广播里都讲过了,所以来就诊的人还是比较多的,半个上午毕先生基本上没有歇过,来就诊的又多数是想要医生开中药吃,毕先生是要十分慎重的,所以半个上午看下来,毕先生已经有点累了,其他人见了,叫毕先生歇一会儿,毕先生也没有歇。到了快中午的时候,人总算少了一点,毕先生正要歇一歇,季医生几个人就拥着一位老先生过来,季医生给毕先生介绍,是市里的一位老干部刘主任,虽然已经离休,却还是很关心医学事业的,这一次季医生他们办专家门诊,主要是刘主任支持的。

刘主任和毕先生握了手,笑呵呵地说:"知道知道,毕先生的名字,我早就听说过的,我也是本地人,从小就听家里大人说毕氏内科是很了不起的。"

毕先生连忙说:"领导过奖了,我们现在都老了,没有什么用了。"

刘主任说:"怎么能说老呢,我还要请毕先生帮忙呢。"

于是季医生拿出一张片子来,是刘主任的老伴儿的,毛病在胃部,片子上有阴影,先后请好些医生看了,说法不一,刘主任的老伴又死活不肯做胃镜,不做胃镜检查,很难确诊是良性还是恶性,所以又拿来请毕先生再看看。

毕先生看了片子,一时也不好下结论,他对刘主任说:"看片子是有些问题,但最好还是要病人来,说到底看病是看人的病,人不来,这病恐怕看不大准。"

刘主任连连点头,点过头又叹气,说:"唉,我那位老太太,现在是悲观到底了,连病也不肯出来看。"

季医生说："这不要紧，我们也可以出诊的。"

刘主任连连摇手，说："不要，不要，你们都是很有名望的老医生，怎么能叫你们到我家去，这样不好的，还是我动员她出来看病。对了，毕先生是周三门诊，对吧？"

季医生说："毕先生周三周六上午门诊。其实真的，我们是可以出诊的，您不要客气。"

刘主任坚决不要他们出诊，说好到周六来看。后来他们又说了一些别的话，季医生就送刘主任走了。毕先生看看时间，已经到吃饭的时候，他因为没有和季医生说上话，又等了一会儿，等季医生回来。

季医生送走刘主任进来，收拾了一下东西准备下班，他看毕先生还没有走，说："毕先生，不早了，不会有人来了，你也可以走了。"

毕先生"哦"了一声，却没有动。

季医生回头看看他，有点奇怪，问："毕先生，是不是有什么事情？"

毕先生张了张嘴，话到嘴边又咽了回去，他看季医生好像把那件事情忘记了，毕先生想如果季医生忘记了，是不是应该提醒他呢？又想，这件事他郑重其事地拜托了季医生的，如果这么两三天就忘记了，说明季医生这个人是不大可靠的，这样的人，提醒了他也是没有什么用的，所以想来想去不知道是跟季医生说好，还是不说好。

季医生最后还是没有提起毕先生托他的事，两个人在路口分了手，各奔东西。

到了周六，毕先生又去门诊，一上午过去，那位刘主任并没有带了老伴来看病，毕先生倒没有什么想法，可是季医生整个上午看上去都不大定心，快下班的时候，季医生对毕先生说："我们应该抽个时间上门去看看，也可能老太太的病重了走不出来。"

毕先生说:"好的,什么时候去,你跟我说一声好了。"

季医生说:"那就这样说定了。"

季医生和毕先生走到该分手的地方,季医生仍然没有提巴豆工作的事情,毕先生忍不住说:"季医生……"

季医生停下来,朝毕先生看看,很关心地问:"毕先生,你好像有心思,什么事,能跟我说说吗?"

毕先生也朝季医生看看,他看季医生满脸的真诚,他想也许季医生事情多真的忘记了,还是提醒他一下,于是说:"就是上一次,我拜托你的,我儿子巴豆的事……"

季医生"哦"了一声,说:"你看我这个人,多糊涂,早就要跟你说的,见了面却又忘记。巴豆的事情,看起来比较困难的,你也知道,主要是因为那个,现在的单位,对这样的人总是有点怕,不敢要。"

毕先生说:"巴豆其实……"

季医生说:"我都知道,可是我了解巴豆没有用,人家不相信。"

毕先生说:"我早知道是很难的。"

季医生说:"不过毕先生你也不要泄气,我再帮你留心,总会有办法的。"

毕先生是很泄气的,但他还是说:"那就多谢季医生了。"

毕先生回家去,他走了一段路,觉得有点累,就在卖菱桥上歇歇脚,他看着卖菱桥石柱上的石刻:

湍流到此仍环转
皎日涌空口壁圆

心里十分感慨,相传从前有一卖菱老人,性直好义,有余施济贫困,后来因与人争执曲直不胜,愤而自溺于此桥下,后人念之,故改桥名为"卖菱桥"。

现在毕先生在卖菱桥上想着这位耿直不屈的老人,他想老人投河自溺时的心情一定是十分悲壮的,也可能是十分凄凉的。

毕先生回到家,就看到金林在家,毕先生说:"你怎么过来了,怎么有空的?"

金林说:"我有点事情回来的。"

毕先生问什么事情,金林说:"巴豆什么时候回来,事情跟他有关系的,其实也就是他自己的事情。"

毕先生说:"巴豆要到下晚,中午也不回来吃饭的。"

金林说:"小李来找过我,跟我商量,她那边的人是个独子,想要小李生一个,小李一直是为毕业想的,但是也不能不为那边想想,如果小李要生一个,毕业就要送回这边来。"

毕先生没有听完就激动起来,说:"回来,回来,叫她马上送回来。"

金林说:"先要跟巴豆商量一下的,不知道巴豆怎么想。"

毕先生说:"巴豆还能怎么想,他想女儿都要想疯了,你们看不出来呀?"

金林说:"怎么会看不出来,主要是现在毕业不肯回来,如果要毕业回来,巴豆要有思想准备的,小孩子恐怕不大愿意跟他在一起。"

毕先生说:"慢慢会好起来的。"

金林说:"那就不跟巴豆商量,我现在就去告诉小李。"

毕先生说:"巴豆回来我会跟他说的。"

金林走后,毕先生有点坐不住了,他跑到家乐旅馆去找巴豆,根芳说巴豆到车站去了,要下晚才回来,毕先生就要自己到车站去找,根芳说:"你有急事,我叫一个人去帮你找,你这么大年纪,自己怎么去。"

毕先生谢过根芳,回去等巴豆,过了大约一个小时,巴豆回来了,巴豆一进门,毕先生就说:"巴豆,毕业要回来了。"

巴豆愣了一下,想说什么却说不出来。

毕先生说:"金林刚才来过了,说小李要把毕业送过来,跟我们过。"

巴豆说:"为什么?"

毕先生说:"只要毕业能过来跟我们一起,就不要再问为什么了。"

巴豆点点头,毕先生看他的眼圈发红,连忙说:"你去准备准备,说不定她会自己送毕业回来的。"

巴豆等到下晚,她们果真来了,金林、毕业,还有小李。

小李进门看见巴豆,她哭了,小李一哭毕业也跟着哭了起来。

毕先生不知道怎么劝小李,这时候好像说什么话都是多余的,只有让她哭一哭。

巴豆闷头坐在一边,他看前妻比以前憔悴多了,心里一时很乱。

后来金林把小李劝到楼上巴豆房里,小李终于哭够了。

金林叫巴豆跟上楼去,巴豆犹豫了一下,跟了上去。

小李已经擦干了眼泪,平静下来,她看着巴豆,说:"你吃苦了。"

巴豆说:"我不苦,我就是苦也是自找的,倒是苦了你们。"

小李听巴豆这样说,眼泪又要出来了,巴豆说:"你现在,还好吧?"

小李揉着眼睛说:"我好的,他对我……好的。"

巴豆点点头。

小李说:"毕业回来跟你过,行不行?"

巴豆说:"为什么你要把毕业送过来?"

小李说:"他是个独子,不能没有个后代……我……"

巴豆看着小李,过了一会儿说:"不是这个原因,你是让毕业回来陪我的。"

小李不作声,慢慢地淌下眼泪来。

巴豆咳嗽一声,说:"其实不必要,为我这样的人,你实在是不必要牺牲自己,又委屈孩子。"

小李又哭出声来,连连说:"为你这样的人,为你这样的人……"

巴豆突然走过去一把搂住了前妻,小李没有挣扎,软软地靠在巴豆身上。

这时候毕业突然出现在门口,冷冷地看着他们,小李一惊,连忙坐好,说:"毕业,你过来,叫爸爸。"

毕业僵在门口,不进去,也不叫爸爸。

小李又说了一遍,毕业还是那个样子,小李有点伤心,说:"你这个孩子,怎么这样……"

巴豆说:"不要怪她,是我没有资格做父亲。"

巴豆这样说了,毕业倒不再冷冷地看着他了,但还是一言不发。

巴豆对她说:"毕业,你不要担心,你还是跟你妈妈过,只要你高兴,到哪里住都是一样的。"

毕业好像不相信巴豆的话,警惕地看看父亲,又看看母亲,仍然不开口。

现在巴豆有时间仔细地看看女儿,毕业今年九岁,巴豆出事那年她才四岁,那时候她什么也不懂,她也许以为父亲是出差去了,也许会带许多好吃好玩的东西给她,巴豆还记得,他被带走的时候,女儿在笑,这是巴豆永远也忘不了的。

以后毕业渐渐地懂事,她一定会知道父亲老不回家是怎么一回事,毕业也许会因此受到别的孩子的嘲笑和歧视,虽然对一个不满十岁的孩子来说,并不一定能够理解嘲笑和歧视的全部含义,但毕业一定已经明白父亲给她带来的是什么。

尽管如此,现在毕业站在巴豆眼前,她先是冷冷地看着父亲,父亲对她来说,只是一个陌生人,她也许正在努力地回忆这个人,她也许什么也没有想起来,也许终于想起了一些事情。

巴豆面对女儿,此时有些不知所措,他可以冷静地对待一切,但要他很冷静地对待女儿,他却做不到,他甚至不能直视女儿。

也许毕业终于明白了一些事情,她突然张口叫:"爸爸。"

巴豆的眼睛湿润了,他朝女儿走过去,毕业却转身跑下楼去。

毕业喊爸爸,也许是出于孩子内心的某种本能,某种与生俱来的亲情,也或者是由大人的意思决定的,但不管毕业出于何种原因叫了巴豆一声爸爸,这对巴豆来说,意义却是非同一般的,巴豆在这时候流下了多少年来没有流过的眼泪。

毕业下楼后,巴豆和小李相对无言,沉默了一会儿,小李从口袋里拿出一沓钱来,递给巴豆,巴豆一开始没有接,小李说:"毕业在你这里过,这是毕业的生活费。"

巴豆说:"我能够养活女儿的。"

小李说:"我知道,但是现在你需要钱,你不要推托了。"

巴豆点点头,收下了钱。

小李看巴豆把钱放好,又说:"有什么事情,你叫毕业来叫我,他是个好人,他知道你的情况,他肯帮助人的。"

巴豆说:"你跟毕业说过了吗?要她住在这边,毕业愿意不愿意?"

小李说:"我跟她说了,小孩子,一开始总有点不习惯,过几日就好了,她跟爷爷也很亲的。"

巴豆看着前妻,感觉得出小李对他还是有感情的,还是依恋的,但是再走回头路却是不可能的了,他在心里重重地叹息着。

小李帮巴豆把零乱的房间整理了一下,突然她回头问巴豆:"她的情况,你知道吗?"

巴豆好像知道她问的是谁,但他还是反问了一句:"你说谁?"

小李垂下眼帘,说:"她,章华……"

巴豆说:"不提她了吧。"

小李却摇摇头说:"你不明白,她对你……"

巴豆说:"还是不要说了。"

小李没有听巴豆的,继续说:"她知道我跟你分了手,她来找过我,她说她也要和丈夫离婚,一定要离的。"

巴豆心里被什么触动了一下。

小李说:"她说她要等你,哪怕等一辈子,她也要等的。"

巴豆盯着前妻,他知道她不会说谎,但是小李不说谎并不等于章华就真的在等他,甚至等他一辈子。

小李说着,又流下眼泪来,她哽咽着说:"巴豆,我不如她,我……我……"

巴豆紧紧地搂住小李,只说了一个字:"不。"

小李却推开巴豆,说:"巴豆,你要去找她,我希望你去找她,真的,她,会对你有帮助的。"

巴豆说:"我不会去找她的。"

小李说:"我求求你。"

巴豆说:"我只想问你一句,我们,还有没有希望?"

小李一惊,顿了片刻,她说:"没有了,巴豆,我们不可能了……"

巴豆慢慢地点了点头,不再说什么。

他们默默地坐了一会儿,金林上楼来,说毕业在楼下哭,说什么也不肯住到这边来。

小李要下楼去跟毕业说,巴豆挡住了她,巴豆说:"算了,孩子不愿意,还是不要勉强,让毕业自己决定自己的事。"

他们一起下了楼,毕业看见了他们,不哭了,也不说话。

巴豆对女儿说:"时间不早了,你跟妈妈回去吧。"

毕业瞪大眼睛看着巴豆,看着这个陌生的父亲。

巴豆笑了一下,说:"当然这里永远是你的家,你什么时候要来就来。"

毕业又朝妈妈看看,好像在问:真的让我跟你回去吗?

小李拉住女儿的手说:"走吧。"

毕业大概想不到这么轻易就达到了目的,她反而有点犹豫了,爷爷的家,也就是毕业的家,现在毕业有两个家,毕业知道两个家都要她,她当然也是两个家都要的,爷爷的家,是她出生的地方,也是留在她记忆中最早最深刻的内容,她十分依恋这个家,但是如果要她离开妈妈,留在这个家里,毕业实在是勉为其难的。毕业的想法,就是妈妈不要走,这样一切的矛盾也就解决了。

于是毕业说:"妈妈,我们不走了,你不走,我也不走,好吗?"

大人们都无言以对。

毕业说:"这有什么难的,妈妈你回那边去说一声就行了。"

小李再一次拉起毕业的手说:"不要瞎说了,我们走吧。"

毕业不解地看着大家,她被妈妈拉着,回头对毕先生说:"爷爷,我明天来看你。"

毕先生说:"还有你爸爸。"

毕业笑起来:"咦,你和爸爸住在一起,看你就是看爸爸呀。"

毕业天真的笑,使大人更觉心酸,金林说:"好了好了,又不是住在外国,就在一个城市里,随时可以走动的。"

金林陪着小李和毕业一起走了,毕先生回屋里坐下,只觉得浑身无力,巴豆说:"时间不早了,您睡吧。"

毕先生说:"你叫我怎么睡得着。"

巴豆不好说什么。

毕先生说:"你先坐下,我有话跟你说。"

巴豆坐下了。

毕先生说:"你的女儿,你不想要?"

巴豆苦笑笑。

毕先生说:"你不要我要的,我要去跟小李说的,她日后再有了小孩,他们家对毕业,就不会像现在这样宝贝了。"

巴豆说:"他们都很喜欢毕业的。"

毕先生摇头说:"你不懂的。"

巴豆说:"就是现在把毕业接过来,我现在的情况,毕业跟着我,也没有什么好日子过的。"

毕先生说:"你是说的钱还是说别的什么。"

巴豆说:"钱也是一个很重要的因素。"

毕先生说:"钱我还有一些。"

巴豆说:"我不能再要你的钱了,你自己留着吧。"

毕先生说:"生不带来死不带走,我留着做什么,我也没有多少日子了,我总要看到你走上了轨道,我才能安心走的。"

巴豆说:"我知道你的心思。"

毕先生说:"你不知道的,你在根芳那里做,我心里不好过,那种事情,不适合你的,我帮你在外面想办法,可是……我没有什么路子,我心里急呀。"

巴豆说:"在根芳那里做做也还好的。"

毕先生说:"难道你打算一直这么做下去?你这样后半辈子就没有希望了。"

巴豆心想,我难道还会有什么大的指望和好的结果吗?但他没有说出来。

毕先生说:"你从前的朋友,有没有什么路子,你找找他们,说不定能有一条出路。"

巴豆说:"好吧,我想想。"

巴豆在说"我想想"的时候其实他根本没有想,但是当他回到自己屋里,躺在床上的时候,他想到了一个人。

巴豆想到的人,是章华。

第 5 章

南洲街又叫作宾馆街,顾名思义,这一条街上宾馆林立,以南洲宾馆为主的近十家宾馆,在不到十年的时间内,把一条默默无闻的普通街道变成了名满天下的宾馆街。南洲街的这些宾馆都是有一定档次的,大都是三星级,少数几家尚在二星级的阶梯上努力,其中最高星级的是南洲宾馆,前不久定为四星级,这不仅为南洲宾馆自己争了气,也为这座古老的旧城增添了光彩。

宾馆林立,外宾出入频繁,各种各样的东西交流、中外贯通也就自然而然地发展起来。

最引人注目的是南洲街上的个体工艺品店和一些袖珍型的小酒吧。

个体老板们大做洋生意,他们常常是抱着赚一票是一票的想法,把老外们哄得团团转。

洋生意大都是夜里的生意,所以一入夜,南洲街整条街大放光明,是这座民风笃厚的小城的唯一的不夜街。

由于那些个体老板经营手段千奇百怪、丰富多彩,不法的、违法的、打擦边球的、打太极拳的,使工商部门、税务部门、物价部门以及公安部门等忙得不亦乐乎,但还是没有办法彻底堵住那些漏洞,以致后来许多人索性管南洲街叫作红灯街。

入夜,被新时代的风吹拂着的古城的百姓,偶尔也走进红灯街开开眼界,这时候红灯街给他们的感受是相当复杂的,他们可能既感受到一种勃发向上的生气,同时又觉得这地方给人一种群魔乱舞的恐怖。

当然不管是勃发向上还是群魔乱舞,南洲街发展到现在这个样子,这不能不说是历史的必然。

巴豆在南洲宾馆门前徘徊着,他好像并没有什么明确的目的,如果是要找章华,他就不必在宾馆门前徘徊,如果不要找章华,他也同样没有必要在这里徘徊。

南洲宾馆的门卫是一个年轻的小伙子,穿着保安制服,十分帅气,又不失亲切随和,基本上显示出四星级宾馆、合资部门的特征。

门卫见巴豆在门口转了好几个来回,既不进门,又不离去,便问巴豆:"你是不是要找什么人?"

巴豆愣了一下,摇摇头,说:"不,不找人。"

门卫说:"不找人你在这里守着做什么?"

巴豆支吾了一下。

门卫朝巴豆看看,说:"你不是拉生意的吧?如果是的,你到马路对面去,这里是不准拉的。"

巴豆说:"什么拉生意?"

门卫笑笑说:"我看你也不像,就是……"便做了个踏三轮车的姿势。

巴豆也笑笑。

门卫又说:"我看你也不像是钞客,也不像是……"说了一半停下来。

巴豆说:"你看我这也不像那也不像,那到底像什么呢?"

门卫说:"我吃不透,所以要问你。"

巴豆想了想说:"一个宾馆的工作人员,你是不是都能认识?"

门卫说:"基本上吧,我也做了三年了。"

巴豆说:"有一个叫章华的……"

门卫说:"章华,我们有两个章华,一个是章总章华,一个是广播员章华,巧得很,两个章华都是立早章,中华的华,你问的是哪一个?"

巴豆认定他说的章总章华就是章华,但是巴豆没有说出来,他只是说:"我也不大清楚,是别人托我打听的。"

门卫见巴豆吞吞吐吐,便提高了警惕,巴豆给他烟抽他谢绝了。

巴豆又站了一会儿,不说话,门卫主动说:"你要不要找章华?可以先打电话进去问一问。"

巴豆连忙说:"不要,不用找。"

门卫的怀疑更大了,小伙子到底年轻,还比较嫩,什么都表现在脸上了,巴豆看出了他的怀疑,就走开了。

巴豆离开南洲宾馆的大门,心里空荡荡的,好像有点后悔,后悔刚才门卫说可以打电话进去,他放弃了一次机会,然而即使现在重新有了机会,巴豆会不会真的打电话进去找章华呢?巴豆不会的,巴豆到这里来,绝不是来找章华的,他只是想到这地方来转一转。

这时候巴豆看到离南洲宾馆大门二三十米的地方,围着一大堆人,吵吵嚷嚷,巴豆过去一看,只见有一辆三轮车,车上坐着两个外国人,看上去是一对中年夫妇,碧眼棕发。三轮车工人四十多岁,脸红脖子粗,正在向周围的人诉说,说他把两个老外从虎丘拉到这里,要五十块外汇,上车时说好了的,现在到了南洲,老外小气了,不肯给了,两个外国人听不懂中国话,但大体上明白是怎么回事,只是用英语说:"No,no."

围观的人七嘴八舌,有的帮老外说话,有的帮三轮车工人说话,意见不一。

有人说:"要人家五十外汇,是有点狮子大开口了。"

三轮车工人说:"外国人住旅馆,也都是双倍收钱的。"

别的人说:"这倒也是的,虎丘到这里也有好长的路,五十块不算多。再说反正老外有的是钱,赚他一票,也是应该。"

巴豆的英语基础是很好的,虽然长时间没有处于外语环境,但一般的会话、听讲能力还是有的,他知道两个外国人在骂三轮车工人"骗子",于是上前用英语询问。

两个外国人一见有了说英语的人,立即来了劲,他们告诉巴豆,三轮车工人只拉了他们很短的一段路,要这么多钱,这是诈骗。

三轮车工人听了巴豆的翻译,抹了一把汗,说:"天地良心,我怎么能骗他们,我真是从虎丘拉过来的,不信你问问他们,刚才玩的地方有没有一座塔。"

巴豆问了,两个外国人说是有一座塔。

三轮车工人说:"你看他们买的虎丘泥人,不到虎丘,哪里有的卖。"

巴豆看三轮车工人一头的大汗,很诚实的样子,就把他的话跟外国人说了。

外国人确实是买了一大堆工艺品,其中有虎丘泥人,他们看看这些东西,一时说不出话来。

经过巴豆的来回传话,再三解释,外国人最后还是付了五十元外汇券,他们不再是怒气冲冲的样子,临进宾馆还向巴豆道谢。

人散了以后,巴豆正要走,背上被人拍了一下,他回头一看,是那个三轮车工人,朝巴豆笑笑,一边递过来一张外汇券,巴豆看是一张十元面额的。

三轮车工人把钱塞给巴豆,说:"朋友,拿着。"

巴豆缩了手,说:"什么?"

三轮车工人说:"你嫌少啊,可以了吧,你不过动动嘴的事情,我们到底是要花力气的。"

巴豆明白了,他说:"你没有从虎丘拉过来?"

三轮车工人笑着说:"当真呢,从虎丘拉过来,这几个小钱怎么能放他过门。"

巴豆有一点不解,说:"他们自己也承认看到了虎丘塔的。"

三轮车工人又笑:"塔呀,什么虎丘塔,他们看到的是北寺塔。"

巴豆说:"怪不得他们一再说你骗了他们。"

三轮车工人不再和巴豆多说什么,他见巴豆没有拿那十元的外汇券,想收起来,巴豆却说:"怎么,不给了?"

三轮车工人只好又把钱给巴豆,巴豆接过那张票子看看,他心里涌出一股酸涩的味道,当初他被聘为南洲宾馆的临时翻译,他曾赚过不少钱,后来他和威廉交往时,这样的钱更是大把大把地拿。

时过境迁,现在的巴豆,基本上是身无分文。

巴豆最终还是没有拿那十块钱的外汇券。巴豆为什么不拿,是他的廉耻之心未泯,还是他另有别的想法,现在还很难下结论。

三轮车工人把钱收起来,问巴豆:"朋友,哪条路子上的?"

巴豆笑笑,没有直接回答。

三轮车工人又说:"朋友,搭得够的,以后有什么麻烦,来找我好了,我就在这块地盘上。"

巴豆注意到他一边说话一边留心着南洲宾馆的大门,一看到那边有几个外宾出来,就不再同巴豆说话,连忙踏了车子迎过去。

巴豆站在远处,看他们比比画画,说了几句,外国人又拿出地图指指点点,弄了半天也不明白,但巴豆却不想再管闲事了,他站了一会儿,看那个三轮车工人最后还是成功了,外宾上了车,他踏起来,浑身是劲,意气风发的样子。

巴豆沿着这条街慢慢地走,街面上商店比肩而立,每一家店门口,几乎都有一两位妙龄女郎在招徕生意,她们大都浓妆艳抹,衣着时髦,在闪烁的灯光下,显得格外迷人。她们多半会说几句应酬性的外语,看到西方人,就说"哈啰",看到日本人,就喊"伊那沙"(先生),有港台同胞,她们会用惟妙惟肖的广东话跟他们交谈。这样的女子是小老板们不可缺少的好帮手,所以许多小老板不惜以高薪聘用。

巴豆一路走过去,看到每一家宾馆门前不远处都停着三轮车,三轮车工人们盯着宾馆的大门,就像机警的猎人盯着猎物。

巴豆漫无目的地走了一会儿,就回家了。

家里有客人,是找毕先生的,巴豆回去的时候,他们正在毕先生的东厢房里谈,巴豆进去看了一下,知道是请父亲看病的,他想应酬几句就出来,可是毕先生说:"你不要走,一起听听。"

巴豆就坐下了。

毕先生告诉巴豆,是市里的刘主任和他的夫人,还有一位年轻的是他们的儿子,他自我介绍叫刘东成。

老太太面黄肌瘦,精神不振,巴豆坐下来就听她说:"你们不要瞒我,我知道了,你们瞒我也没有用的,我知道我是得了什么病……"

刘主任说:"你不要急嘛,现在就是在给你确诊呢,还没有确诊,你怎么知道是什么病。"

老太太说:"大医院都查过了,片子也拍出来了,是有毛病,再查也没有意思了。"

刘东成说:"你这个人,不带你看病,你又说我们希望你早死,带你出来看病,你又说没有意思,你到底要怎么样?"

毕先生打圆场说:"不要急,不要急,大家都不要急,我现在看下来,情况是不错的。"

老太太说:"你怎么看的,你又没有拍片子,你怎么知道好不好?"

刘主任说:"毕先生是很有名气的。"

老太太说:"名气能治好我的病?"

刘东成说："你这个人,叫你做胃镜你不肯做,现在叫你来看毕先生,你又啰啰唆唆话多。"

老太太说："我也没有几天了,你还不让我说几句?"

毕先生拿一张片子举起来,对着灯光,给大家看,一边指着片子上的阴影对大家说："你们看,这个部位,这个地方,还大有可以推敲的余地。"

大家伸过头去看,看了就点头。

毕先生说："我先开点西药,你吃着试试。"

老太太说："我不吃西药,西药吃了多少,一点用也没有,我要吃中药试试。"

刘主任说："这个你不好自己说什么就是什么的,有病就要听医生的,再说毕先生是西医。"

老太太说："我不管,反正我是不再吃西药了。"

刘东成有点急,说："你怎么总是跟别人过不去。"

老太太又要说什么,毕先生连忙劝住她,说："你放心,你要吃中药,我就给你开中药。"

老太太说："你不是西医吗,西医怎么可以开中药,你们不是串好了档弄送我吧?"

毕先生笑笑说："我们现在不是开了中西汇通门诊吗,中西汇通,就是这样的,西医也可以开中药,中医也可以开西药。"

老太太说："这算什么,寻开心啊,中医西医,各人管各人的事,怎么混到一起,这算什么,这样能开出什么好药来?"

毕先生说："老太太说的也有道理,不过……"

老太太说："不过什么?你们不要以为我什么也不懂,我跟你们说,我学医的时候……"

毕先生奇怪地问："你也学过医?"

老太太枯黄的脸上有了一点色彩,她说："我学医,是在枪林弹雨中学的,我是一边打仗一边学的医,我的师傅就死在我的手里。"

　　老太太这样说了,别人一时都没有话接上去,巴豆在一边听他们说了半天,现在他看这位老太太,可是没有一点点老革命的样子。

　　老太太谈兴上来了,说:"我们那时候给人治病,什么条件呀,简直是……"

　　刘东成打断她,说:"好了好了,你是来请医生看病的,不是来作报告的,你不要搞错了。"

　　老太太纠缠说:"我怎么会搞错,我救人命的时候,你还不知道在哪里呢。"

　　刘东成说:"你有本事,为什么还要请别人看病,你自己看看就行了,把我们拖来拖去。"

　　老太太把手一拍,说:"这倒要说说清楚,到底是谁把谁拖来拖去,是我要来看什么医生,还是你们硬要我来的?"

　　半天没有说话的刘主任挡住儿子,叫他不要再跟老太太啰唆,啰唆下去没个完,刘东成说:"我没有跟她啰唆,是她盯着我说话的。"

　　他这么一说,老太太又来劲了,说:"你们现在看不起我了是不是?我开一张方子你们看看,就不会看不起我了。"

　　老太太一边说一边向毕先生要了纸和笔,可是没有戴老花镜,看不清楚,老太太说:"看不清,不写了,可是我懂的,中医讲究辨证论治,理、法、方、药缺一不可,互相结合……"

　　毕先生和巴豆听老太太这么说,心里都有点吃惊,看起来老太太倒真是个内行,老太太见大家都不说话,她看看巴豆,巴豆说:"您是内行。"

　　老太太听巴豆说她是内行,高兴得笑起来,她回头对儿子说:"你看看人家毕先生家里的人,多有教养,这一位,比你也大不了几岁,哪像你,什么也不懂,只是一张嘴。"

大家听她这样说都笑了起来,老太太也笑了,她问毕先生巴豆在什么单位工作,本来大家都笑着,老太太这一问,毕先生脸上的笑意就没有了,支支吾吾没有说出来。

老太太偏要追着问,说:"看上去也是子承父业的,对不对?"

毕先生说:"是,是学医的。"

老太太兴趣很大,又问巴豆在哪个医院工作。

毕先生说:"原先是在第一人民医院内科的。"

老太太又一拍手,说:"好的,第一人民医院是最好的。"

巴豆说:"现在不在医院工作了。"

老太太听巴豆这样说,大概也看出一点苗头来了,她的气势不再那么高昂,换了口气问道:"是不是碰到什么事情了?"

毕先生和巴豆都没有回答,刘主任曾经听季医生说过毕先生儿子的事情,这时连忙和老太太耳语了几句,老太太听了,说:"哟,我还以为什么大不了的事情呢,过去的事情过去了就拉倒,对不对?现在回来,不是很好嘛。"

毕先生和巴豆听了,觉得这位老太太的思想倒是很开放的,一点也不保守,对巴豆这样进过宫的人,也没有另眼相看。

毕先生叹口气说:"好是好不起来了,现在也没有地方做事,只好在居委会办的小旅馆里打打杂。"

老太太看看巴豆,说:"那你的专业都要荒废了。"

毕先生抢着说:"就是呀,有什么办法呢,谁叫他自己不争气。"

刘主任和儿子看老太太不再提自己看病的事,反而关心起别人的事情来了,一心要把话题拉回到看病的事上来。

可是老太太却说:"你们不要多嘴,我的病我自己有数的,该看不该看,我自己知道。"

毕先生连忙说:"是的是的,你的药我马上给你开出来,其实我倒要劝劝你,还是做一做胃镜检查,放放心。"

老太太:"胃镜我是不做的,胃镜是死也不做的,你不要劝我,多少人劝过我。"她说着回头喊了刘主任一声,说,"喂,你在想什么心事,毕先生家的事,你想想办法嘛。"

刘主任皱了皱眉头,说:"你又不是不知道,我现在下来了,说话没有用了。"

刘东成说:"我托他的事情还没有眉目呢,早知这样,我应该早一点办的。"

刘主任说:"你现在知道人情冷暖了。"

老太太说:"什么人情冷暖,说到哪里去?我问你,毕先生的事你帮不帮忙?"

刘主任苦着脸,不答应,也不回绝。

老太太说:"好的,你不帮忙,我来帮忙,你说人情冷暖,我倒不相信。毕先生,你放心。"

毕先生感激得不知说什么好,只是连连点头。

刘主任说:"毕先生,她的病,还要烦你操心呢。"

毕先生说:"今天先不开方子,我再仔细想想,总要开出一帖好方子来。"

刘主任大概怕老太太再待下去要惹更多的麻烦,急急地把老太太劝走了。

刘主任一行人走后,毕先生跟巴豆说:"这位老太太,看上去是个热心肠的。"

巴豆不置可否。

毕先生自言自语道:"说起来都是很热心的,可是弄到后来就冷了,唉。"

巴豆说:"他们既然是做领导的,为什么不去大医院看病,要来找你?"

毕先生说:"听说老太太脾气很怪,就是不肯做胃镜检查,医院里说不做胃镜不能确诊,不好治疗,刘主任先是找了季凤达医生,季医生又介绍了我。"

巴豆说:"你能确诊她不是恶性的。"

毕先生摇摇头:"我也没有把握,但当着她的面也只能这么说了。"

巴豆说:"那以后是不是要你拿出治疗方案来?"

毕先生说:"先不说这些了,还是说说你自己,刚才根芳来找过你,你到哪里去了?"

巴豆说:"根芳找我,什么事,她说了没有?"

毕先生说:"说是明天沈美珍不去车站了,叫你一个人直接去。"

巴豆没有作声。

毕先生看看他,问:"你这样,也不是个长远之计呀,刚才那位老太太,你怎么不跟她说说,说不定就碰上好人了。"

巴豆笑笑:"哪有这么便宜的事。"

父子俩相对无言。

一会儿响起了敲门声,巴豆去开了门,他大吃一惊,是毕业站在门口,背着一只沉甸甸的书包,她身后,是小李,背着一个大包裹。

巴豆回过神来,说:"你们怎么……"

毕业回头看看母亲,小李朝女儿点点头,毕业说:"爸,我回来住了。"

毕业的话正好被闻声出来的毕先生听见了,他顿时老泪纵横,抱住毕业说:"乖孙女儿,你到底回来了。"

巴豆接过小李手里的大包裹,小李说:"时间不早了,我不进去了。"

巴豆说:"就这样走了?"

小李回过头去。

巴豆问她:"你们怎么过来的?"

小李说:"坐公共汽车来的。"

巴豆说:"我送送你。"

小李说:"不行,你送了我回来,可能赶不上末班车了。"

毕先生在一边说:"那怎么办,这么晚了,你一个人回去,叫人怎么放心?"

这时候毛小白癞子走过来说:"这有什么不好办的,我踏三轮车送你们,巴豆,你和小李一起上车,送了小李再把你拖回来。"

毕先生说:"就麻烦毛师傅了。"

巴豆和小李上了毛小白癞子的车,毛小白癞子刚要踏起来,毕业却"哇"的一声哭起来,小李心一酸,眼泪也流了下来。

小李重又下了车,搂起女儿亲了又亲,说:"毕业不哭,毕业不哭。"

可是越说不哭,母女俩哭得越是厉害,弄得大家鼻子都酸酸的。

毛小白癞子说:"不哭了不哭了,小毕业一起上车送妈妈。"

毛小白癞子这样一说,毕业果然不哭了,小李抱着她上了车,三个人挤在一辆车上,毕业的情绪马上好了起来,她坐在妈妈腿上,对毛小白癞子说:"好了,开车吧。"

毛小白癞子又踏起车子,很快就上了大街。

一路上巴豆很想和小李说说,看得出小李也有话跟巴豆说,可是有毕业在,又有毛小白癞子在,就不大好多说了,倒是毕业的话不少,一路上看见什么就说什么,在离小李现在的家还有一大段的地方,小李就叫毛小白癞子停了车,她对毕业说:"毕业,你已经长大了,是不是?要听话了。"

毕业没有再哭,点了点头。

小李说:"爸爸忙,爷爷老了,你要少找麻烦。"

毕业说:"我知道。"

小李又说:"妈妈会常来看你的,你也可以常去看妈妈。不过,你走出去,要跟大人说,千万不能不言声就出去。"

巴豆知道小李如果再往下说,母女俩又要伤心了,所以他说:"好了,毕业跟妈妈再见。"

毕业跟妈妈再见时,果然又是眼泪汪汪,巴豆对小李说:"你去吧。"

小李狠了狠心肠,转身走了。

巴豆看毕业的眼泪在眼眶里打着转,但最终没有掉下来。

毛小白癞子踏起车子往回走,毕业突然说:"我不哭。"

巴豆和毛小白癞子都不敢看她。

车子上桥的时候毛小白癞子有点吃力,巴豆问要不要下车帮一帮,毛小白癞子说:"你想得出,这一点点坡都上不了,还叫什么毛小白癞子。"

毕业"扑哧"一笑。

毛小白癞子说:"小丫头,笑什么?"

毕业说:"笑你吹牛呀。"

毛小白癞子说:"你问问你爸爸,你爸爸穿开裆裤的时候,我就很有名气了。"

毕业开心地笑,她说:"你们三轮车,为什么没有女人踏的?"

毛小白癞子哈哈笑,说:"好,好,小毕业问了一个从来没有人问过的问题。我告诉你为什么女人不踏三轮车,是因为女人没有本事。"

毕业叫起来:"你瞎说你瞎说,你才没有本事呢,我长大了,就要踏三轮车给你看看。"

毛小白癞子突然有点感伤了,他长叹一声说:"等你长大了,哪里还有三轮车给你踏啊。"

毕业说:"怎么会?"

毛小白癞子说:"就是这样的,现在已经越来越少了,所以我说小毕业,你有空就多坐我的车子,说不定不等你长大,三轮车就要进博物馆了。"

毕业回头问巴豆:"爸爸,他是不是骗我?"

巴豆说:"没有骗你。"

毕业听了,居然也像模像样地叹了口气。

有一辆三轮车从对面过来,毛小白癞子认识那个工人,老远就打招呼:"老三,出去啦?"

老三也远远地喊过来:"毛小白癞子,今天怎么做到这么晚,当心老卵子做蹿裆啊。"

毛小白癞子"呸"了他一口,说:"你自己当心吧,弄到这时候出去做,当心脱了力。"

毕业听不懂他们说的什么,问巴豆,巴豆说:"他们在开玩笑。"

老三的车子走后,巴豆问毛小白癞子:"他怎么这么晚才出去,这时候还有什么生意?"

毛小白癞子说:"这你就外行了,好做的生意都是在夜里的,不说别的,光是在火车站,半夜里的生意就很好的,车钱都是开双倍以上的。"

巴豆说:"我在南洲街那边看到了夜里有好多车子。"

毛小白癞子出了一口长气,说:"那地方,就不要说了。"

夜已经深了,大街上没有什么行人,街路两边的人家也大都关了灯,这座小小的古老的城市,从来都是睡得很早的,但是,巴豆想,即使是在这样一座雅静悠闲的小城,总还是有不睡的地方和不睡的人。

第 6 章

没有沈美珍在边上,巴豆清静多了。

到了火车站,巴豆停好黄鱼车,摸一根烟出来抽,一边看着车站来来往往的人,巴豆就觉得有一点寂寞了,人是很奇怪的,烦的时候,想一个人独处,一个人独处的时候,又嫌寂寞,巴豆就想沈美珍说的那些废话,想想有些废话原来也是很有意思的。

巴豆又续上一根烟,他远远地看着那一大批三轮车工人在他们的地盘上说说笑笑,打打闹闹,在车站做活的,大都是年纪比较轻的,可是巴豆来了好些天了,一直没有看到毛宗伟,巴豆知道毛宗伟一直是在火车站做活的。

巴豆有一次问过一个二十来岁的三轮车工人,那人却不知道毛宗伟。巴豆又说了毛宗伟的绰号毛估,人家还是不知道。

后来巴豆说:"你是新来的吧?"

那人说:"我怎么是新来的,我在这地头上也做了一年多了。"

一年多,虽然不算太长,但一起拉车的人不可能不认识,他怎么会不知道毛宗伟呢?

巴豆没有再问他。巴豆想回去问一问毛估自己就晓得了,可是连续几天巴豆没有和毛宗伟打过照面,巴豆也就把这事忘记了。现在巴豆又到车站来,便又想起毛估来,主要是巴豆在这里没有朋友熟人，现在沈美珍也不和他一起来了，巴豆连个说话的人也没有，要是毛估在这里，巴豆就有个说话的伴儿。

巴豆等了半天也没有人来打听家乐旅馆，但是巴豆又懒得像沈美珍那样去拉客人，巴豆觉得有些无聊。他正在想第一天出来碰见的那一位自称"张大帅"的老车夫，倒是个乐天人，这几次不知怎么不见他，巴豆正想着，身后就有人"喂"了一声，回头看，正是张大帅。

巴豆心里一乐，说："是你，有几天没见你了。"

张大帅说："家里有点事情，没有出来做，你这几天好吧？"

巴豆摇摇头："总共拉了三个客人。"

张大帅说："沈家里那小娘儿们呢，她有点三脚猫的，怎么不出来了？"

巴豆说："她去做别样了。"

张大帅说："是个泼货，人倒是不坏的。"

巴豆说："是的。"

张大帅说："就你一个人出来，有什么意思，我早跟你说过，你还不如做我们这一行呢，你不要小看呢，弄得好的，一个月，有这个数。"

张大帅做了一个手势，巴豆问："你是说一百还是说一千？"

张大帅一笑，说："你自己想吧，你又不是笨人。"

巴豆也笑笑，说："不过我也不是个聪明人，我想问问你，一个月有多少进账。"

张大帅又是一笑。

巴豆说："问这个不忌讳吧？"

张大帅说："我们做苦生活的，没有忌讳的。"

巴豆问："苦生活，什么叫苦生活？还有甜生活啊？"

张大帅说："这里面花样经多呢，有抢饭吃，有等饭吃，有讨饭吃。有的人吃山珍海味，有的人只有剩粥冷饭吃……"

张大帅看巴豆用心听,笑着说:"是不是想进来试一试?"

巴豆说:"我听听。"

张大帅就详详细细地把这一行里的一些门道、窍槛讲给巴豆听。

在火车站、汽车站、轮船码头这些地方拉客的,客人多,车子也多,所以叫作抢饭吃。在医院门口或者闹市区的街口上,人多,车子不多,但坐车的人也很少,这叫作等饭吃。还有在公共汽车站站牌下等那些没有耐心或者是没有力气或者是没有时间挤公共汽车的人,另外有一些地方是新近开辟出来的,比如在一些大商店门口,专等买了大件商品没有办法回家的人,这也是一条路,这些张大帅统称为苦生活和穷生活。这几年出租车迅速发展,和三轮车的竞争从一开始的势均力敌、旗鼓相当,到后来出租车就占了上风,三轮车终于失去了从前的那种气势,而且前景暗淡,似乎也有了一种最后挣扎的味道。

巴豆说:"你说还有讨饭吃的,那是什么?"

张大帅说:"只有讨饭吃才是甜生活,现在的世界是弄不明白的。"

巴豆等着他的下文。

张大帅说:"这里面的窍槛,我们也不大清楚的。对了,你隔壁的毛估,他就是。"

巴豆说:"说起毛估,我正要问问你,他不也是跟你们一样做火车站的吗,怎么我来了这些天一次也没有见着他呢?"

张大帅说:"毛估早就不在车站做了,你怎么不晓得,毛估是来事的,三年前就到南洲地盘上去了。"

巴豆还不大明白南洲地盘是什么意思,他问张大帅:"就是在宾馆门前拉外国人,是不是?"

张大帅说:"我说的讨饭吃的甜生活就是这个。"

巴豆说:"是不是收入好?"

张大帅说:"大家心里有数的。"

巴豆说:"既然这样好,你们为什么不去?"

张大帅突然古怪地一笑,说:"这可不是随便什么人都能去做的。"

巴豆还想问什么,张大帅说:"这种事情你去问毛估或者毛小白癞子吧。"

巴豆想不到毛估这样老实的人,也挤进了那边的地盘,听张大帅的口气,那地盘不是一般的人能进得了的,不知毛估是凭什么本事进去的。

巴豆给张大帅一根烟,张大帅看看烟牌子,说:"你抽这种烟,你去看看毛估抽的什么烟。"

巴豆给张大帅点了烟,张大帅又摸出自己的烟来给巴豆看,也是蹩脚烟。张大帅说:"我是没有办法,前世里没有修好,这世里养的子女不争气,这一把老骨头了,还要出来卖命,为儿为女,真叫是痴心父母有多少,孝顺儿女何见了。"

巴豆早就发现张大帅是有相当水平的,他的谈吐之中常常流露出来。

巴豆的推测是准确的,张大帅出生在江南一户富豪官僚人家,老家在江南水乡的一个小镇上,张大帅从小就记得老屋有一个大厅,叫作凝德堂。凝德堂的建筑是非常出色的,其中门楼的砖雕巧夺天工,堪称江南一绝。可是在张大帅的记忆中,留得最深的却是大厅上的一副对联:

积金积玉不如积书教子
宽田宽地不如宽厚待人

这副对联对张大帅一生的影响之大,恐怕是张家的先人们也难以预料的。

张大帅在四十年代到五十年代之间,连续生了七个孩子。五十年代初,张大帅在一所大学的图书馆工作,当然只是拿一份死工资,七个孩子,小的嗷嗷待哺,大的要钱上学,张大帅为了孩子的前途,辞去了工作,出去寻活钱,几十年来,先后做过许多事情,苦的累的难的危险的低贱的什么都做过,到最后一个东吴大学的文学士成了一个三轮车工人。

七个孩子总算拉扯大了,有四个上了大学,两个进过技校,最差的一个,也是高中毕了业的,说起来张大帅总算是不负祖先的期望,"积金积玉不如积书教子",可是张大帅的儿女们却和张大帅的想法不一样,他们现在是不要"积书教子"的,他们现在要的是"积金积玉",七个孩子,每一个成家,都要刮老父亲一大笔钱,真是把张大帅一把老骨头也要榨出油来了。

张大帅虽然有许多不顺心的家事,但他是个乐天人,他跟巴豆说这些的时候,并不见他心情如何地沉重、如何地愤懑,他的口气是自嘲的,甚至有点开玩笑的样子,好像说的不是他自己的事情。

最后张大帅笑呵呵地说:"好了,马上要出头了,只剩下最后一个小丫头了,把她嫁出去,我就没有负担了,以后自己做做自己吃吃,就舒服了。"

他们谈谈说说,一上午巴豆一个客人也没有拉到。到了吃饭的时候,巴豆就踏了黄鱼车回家乐旅馆吃饭,张大帅也走开了。

巴豆踏着黄鱼车慢慢地在街上晃,经过报栏时,他停下来看了一会儿报纸,回头正要走,一个男人迎面走过来,问他:"喂,拉一台冰箱到东门,多少钱?"

巴豆说:"什么?"

男人朝巴豆看看,说:"你不是拉生活的?"

巴豆摇摇头。

男人叹口气,回头朝旁边的大商店门口看,巴豆也顺着他的目光朝那边看,就见有一个女人,守着一台大冰箱,正焦急地往这边张望。

男人对巴豆说:"师傅,帮帮忙,帮我们送一送。"

巴豆犹豫了一下。

男人又苦苦求他:"师傅,帮帮忙,大家伙,没有办法了。"

巴豆说:"我要回去吃饭了。"

男人说:"师傅吃饭的事情,包在我们身上。"

巴豆说:"好吧。"

他相帮抬了冰箱放好,那对夫妻坐上车,一左一右扶住冰箱,小心翼翼地,巴豆把他们送到东门,又帮着搬上四楼。

男人说:"师傅歇歇,马上弄饭给你吃。"

女的却面有难色,说:"哎,家里一点东西也没有,怎么叫师傅吃饭?"

巴豆笑笑说:"吃饭是说说的,不会在你们这里吃的。"

男人说:"也好,我们多付一点钱,算我们请师傅吃饭了。"

说着女人就从钱包里拿钱出来,男人接过来,给了巴豆二十元,巴豆收下了,临出门时,男的又塞给巴豆一包烟,巴豆出门,听见女的在里面怪男人:"已经给了钱,还给什么烟?"

男人说:"你不懂,这种人,要小心侍候的。"

巴豆不由一笑。

回去的路上,巴豆把烟拿出来,是一包红塔山。

回到家乐旅馆,根芳说:"今天怎么这么迟?"

巴豆说:"有点事情耽搁了。"

根芳好像还想说什么,却没有说出口来,这时沈美珍走过来,哈哈一笑,说:"你看,我说的吧,没有我去,他休想拉到什么人。"

根芳说:"吹你的。"

沈美珍说:"喂,巴豆,一上午到什么地方混去了。"

巴豆说:"我有什么地方可去的。"

沈美珍过去拍拍巴豆的肩,笑着说:"哟,出来没几天就老卯起来了。"

根芳说沈美珍:"你这个女人。"

沈美珍说:"我这个女人怎么样,我这个女人还是不如你这个女人呢。"

根芳说:"你说笑话。好了,闲话少说吧,吃饭去吧,刘厨子给你留着饭,要凉了。"

巴豆就到厨房去,刘厨子果然给他留了好菜,巴豆一边吃一边跟刘厨子说话。

刘厨子原先是一家工厂的厨师,退了休,就到家乐旅馆来做做,弄点外快。刘厨子也是三摆渡一带的老住户,和巴豆家原来也是比较熟的,所以巴豆到这里来做活,刘厨子总是很关照他的。

刘厨子问巴豆出去拉客人怎么样,巴豆告诉他一上午也没有拉到一个人。刘厨子说:"你回来根芳没有说什么?"

巴豆摇摇头。

刘厨子说:"老板娘好像很看得起你啊。"

巴豆说:"我们这样的,有什么看得起看不起。"

刘厨子朝巴豆看看,说:"你还早呢,就说这种话。"

巴豆闷头吃饭。

刘厨子又说:"根芳这个人,你看上去怎么样?"

巴豆说:"好像不错,比较能干,但又不张狂,很稳重的,是不是?"

刘厨子说:"是倒是这样的,不过我要提醒你,根芳这个人是不简单的。"

巴豆想沈美珍也说过这样的话,他"哦"了一声。

刘厨子说:"我来了这么长时间,还是吃不透她。"

巴豆说:"是你先来,还是她先来?"

刘厨子说:"我跟她是前后脚,她比我早一个月。"

巴豆说:"先进山门为大。"

刘厨子说:"是呀,她算是领导的,反正现在陈主任对她是绝对的相信,根芳放个屁,陈老太婆闻着也是香的。"

巴豆说:"听说根芳的来历不大清楚的,陈主任怎么这么信任她呢?"

刘厨子说:"我们也弄不明白,不过我也不需要弄明白,我们靠手艺吃饭,做一日算一日,管什么闲事呢。"

巴豆吃完饭,走到天井里,旅馆里好多人都在这里,中午没有事情,在一起说说闲话。

有几个住店的客人正在和沈美珍他们说笑,巴豆听其中一个人说:"沈美珍,你跟老板娘说说,叫她关照厨房,弄点豆腐吃吃嘛。"

沈美珍说:"豆腐是没有的,要吃辣糊酱倒是有的。"

那几个客人就说什么家乐旅馆的辣糊酱,辣在嘴里,甜在心里什么的。

后来有一个客人对沈美珍说:"喂,你们这家栈房,夜里不太平的,是不是?"

沈美珍"呸"了他一口,说:"瞎三话四,烂舌头。"

那客人说:"怎么瞎三话四,我夜里碰见的,出鬼呢。"

听他这样说,旅馆里几个胆子小的姑娘就夸张地尖叫起来,沈美珍只是在那里笑着骂人,后来根芳在里面听见外面吵闹,出来看,几个小姑娘就把客人的话告诉根芳,根芳听了,脸色好像有点变,她没有接他们的话茬儿,只是"嘘"了一声。

巴豆注意到根芳的样子,他觉得有点奇怪,他原以为根芳听到这种无稽之谈,最多一笑了之,因为巴豆觉得根芳不应该是那种信邪的胆小女人,为什么根芳一听说出鬼,就不再是那样从容不迫的样子,现在根芳好像显得有点心神不定。

这时另有一个客人也"呀"了一下,说:"你们说起这事情,我倒也想起来了,上一次我来住宿,一天半夜里起来方便,糊里糊涂好像看见对面墙上有两个大影子,我当时还想,夜半三更的,灯都熄了,哪里会有什么影子,还以为自己睡昏了头,就没有跟你们提起。"

沈美珍这时来了劲头,说:"你说说清楚,什么影子,在哪里?"

根芳却挡住她,说:"你不要瞎搞了,哪会有什么鬼怪,夜里的影子,这有什么奇怪的,旅馆的灯熄了,还有外面的路灯呢,路灯也会照出影子来的。"

沈美珍说:"这倒也是的,喂,老兄,你不要在这里吓我们啊,我们都是女人,不经吓的啊。"

根芳正色地说:"大家最好不要出去乱说,我们这里是旅馆,说出鬼什么,特别不好,弄得人家不敢来住,我们的生意怎么办。"

大家听根芳这样说,都点头称是,本来是寻寻开心的,要是弄得家乐旅馆名声不好了,就有点喇叭腔了。

大家觉得这个话题还是不要再往下说了,到此为止,可是有一个做临时工的小姑娘拎不清,她还不明白,说:"不对呀,外面的路灯,照不到里面来的呀。"

她这一说,又有人研究起路灯灯光的方向来。

巴豆看根芳有点心烦的样子,就说:"就算路灯的灯光照不到里面,也没有什么奇怪的,这房子,从前是一座庙,墙上的影子,说不定是从前的财神菩萨呢,有什么可怕的,见了财神交好运呢。"

大家听了都笑,巴豆看根芳也笑了一下,沈美珍在巴豆背后推了他一把,说:"你想得出,你见过财神显灵啊?"

巴豆没有接沈美珍的话。

在巴豆小的时候,这个五路财神庙还是有香火的,但巴豆却记不起来了,老姜还能回忆起一些当时的情形,到了巴豆懂事的年龄,财神庙已经很冷落了,巴豆记得早几年庙里还有一个老庙祝,但极少有人到庙里上香,老庙祝只是打扫打扫灰尘,看看庙门。巴豆这样的孩子管老庙祝叫老和尚,其实庙祝不是和尚,他有家人,在乡下,有时候他老婆也出来看看他,带些乡下的土产,枣子什么的,老庙祝拿出来给巴豆他们吃,后来老庙祝不知是死了,还是回乡去了,财神庙就封了起来,没有人进去了。

被封了门的财神庙,很快就积满了灰尘,布满了蜘蛛网,平时从门前经过,总给人一种阴森恐怖的感觉。这其实是一种很奇怪很矛盾的事情,财神庙原先是大家都很恭敬的地方,它能保佑大家平安发财,一旦庙门关了,好像里面的内容性质都起了变化,走向了反面,变成了不祥的东西。当然对孩子们来说,原先是不懂什么祥与不祥的,总是受了大人的影响,以至于小孩子也都知道财神庙是一个可怕的地方,但究竟有什么可怕,谁也说不出来。

巴豆小时候和三摆渡一带的小朋友一起玩,推举大王时摆不平,就以夜入财神庙来考验,几个大王候选人,谁在夜里一个人走进财神庙,并且在庙里待一会儿,这个人就做大王。

夜入财神庙的机会最后落在巴豆和另一个名叫梁冬的孩子身上。

但是那天夜里巴豆最终没有去财神庙,究竟是巴豆临阵胆怯,不敢去了,还是巴豆的母亲知道了这件事情,不让他去,现在就说不清楚了,反正巴豆是失去了这一次机会,到第二天,梁冬就是大王了,巴豆见到梁冬时,梁冬的身后已经跟着一大群顶礼膜拜的孩子,梁冬正在讲述夜入财神庙的惊险经历。

巴豆很难为情,他无地自容,虽然没有谁嘲笑他,但是巴豆在大家心目中的地位已经一落千丈,再也不可能跟梁冬抗衡了。巴豆那天回家,一脸的晦气,毛小白癞子见了,问他什么事,巴豆说了,毛小白癞子听了哈哈大笑,说,这有什么难的,今天夜里你再进去,面子就扳回来了嘛。

巴豆当时朝毛小白癞子看看,毛小白癞子说:"你不敢?"

巴豆说:"你陪我去。"

毛小白癞子说:"好,我陪你进去。"

这天夜里,毛小白癞子带着巴豆到财神庙玩了好半天,他们点了一根蜡烛,里面除了有一尊泥塑的财神像,其他什么也没有,毛小白癞子在里面先唱了一段京戏,又唱了一段淮剧,还鼓动巴豆大叫了几声,当然,什么事情也没有发生。

巴豆对于财神庙的恐惧心理,就是那时候开始消除的。但是在好些年以后,发生了一件事,使三摆渡一带的人也使巴豆产生了一些别的想法。

在巴豆读高中的时候,他每天进出三摆渡,每天都看到一大群孩子在财神庙门前的空地上玩闹,巴豆就会想起自己小时候的事情,也会想起梁冬。梁冬家也仍然在三摆渡,但是巴豆后来很少见梁冬,只是听说梁冬初中毕业后就参加了工作。

有一天几个玩闹的孩子突然发现庙里大梁上吊着一个人,这人却是梁冬。

那一年梁冬十九岁,巴豆也是十九岁。

梁冬的死当然是有原因的,但是三摆渡的人,偏偏愿意往别的地方想,那时巴豆的母亲还没有过世,她心有余悸地对巴豆说,当初我叫你不要进庙的吧。

巴豆说,其实我还是进去了的。

母亲吓了一跳,追问起来,巴豆这时早已经不相信那些鬼话了,他也没有跟母亲解释什么,只是说和毛小白癞子一起进去的,巴豆的母亲为此还和毛家闹了一点小意见,弄得巴豆老姜他们很难为情。

但是巴豆对母亲提的两个问题却一直没有忘记,母亲那时说,为什么别人都活得好好的,梁冬要死?为什么梁冬不到别的地方去,要死在财神庙?母亲的两个为什么,当然可以用"迷信"两个字概括,连巴豆自己也不大明白为什么对母亲的话会记得这么牢、印象这么深。

这一年的秋天,巴豆考入了外地的医科大学,出去念书了,毕业以后巴豆到乡下做了赤脚医生,当巴豆再回到三摆渡,已经是好多年以后的事了,这在巴豆的履历中已经交代过了。

巴豆再回来,财神庙已经没有了,财神庙已经改成三摆渡居委会的办公室,再也不可能引起某种恐惧感或者别的什么想法了。

当然,即使庙还是从前的样子,在巴豆来说,也不再会有什么激动的情绪了。巴豆在乡下做赤脚医生,在一座破庙里住了五年,庙周围都是坟堆和骨甏。那地方的风俗,死了人,先埋入土中,等皮肉烂了,再把骨头挖出来,装进一只小甏,这小甏只能装入小块的骨骼,两块最长的股骨和头盖骨是放不进去的,这样,两块股骨和头盖骨就架在甏口上,无遮无盖地暴露在走道路边。巴豆起初很不习惯,也很不明白,为什么不能找大一点的骨甏,可以把骨头全部装进去。当地的农民说,人死了,也要让他继续看这个世界,所以要把头盖骨放在外面,如果他看这世界觉得仍然有趣,要出来走走,两根股骨就派了用场。

巴豆听他们这样说,觉得他们的想法也是可以理解的,巴豆是学医的,学过人体解剖,所以对这些枯骨并没有什么恐惧感。

现在巴豆关于财神庙的玩笑,大家听过笑过也就过去了,根芳也跟着大家一起笑了笑,但巴豆似乎觉得根芳有了点心思,巴豆对她说:"开开玩笑的,不必当真。"

根芳笑笑说:"没有当真。"

根芳说过就走开了。

对于根芳的这种神态,巴豆不知道自己是多疑了,还是根芳确实有些什么想法,当然巴豆并不想去追究什么,这跟他毫无关系,而且巴豆好像有一个预感,他觉得自己在这里做不长,是别人不要他做,还是他自己不想做下去,现在还很难说。

下午巴豆又去了火车站,没有什么生意,也没见到张大帅,巴豆很无聊,就早早地踏了车子离开了车站。

巴豆又到市中心的报栏下看报,等了一会儿,果真又有人来求助了,巴豆帮忙拉了一台大彩电,又赚了二十块钱。

过了几天巴豆在巷子里碰到陈主任,陈主任叫住他,问了问他工作的情况,巴豆说好的,陈主任摇摇头,盯住巴豆看了一会儿,说:"巴豆,你要好自为之的,我们对你都没有别的什么看法想法的,关键是你自己要争气。"

巴豆说:"是的,我要争气。"

陈主任说:"本来不想跟你说的,看你很诚心的样子,我跟你说,有人反映,你用了旅馆的黄鱼车在外面拉私活,有没有这事?"

巴豆笑起来说:"陈主任你消息真是灵通的,我就是在街上帮了人家一个忙,今天你就知道了。"

陈主任说:"我这也是为你好。"

巴豆说:"我知道。"

陈主任说:"我也晓得你的为人,不会做那种事情的,以后注意一点,你要是手头紧的话,我再跟根芳说说,看能不能再加你一点钱。"

巴豆说:"不要了,够了。"

陈主任说:"说够了是假的,你一个人的开支恐怕就不够,还要带一个女儿呢,不过我跟你说,钱这个东西,多也是多用,少也是少用,还是节俭一点的好。"

巴豆又点头称是。

陈主任又关照了几句,才走了。

巴豆回到家,毕先生说:"你才回来呀,刘主任和杨老太太刚走。"

巴豆说:"哪个刘主任?"

毕先生说:"就是上次来看病的,杨老太太说要帮你找工作的,刚才还问起你的情况,看起来这位老太太真心要帮忙的。"

巴豆说:"那是最好了。"

毕先生说:"你好像不大相信。"

巴豆没有直接回答相信不相信的问题,只是说:"你开的药,她吃了还好吧?"

毕先生说:"就是因为吃了好才来的嘛,所以我说你要抓住这个机会。"

巴豆说:"好吧,下次什么时候来,我在家里等着。"

毕先生朝巴豆看看,他好像听不出巴豆说的是正话还是反话。

巴豆到楼上,毕业和她的几个同学正在做作业,看见巴豆进去,只有一个同学稍稍地笑了一下,别的人都没有什么反应。

毕业回到这边老家来住以后,就换了一所学校,这些同学都是新交的,对巴豆家的情况并不很了解,所以毕业也没有什么负担。

巴豆过去看看她们的作业,是算术题,巴豆说:"难不难?"

几个小姑娘同声说:"难,难死了。"

毕业看着父亲,说:"你教教我们。"

巴豆就坐下来,耐心地给她们讲解,一直到她们都听懂。

做完了作业,有同学说:"毕业,你爸爸讲得比老师讲得好,是不是?"

别的同学都说是的。

又问毕业:"你爸爸是在哪里工作的?"

毕业愣了一下。

有一个同学抢着说:"我知道的,我知道的,毕业的爸爸是踏黄鱼车的。"

另一个同学马上说:"什么呀,踏黄鱼车算什么工作呀,要么是踏三轮车的,毕业,是不是?"

毕业摇摇头。

这时有一个同学突然"噢"了一声,说:"对了,我想起来了,我听人家说过的,毕业的爸爸是山上下来的,对不对,毕业?"

有同学不懂什么叫山上下来,追着问,自以为懂的同学就跟她们解释,说到后来,她们发现毕业的眼睛红了,几个人连忙停下来,其中有一个很内行地说:"毕业,这有什么,山上下来有什么,我舅舅就是山上下来的,现在可神气呢。"

大家七嘴八舌地说:"是呀是呀,山上下来有什么呀。"

那一个又说:"我舅舅,现在进进出出都是小轿车呀,我问他要钱,他大气得不得了,还送给我一条金项链。"

小丫头们吵吵嚷嚷要看金项链,那同学说:"我妈说我还小,先帮我放起来,等我上了中学就给我戴。"

大家说,你舅舅真好。

那同学得意地说:"我舅舅原来是一点花头也没有的,从山上下来,花头就多了。毕业你爸爸肯定也有花头的,是不是?"

毕业不知怎么回答,尴尬地笑笑。

小丫头们都拍起手来,说:"毕业笑了,毕业笑了。"

那一个吹嘘她舅舅的同学更得意,说:"我舅舅说过的,要想做大事,先吃三年苦官司。"她说着回头问巴豆,"伯伯,你说对不对?"

巴豆被她们说得哭笑不得,他十分地感叹,现在的小孩和从前实在是大不一样了,当然现在的社会和从前也是大不一样了。

同学走了以后,巴豆叫毕业下楼吃晚饭,吃饭时,毕业说:"爸爸,我要钱。"

巴豆看看女儿。

毕业说:"不是我要的,是学校要的,买校服的,是运动衫,我们要开运动会了。"

巴豆说:"要多少?"

毕业说:"四十块。"

巴豆犹豫了一下。

毕先生说:"毕业,爷爷给你。"

毕业笑起来,说:"爷爷好,爷爷你真好。"

巴豆看女儿开心的样子,他在心里叹了口气。

第 7 章

一九五八年,三轮车管理处。

一九七九年,三轮车服务公司。

一九八三年,"三轮"旅游服务公司。

一九八八年,"三伦"实业公司。

"三伦"实业公司的发展轨迹看起来好像是一段更改名字的路程,当然,谁都知道,改名只是一个表面现象,从改名这一表面现象中,不难看出整个时代的发展和进步。

不用怀疑,五十年代成立的三轮车管理处,只是一个合作社性质的部门,形式上和过去的车行大同小异,三轮车工人向管理处租车,除了交一笔押金之外,每月上交一定的租金,还有利润按比例上交,这些都和从前的车行差不多,但是又和从前的车行有着本质的区别,过去的三轮车工人、人力车夫生老病死是无人过问的,现在则不同了,管理处是集体所有制性质的,所以所有归属管理处的工人都有了依靠,再不用为生老病死担忧。

所有的三轮车是在公私合营时归属于公家的,按理说管理处及后来的公司的规模要比从前的车行大得多,但是因为几十年来,其他各种交通工具的发展进步,三轮车的总数连年锐减,现在归属"三伦"实业公司的,总共在二百辆左右,另外还有一部分车是归属于几个街道办事处的,两数相加,不超过三百辆车。

这个数字,和人力车比较兴旺的一九五一年前后相比,是不可同日而语的了。那时候苏州的三轮车最高数达到近六千辆,那种阵势,也是一去不复返了。

在五十年代初期,由于当时的公共交通事业还没有开始发展等原因,人力车、三轮车的数量达到了顶峰。以后随着公共交通事业的发展和社会的进步,三轮车、人力车的数量逐渐减少。到一九五八年,最后一辆人力车,即黄包车也进了博物馆,三轮车的总数从近六千辆减到两千辆左右,这应该说是正常的。但是到了一九六六年,却出现了一个极不正常的大变化,几乎在一夜之间,所有的三轮车统统被砸光、烧光,被斥之为资产阶级压迫剥削劳动人民的工具的三轮车从此不许在世面上出现。三轮车工人纷纷转行,各奔前程。一直到七十年代以后,又渐渐地恢复起来,但是回头看五十年代,那些数字也就像天文数字一样,永远是可望而不可即的了。三轮车的锐减当然和出租车的发展等都有关系,但是一九六六年的那场大火是一个直接的也是相当关键的原因,这是不用怀疑的。

进入了九十年代,三轮车似乎又出现了回升的兆头,现在除了有归属的近三百辆车以外,又有了一批没有归属的被称为"野鸡车"的无证车,这些车的数量上升是比较快的。

但是,尽管如此,苏州的三轮车要恢复到从前的状况,那是永远也不可能了。

纵向的比较,是今不如昔,但是如果作一个横向的比较,则苏州的三轮车又可以说是生命力比较强的,在偌大的上海,如今只剩下三四十辆三轮车在做最后的努力。

这种顽强的生命力,是和苏州的地方特色分不开的。

其实,在"三伦"实业公司的业务中,这二百来辆三轮车只是其中极小的一部分,大家心中都明白,不管地方特色有多么大的力量,也不管三轮车有多么顽强的生命力,三轮车的锐减,是不可阻挡的,有朝一日,终会少到难以维持一个公司的经营,所以,"三伦"实业公司早已经另辟蹊径,另图发展了。

短短几年,"三伦"实业公司迅速地发展起来,成为全市一家有相当实力相当名气的公司,现在的"三伦"公司,已经拥有豪华商场、星级宾馆、出租汽车公司以及一系列配套服务系统,开辟国内旅游长线和市内旅游项目,并可为外宾、外地游客提供食、宿、玩、购等一条龙服务。公司现有职工已达一千一百多人,大型客车二十多辆,中型面包车十多辆,小轿车二十多辆,还有就是二百来辆三轮车,其中机动三轮车十多辆。

以这样的规模和阵势,已经有人有意向把"三伦"公司改为"三伦"集团,这个集团,也就是交通旅游业的托拉斯了。

虽然三轮车出租这一项业务,在"三伦"实业公司来说,已经不是主要的经营项目,但"三伦"公司目前不会停止这一项业务,这不仅仅因为三轮车是他们打天下的根基,还有许多原因,决定了"三伦"公司不可能丢掉三轮车的队伍。

对一个地方来说,建设新城市,投资新项目,开辟新业务,无疑是最重要、最关键的,而在新建设的同时,保持和充分发挥自己的传统和特色,也是同样重要的,这个道理众所周知。

那三轮车算不算是这个城市的特色呢?回答是肯定的。

这并不等于说三轮车是苏州独有的,事实上三轮车在中国是相当普遍相当普及的,但是苏州的三轮车,也确实有它的与众不同之处。

现在回想起来,当初排斥人力车,坚持以轿为主的理由,现在恰恰成为三轮车继续存在的有利因素。

其一,街道狭小,此为小城特色。许多小街小巷汽车进出困难,而三轮车则要方便灵活得多。

其二,城市小,路程短,即使是人力踩踏的三轮车,从南到北,也用不了很长时间,所以苏州的三轮车绝大部分还是人力踩踏,有许多大中城市,纷纷在人力三轮车上加上一个发动机,使之成为机动三轮车,目的当然是要加快速度。

其三,三轮车尽管车轮滚滚,却是无声无息,好像唱着一首无声的歌,和小城平和安详的气氛、淅淅沥沥的小雨是十分协调的,一旦装上发动机,"突突突突"的噪音加入城市噪音合唱团,不知又要增加几多分贝,所以苏州的三轮车,至今还没有人变它为发动机车。

其四,作为旅游特色的交通工具,三轮车虽然对本土同胞没有什么大的诱惑力,但对于一些外国旅客,尤其是一些观光探亲的台胞和港澳同胞以及海外侨胞,也许还是在四五十年前坐过三轮车,如今久别重逢,自是有格外的兴趣。

其五,虽然数量不大,但多少也能解决一部分人的就业问题。

其六,三轮车的业务虽然不大,但毕竟还有一部分经济收入,"三伦"公司现在养着相当数量的退了休的三轮车工人,他们的费用,就是从公司这二百辆车的管理费中开支的。

其七……

由此说来,三轮车还真是大有继续存在的必要,甚至不妨再加以发展。

其实不然,三轮车毕竟是一种旧时的落伍的形象,尤其是人力踩踏的三轮车,给人的感觉确实是有些陈旧了。所以现在有关部门有明文规定,现有三轮车的总数,不能再增加,在调整方面,只能以旧换新。

一方面是严格控制;另一方面是大量的农民拥入城市,无数的盲流东奔西窜,山上下来的人要找饭碗,不愿意拿死工资的人要出来寻活钱,其中有相当一部分人把眼睛盯在为数已经不多的三轮车上,这样就形成了僧多粥少的局面。

巴豆正是面对这种僧多粥少的局面,做出决定的。

巴豆没有跟任何人说起他的打算,包括毛小白癞子和毛宗伟。巴豆为什么偏要走这一条路,难道仅仅是南洲宾馆门前的那一点启示和诱惑吗？

也许是，也许不是，或者不仅仅是，一切现在还很难说。

巴豆到"三伦"公司去，找到公司的三轮车队办公室，巴豆走进去，看到里边有三个人，一男两女年纪都在四十岁出头。

看到巴豆进去，男的问："你找谁？"

巴豆说："我找三轮车队的负责人。"

男的说："你有什么事情？"

巴豆说："你就是负责人吧，怎么称呼？"

旁边一位女同志说："你有什么事就说吧。"

巴豆正在犹豫，外面走进几个人来，巴豆看他们像是三轮车工人，只见他们走到旁边的一位女同志那儿，那女同志拿出一些三轮车的发票给他们，他们拿了，粗粗地数了一下，回头和这边一男一女说话，他们称男的为丁主任，称女的为赵书记，巴豆都一一听在耳朵里。

几个三轮车工人走了后，办公室的三个人见巴豆还站着，就说："你有什么事情，说好了。"

巴豆拿出烟来，两个女的都不抽，丁主任接了，说："你是哪个单位的？没有见过你。"

他们对巴豆的身份猜测了一会儿，猜不出巴豆是做什么的。

巴豆说："我想打听打听，做三轮车的事。"

丁主任和赵书记交换了一下眼光，赵书记说："你要做三轮车？"

巴豆说："我打听打听。"

丁主任问："你原来是哪个单位的？"

巴豆顿了一下，没有马上说。

丁主任和赵书记又对视了一眼，他们已经明白巴豆的身份了。

巴豆说："其实我不说你们也知道的，对不对？像我这样的人，好像只有来找你们帮忙了。"

丁主任说:"现在要想做三轮车的人很多,可是车子却只有那些,不能扩展,没有办法的。"

赵书记也说:"现在外面的野鸡车多起来,没有人管理,出了事情就找到'三伦'头上,有许多根本不是我们'三伦'的车。"

丁主任说:"我上次开会时提出来的,其实这些车子都可以归到我们这里,这样便于管理,乱子也会少一点。其实那些做野鸡生意的人,他们倒也希望有个单位落实下来,省得一天到晚提心吊胆,随时可能被抓被罚的。"

赵书记说:"你开会时提出来,他们怎么说?"

丁主任说:"不要提了,现在你也知道,几家抢呢,市里也决定不下到底给哪家。"

搞票务的女同志插嘴说:"三轮车归我们管,理所当然嘛,有什么为难的。现在的领导,别的不会,搞平衡倒是有本事的。"

巴豆站在一边听他们谈到自己的事情上去了,但一时又不好打断他们,只好又给丁主任发了一根烟,丁主任接了烟,才想起巴豆还在等下文,丁主任说:"你这位同志,只好抱歉了,不瞒你说,我们现在,多少人等着车子呢,有的人是派出所介绍来的,也有托了人情,要来租一辆车,可是实在没有车子了,二百辆车子全部放出去了。"

巴豆说:"没有其他办法了?"

丁主任摇摇头,叹了一口气,说:"没有了。"

巴豆问:"既然需要车子,为什么不增加一些呢?"

丁主任说:"有规定的,在现有的基础上,不能再发展了,最多只能以旧换新。"

赵书记看看巴豆,说:"你再去找找其他门路吧,做三轮车,恐怕比较困难的。"

女票务说:"除非你去做野鸡车。"

赵书记看了女票务一眼,说:"你也是的,给人家出这种馊主意。"

女票务笑起来,说:"你当真啊,他们这种人,根本用不着我来帮他出什么主意的。喂,你说是不是?"

巴豆笑笑,说:"我是需要帮忙的,只是没有人肯帮我,我运气不好。"

女票务说:"我们肯帮你的,可惜我们没有能力。"

丁主任说:"不要多说了,多说也没有用的,现状就是这样,我们没有力量改变的。"

赵书记看巴豆的样子,说:"或者你把名字地址留下,如果有了车,我们通知你。"

丁主任说:"哎呀,你不要多此一举了,明明知道这是不可能的,还要叫人家白等,还是说穿得好,省得人家吊心境。"

巴豆虽然知道没有希望,但对这几位车队领导倒是有了一点好感,他们虽然没有帮他解决问题,他们的为人巴豆觉得很正直,一点没有因为知道巴豆是山上下来的而歧视他,他们是平等待人的。

巴豆说:"你们几个人,看上去年纪都差不多。"

女票务说:"我们都是建设兵团的,老插青了。"

巴豆也已经猜到他们一定插过队。

女票务又说:"你呢,看上去也和我们差不多年纪,是不是也插过队?"

巴豆点点头,没有详细说。

女票务高兴起来,说:"你们看,现在,再往后,都是我们老插青的天下了。"

丁主任和赵书记都笑起来,丁主任说:"你想得美。"

女票务说:"怎么不是,你算算,我们公司现在有多少老三届的,比例很大的。"

丁主任说:"这倒是的,我们公司四个头头,有两个是老三届的,不少了。"

巴豆插嘴说:"你们公司现在外面名气很大了,恐怕三轮车只能算是小小的一部分了。"

丁主任说:"是的,不过你不要小看这一部分业务,还少不了呢,我们车队每年的管理费,大部分用来开支退休工人的费用。"

女票务说:"我们这一个大包袱,不知什么时候才能甩掉呢,去年一年的医药费就用了十几万,今年下放户旧居动迁,又是三十几万,只好贷了款付钱。"

巴豆说:"退休的三轮车工人数量不小吧?"

丁主任说:"说多嘛也不能算太多,反正现在一个在职的三轮车工人要养两个退休的。其实工资开支倒是有限的,主要是生病,这些老工人,年纪轻的时候做过了头,一旦歇下来,要么不生病,要生起病来多半是大病,一住院就是几千几千的。"

巴豆说:"这倒确实是个包袱。"

丁主任说:"包袱再大再重我们也不怕,我们只要上面放得开一点。"

赵书记说:"现在做点事情真是不容易,比如我们想把野鸡车归到我们公司,这样我们车队的经济效益就更好了,包袱对我们来说也就轻得多了。"

他们你说一句我说一句,好像根本不知道巴豆是来求职的,巴豆好像成了上级来的领导了,最后女票务笑了起来,说:"我们是不是找错了对象,说给他听,有什么用。"

丁主任说:"我又不是说给谁听的,我是自己说说的,谁来都可以听听,我又不指望谁能帮我们解决这个问题。"

巴豆看看时间不早,就告辞了,临走时,丁主任说:"你要是愿意,可以留下你的名字和地址。"

赵书记笑他:"你这个人,刚才我说要留,你又说我不切实际,现在你怎么又要人家留下呢?"

丁主任说:"都是插兄,能帮的总要帮帮的,对不对?"

巴豆心里很感动,他说:"今天碰到你们,虽然办不成,还是很感谢你们的,既然车子这么紧张,我就不留名字了,不给你们添麻烦了。"

女票务说:"你这个人,那你不是白来一趟吗?"

巴豆说:"没有白来,我今天收获很大的。"

巴豆说的是真心话。

巴豆从"三伦"公司碰壁而归,他并没有很失望,这也是他预料之中的,这一次去,他只是去摸一摸底。

巴豆不动声色仍然在家乐旅馆做事,自从开了财神的玩笑,这几天根芳看巴豆好像有意回避的样子,巴豆不明白根芳发的什么虚,巴豆只作不知。

沈美珍现在又跟巴豆一起出车了,巴豆不知道是不是根芳关照的,他问过沈美珍,可是沈美珍不好好回答,只是说:"为什么要她关照,我不见得什么都要听她的。"

巴豆就没有再提。

一日巴豆回家,毕先生问他沈美珍的情况,巴豆说了,毕先生说:"你要注意一点,我听外面有人说闲话。"

巴豆说:"注意什么?"

毕先生也不说注意什么,只是说:"她家里的公公婆婆,是出名的刀子嘴,你不要去惹了他们。"

巴豆觉得好笑,说:"我连他们是胖是瘦是高是矮都不知道,我怎么去惹他们。"

毕先生说:"你跟沈美珍天天一同进一同出,他们看了心里有气。沈美珍这个人,你也要当心,烂污兮兮的。"

巴豆不想听父亲说这些,但又不好阻止他说,幸好毕业回来了,才把毕先生的话题打断了。

毕业到家就说:"爸,明天放元旦假了,你带我到哪里去?"

巴豆说:"你要到哪里去你自己说。"

毕业说:"我不知道,你说。"

巴豆想了想,说:"我们到石湖风景区去,好不好?"

毕业说:"好。"

第二天巴豆就带着毕业到石湖去了。

石湖,已经和前几年大不相同了,自从列为风景开发区以后,这里发生了很大的变化。

第三产业旅游业的发展,使石湖这一块古静的地方,平添了许多现代色彩,原来的石湖周围,是很冷清的,只是在农历的八月十七、八月十八前后热闹一些。八月十七,是上方山财神生日,上方山紧靠石湖,到上方山烧香拜佛的人,顺带总要游一游石湖。八月十八,则有游石湖看串月的习惯,此夜月光初现时,映入行春桥环洞中,水月相映,光影相接,望如串珠,所以一直有"石湖串月"的说法。也就是在每年的八月半前后,石湖这一带,就有些小生意人,临时过来摆摊设点,做一点临时的生意,过了这几天,石湖又归于冷清。

现在却不同了,石湖周围已经搭建起一大排的商店、小餐馆、小茶室等,给游人带来方便。但与此同时,过去的那种清静悠然的情调也减色不少,当然这只是发展中的一个小矛盾。

石湖是太湖的一个相当大的内湖,相传,春秋晚期越伐吴,越军水师就是从石湖进入姑苏的,越来溪和越城遗迹至今犹存。隋末唐初,苏州城曾一度迁到石湖以东,如今也是遗址犹存。石湖之西山峦起伏,上方山濒临湖滨,其间有许多名胜古迹,关于石湖以及上方山的传说是很多的,一路上,巴豆给毕业讲这些传说,毕业听得津津有味。

到了石湖,巴豆带着毕业将这些传说中的内容一一看过,最后他们看到有一块石碑,石碑上的字是繁体字,毕业多半不认识,她问爸爸碑上写的什么,巴豆告诉她,上面写的是很久很久以前发生的事情,说是有一年干旱,石湖水退得很浅,西去大约一里地的地方,湖底露出了一座大石桥,还有古时候的田岸。后来水又大了,古桥和田岸就没有了。

毕业听了笑起来,说:"骗人,骗人,河底下怎么会有桥。"

巴豆就给她解释,毕业听半天,她相信了,又问:"那座大桥现在还在石湖底下吧?"

巴豆说:"早就不在了。"

毕业好像有点失望,问:"为什么?"

巴豆告诉她,许多年的变化,是非常非常大的。

毕业想了一会儿,摇摇头,说:"也可能还在呢,你怎么知道没有了呢,说不定有一天又露出来了,爸爸,你说会不会?"

巴豆点点头。

巴豆走到那一排小店门口,停下来,朝里边看看,立即有人招呼,巴豆说:"不买什么,看看。"

店主人说:"看看也可以的。"

巴豆说:"你们是什么时候开出店来的,有几年了?"

店主人说:"早的有三四年了,迟的也有一两年了。"

巴豆说:"你们来之前,这里是有人家住的,是吧?"

店主人说:"有倒是有几家的,不过很少,从前这里很冷清的。"

巴豆问:"你们来开了店,那些人家呢,搬走了?"

店主人说:"是的。"

巴豆又问:"你知道他们搬到什么地方了?"

店主人朝巴豆看看,好像有点不耐烦了,但还是回答了,说是好像搬到湖光新村了。

巴豆还想问下去,店主人见有人来买东西,就不再和巴豆多说了。

巴豆走出来,毕业问他:"爸爸,你为什么要问他这些问题?"

巴豆说:"没有什么,我随便问问的。"

毕业看了看父亲,显然是不相信父亲的话,不过她也没有追问。

从石湖回来,已经是半下午了,巴豆说:"毕业,你有没有兴趣,今天我们索性玩个痛快,在外面吃晚饭,再看一场夜市电影?"

毕业开始有点不相信爸爸的话,她一再地看爸爸的脸色,最后大概知道爸爸说的是真的,高兴得拍起手来。

这一天,父女俩一直到很晚才回去,夜市电影是两部片子,电影结束时已将近十二点了。

散场以后,他们走了一段路,巴豆指指路边一家咖啡店说:"进去喝一杯。"

毕业看着店门口的店招,说:"夜来咖啡馆,进去喝咖啡吗?我要喝的。"

他们走进去,店里没有一个客人,毕业显得有点兴奋,巴豆要了两杯咖啡和两份蛋糕,很快就端上来了,毕业先抿了一口,说:"苦。"

巴豆看她把方糖放进去,搅一搅,又抿了一口。

巴豆问:"还苦不苦?"

毕业说:"苦。"

巴豆说:"你嫌苦,换别的饮料吧。"

毕业说:"不换,我喜欢的,有点苦,也有点甜,我要喝的。"

他们喝了咖啡出来,时间已经很晚了,街路上已经没有什么行人了,巴豆看毕业很疲劳的样子,说:"你走不动了,我来背你。"

毕业笑起来,说:"难为情死了,这么大了,还要背呀。"

巴豆也笑了,这时他们看到马路对面有一辆三轮车过来,巴豆说:"毕业,我们坐三轮车,这不难为情吧?"

巴豆对那三轮车工人招手,那人好像没有看见,巴豆又喊了一声。

三轮车工人听见了,在对面问过来:"什么事?"

巴豆说:"要三轮车。"

三轮车工人说:"不拉。"

巴豆还想说什么,三轮车已经过去了,那人都没有正眼看巴豆他们一下。

毕业问:"爸爸,他为什么不肯拉我们?"

巴豆说:"也可能时间太晚了,他也要回家睡觉了。"

毕业说:"哦。"

可是巴豆心里却想这个人很可能也是拉夜生活的,是要赚大钱的,巴豆父女要车,这样的小生意,人家也许根本没有放在眼里。

巴豆一边想,心有所动,他侧过脸来看了女儿一眼,问道:"毕业,踏三轮车能赚许多钱。"

毕业也朝爸爸看看,说:"是吗?"

巴豆说:"毕业,如果爸爸也去踏三轮车,你同意吗?"

毕业想了一想,说:"我随便。"

巴豆想不到毕业会这样回答,他笑了笑,没有再说这个话题。

巴豆拉着毕业的手,毕业说:"我们太晚了,是不是爷爷要不高兴了?"

巴豆说:"我们进门时轻一点,爷爷大概已经睡了,听不见的。"

他们走进了三摆渡。

这里的路灯比大街上要少,灯光也暗得多,夜深人静,毕业有点害怕,巴豆感觉到她的手拉得很紧。

他们走到三摆渡和另一条小巷交界的地方,这个拐口正对着家乐旅馆,巴豆和毕业在拐口上就看到家乐旅馆的灯也都熄了。

就在这时巴豆和毕业同时愣了一下,他们同时看见有一个人开了家乐旅馆的大门,进去了,此时家乐旅馆一片漆黑,没有一点声息。

巴豆和毕业确实是看到一个人,并且看见他用钥匙开了门走进去的。当然,更确切地说,巴豆也只是看到一个黑影,不过开始巴豆并没有觉得有什么奇怪之处,巴豆只是想到这个人大概不会是家乐旅馆的房客,因为客人是不会有旅馆大门的钥匙的,可能是旅馆的一个服务员,出去有事,回来晚了,巴豆后来又想到了另一种可能,他脱口而出:"会不会是小偷?"

毕业笑起来,说:"哪里呀,爸爸瞎说,是毛估呀。"

巴豆说:"你怎么知道是毛宗伟的?"

毕业说:"我看见的呀。"

巴豆仍是有点不相信,说:"这么暗,这么黑,你怎么看得清是毛宗伟?"

毕业说:"我看背,就知道是毛估,毛估一只肩胛高,一只肩胛低,一高一低的,嘻嘻……"

巴豆承认毕业说出了毛宗伟的特征,可是巴豆还是有些不明白,为什么毕业一眼就能看清是谁,而他却只看到一个黑影?是不是因为巴豆事先没有想到会是毛宗伟?但是毕业肯定也和他一样,事先是不会想到毛估半夜会跑到家乐旅馆去的。那么是不是说,同样在没有准备的情况之下,小孩子认识事物的能力要比大人强一些,因为孩子更单纯一些?

如果真是毛宗伟,毛宗伟半夜三更跑到家乐旅馆去做什么呢?关于这样的问题,巴豆当然是不会用心去想的。

巴豆和女儿回家,院子里也是一片漆黑,巴豆小声说:"我们今天真的很晚了。"

毕业偷偷地一笑。

第二天还有一天假,大家起得都不早,巴豆出来刷牙时,毛宗伟正要出车,这时候毕业从楼上下来,见了毛宗伟,说:"喂,昨天夜里我们看见你的,你到家乐旅馆去的,对不对?"

毛宗伟笑笑说:"小丫头乱说。"

毕业说:"我没有乱说,我真的看见你的,老半夜了,你拿钥匙开的门,是不是?你还想赖呀。"

巴豆在毕业说话的时候,就注意看毛宗伟的脸,这时他看到毛宗伟的脸红了,而且越来越红,看他恨不得找个地洞钻下去。

巴豆好像想到了什么,不由笑了。

毕业看毛估的脸红了,快活地拍手说:"你脸红了,你脸红了。"

毛宗伟咧嘴一笑。

毛小白癞子走过来,说:"小丫头,笑什么?"

毕业说:"笑你们毛估难为情。"

毛宗伟又难为情地朝巴豆一笑,说:"我走了。"

毛宗伟出车以后,毕业也走开了,毛小白癞子在天井里吃早饭,巴豆也端了早饭出来吃。巴豆说:"毛宗伟一大早又出去了。"

毛小白癞子说:"他是不怕做的,不过话说回来,这点年纪,怕做还了得,我像他这点年纪,做得还要凶呢。"

巴豆想毛宗伟真是一个死做的角色,苦了许多年,也苦了许多钱,也不知道他要做什么,半夜里跑到旅馆去,巴豆猜想毛宗伟是和旅馆里哪个女人有点关系。其实像毛宗伟这样,早应该找老婆成家了,毛宗伟虽然做的工作不是很理想,但是收入很好,这也是一个有利的条件。现在外面的行情中,毛宗伟还是有一定优势的,绝不会找不到老婆。但是如果毛宗伟人太老实,容易受骗,他会不会把辛苦钱都用在一些不值得的女人身上?因为像毛宗伟这样的男人,是很容易被人引诱的。

巴豆并不是一个爱管闲事的人,但是毛宗伟的事情,巴豆还是愿意问一问的。

所以巴豆问毛小白癞子:"你们毛估,到底怎么说,有了朋友怎么老不提结婚的事?"

毛小白癞子说:"我跟你说的,你听他什么朋友不朋友,哪里有啊。"

巴豆停了一下,他在想要不要把昨天夜里的事情告诉毛小白癫子,毛小白癫子见巴豆这样,倒先说了,他说:"是不是昨天夜里你们看到他到旅馆去了?"

巴豆奇怪,说:"你怎么知道?"

毛小白癫子说;"一大早毕业小丫头不是在说嘛,看你有话要说又不好说的样子,肯定是的。"

巴豆说:"你也知道毛估到那边去的,半夜三更的,他跑到那边去做什么?"

毛小白癫子叹了一口气,说:"他有人,说不听呀。"

巴豆问:"旅馆里的,是谁?"

毛小白癫子说:"你大概想不到的,是根芳。"

是根芳,巴豆确实是没有想到的。

毛小白癫子见巴豆不作声,说:"根芳嘛,你也说不出她有什么不好,看上去是蛮稳重蛮得体的,可是我总是有一种想法,觉得这个女人不大可靠,你要叫我说出什么事情不可靠,我又说不出来。"

巴豆问:"毛宗伟和根芳不是长远之计吧?"

毛小白癫子说:"谁知道他呀,这小子,一句着实的话也没有的,也不明白他要做什么。"

巴豆说:"毛估太老实了,不要吃人家的亏啊。"

毛小白癫子说:"他跟根芳,他老娘要是知道了,要跳脚的,说起来,大姑娘不要,找个二婚头,总归不大好听的。"

巴豆说:"根芳这个人,到底怎么样?"

毛小白癫子说:"也不大清楚,起先只是听说没有身份证的,后来又说她的男人从前也是踏三轮车的。"

巴豆"哦"了一声。

毛小白癫子说:"死了。"

巴豆问怎么死的,毛小白癫子不晓得。

后来他们又扯了一会儿别的话,毛小白癫子就出车去了。

第 8 章

百万买金,千万买邻。

远亲不如近邻。

这些老话,对巴豆家,尤其是对毕先生来说,确实是深有体会的,多少年来,毕家和同院的几家邻居相处,总算是和和睦睦、太太平平的。

后来搬进来的李家和丁家,都是属于安分守己的人家,所以许多年来,虽然不能给巴豆家多大的帮助,但也极少讨气,极少惹是生非,和这样的人相处,是比较合毕先生的胃口的。

另外就是毛家,已经说过毛家和巴豆家是多少年的老关系了,在巴豆出事后的几年,毛家老老少少给毕家的帮助是无法说清楚的。

奇怪的是,毕先生骨子里却是不大喜欢毛家的风格,这和毕先生的为人、和毕先生的性格等无疑都是有关系的。

巴豆则不同,巴豆从小就对毛家有一种特殊的亲切的感觉,现在巴豆经历了许多人世沧桑,更是觉得有毛家这样的邻居是一种幸运。

巴豆下晚回来,不进大门,老远就能听见毛小白癫子唱戏。

一轮明月照窗前,

愁入心中似箭穿，
实指望到吴国借兵回转，
谁知道昭关有阻拦……

这是京戏《文昭关》中的唱段。

毛小白癞子开唱的时候，大家知道他已经有了三分酒意。

毛小白癞子十五岁开始拉车，就从十五岁开始喝酒，拉了五十年车，喝了五十年酒，从前三两酒量，现在还是三两酒量，没有进步，也没有退步。

毛小白癞子现在每天下晚回来，照例二两烧酒，好像是小学生的功课，不能不做的。老太婆倘是情绪好，帮他炒两个鸡蛋，毛小白癞子就很高兴，老太婆倘是不炒鸡蛋，毛小白癞子也没有意见，中午的或者隔夜的菜都行，再没有菜，酱黄瓜也能下酒，谁要是说他没有菜下酒，他就告诉谁，真正喝酒的人是不在乎菜的，从前他吮大拇指还下了三两酒呢。

走廊上有一张很旧很矮的小方桌，毛小白癞子就在这张小桌子上，一边抿酒，一边说话。天井里有谁，他就跟谁说话，如果没有人，他自己和自己说话，因为有一点酒气，自己和自己说话竟也有十分的意趣。待到二两酒下肚，毛小白癞子就开唱。

毛小白癞子，喜欢唱的有京戏和淮剧两种，但他能唱全的段落却是很少的，大都只是含含糊糊地哼哼而已。

老太婆哪一日要是心中有气，就会说："吃吃喝喝，你倒像个浪荡公子了。"

毛小白癞子从来不和老太婆斗嘴，毛小白癞子是相信好男不和女斗的道理的。而且毛小白癞子认为，吃吃喝喝，吃的是自己的，喝的是自己的，理直气壮。

其实到了毛小白癞子这样的年纪，做做歇歇，吃吃喝喝，完全是应该的了。

巴豆回家时,毛小白癞子正唱在兴头上,巴豆站在一边等他唱尽兴了。

毛小白癞子见巴豆在一边听他唱,问道:"怎么样,中气还足吧?"

巴豆笑笑,说:"像毛头小伙子呢。"

毛小白癞子哈哈笑,立起身拿了酒杯往屋里去,很快屋里老太婆就骂出声来了。

毛小白癞子端了空杯子出来,见巴豆还站在那里,就朝他笑笑,说:"你是不是有什么话要说?"

巴豆点点头,但是没有说出口。

毛小白癞子看看他,说:"说呀?"

巴豆说了:"我想做三轮车。"

毛小白癞子先是一愣,他又仔细地看看巴豆的脸,然后毛小白癞子一拍巴掌,说:"哈哈,四十年前你就说过这句话的。"

毛小白癞子的话,是否引起了巴豆关于童年往事的回忆和联想?

已经说过,巴豆关于他的童年和少年时代有许多回忆是和毛小白癞子以及他的三轮车联系在一起的。

在巴豆小的时候,苏州地方的庙会是很多的,过去流传下来的一些节会仪式,到了巴豆懂事时候,虽然已不如从前那么重视那么讲究,但还是有一些活动的,比如正月十五的上元节、清明时节的清明节、七月十五的中元节、八月十五的中秋节等,还都有不同程度的纪念形式和活动。这些活动,大都十分热闹,小孩子们是最喜欢热闹的,但是家里大人并不一定有时间有兴趣带他们去,那时巴豆他们一群孩子就盯住毛小白癞子,毛小白癞子好说话,也喜欢和小孩子一起玩闹,但是他是踏三轮车的,凡是热闹的节日,他是要去做生意的,他靠这个生活,靠踏三轮车养活一家老小。所以常常是无可奈何的,小孩子们无可奈何,毛小白癞子自己也是无可奈何。

有一年的虎丘山塘庙会，毛小白癞子终于下了决心，把巴豆他们几个人带了去。

从前山塘庙会的主要目的，不外乎是祈求安康、祥和，这和老百姓的心愿是相符合的，加之庙会上还有许多有趣的娱乐活动，很受大家的欢迎。

现在巴豆回想起来，毛小白癞子带着他们走在山塘街上，巴豆当时是一种什么样的心情，现在是回忆不起来了，巴豆也想不起那些逗人的娱乐活动的细节，他只记得他们玩过庙会就到了虎丘。

他们最感兴趣的是剑池。

剑池是一个很小的水池，两边山石陡峭，几乎是笔直的，把小小的剑池夹在中间，给人一种十分威严的感觉和印象。

巴豆想起来当时毛小白癞子站在千人石上，指着剑池说："这下面，有三千把金剑，三千把银剑。"

巴豆说："你怎么知道？"

毛小白癞子没有回答巴豆的问题，他说："是很久以前干将炼的剑。"

老姜那时是四年级的小学生，老姜说："书上写的。"

毛小白癞子说："我不是从书上看来的，我也不认识几个字，我是听江大咬子说的。"

巴豆问："谁是江大咬子？"

毛小白癞子说："江大咬子就是江大咬子，和我们一起做的。"

巴豆现在还能从记忆中搜索出一些当时他对江大咬子的景仰，当然这种情绪经过近四十年的时光消磨，已经依稀得不能再依稀了。当时巴豆说："江大咬子是不是都知道？"

巴豆当时不会意识到自己语法上用词上的失当，他要问江大咬子都知道什么，是关于剑池的，还是关于宝剑的，是关于虎丘的，还是关于其他什么，事实上巴豆到底要问什么，恐怕连巴豆自己也不是很清楚。

后来毛小白癞子带小孩子们到山塘街上的一家小饭店去吃阳春面,在门口他们看见另一辆三轮车停着。

走进店堂,有一个四十多岁的三轮车工人一个人在喝酒,他看见毛小白癞子,就说:"毛小,拉几个小活狲啊。"

他管毛小白癞子叫毛小,又把巴豆他们叫作小活狲,这就显示出他的气势。

毛小白癞子说:"不是客人,是隔壁相邻人家的小孩子,我拉他们出来见见世面。"

这个人不再说话,自顾喝酒。

这个人会不会就是江大咬子,这种可能性很小,因为如果是,毛小白癞子就会说:"看,这就是江大咬子。"可是毛小白癞子没有说,这说明这个人基本上不是江大咬子。

但是在巴豆心里却认为这个人就是江大咬子。

因为这个人后来对他们说:"虎丘有什么好玩的,不就是一个坟堆嘛。"

巴豆当然不相信虎丘会是一个坟堆,巴豆当时有点气愤,他说:"你瞎说。"

这个人大笑起来,说:"这是事实,虎丘是吴王的墓,一个大坟堆。"他看了看巴豆他们一帮小孩子,又说,"其实这个世界也可以说是一个大坟堆。"

巴豆不知为什么一下子就认定这个人就是江大咬子。

巴豆说:"你就是江大咬子吧?"

这个人朝巴豆看看,拍拍巴豆的头,说:"你管我什么江大咬子还是王大咬子,我是一个三轮车工人。"

这时候巴豆说了一句话,巴豆是不是说长大了我也要做三轮车工人,现在对这样的话已经很难重新确认,但巴豆的意思总在里面。

然后巴豆问老姜:"你呢?"

老姜想了想,说:"我也是。"

毛小白癞子和江大咬子(巴豆自己认定的)哈哈大笑。

这是许多年以前的事了。

现在毛小白癞子拍着巴掌说巴豆你在四十年前就说过这样的话,毛小白癞子回忆的是不是山塘庙会这件事,抑或是别的一次,也许巴豆小的时候说过无数次这样的话,这都无关紧要。

因为那都是从前的事情。

而现在,才是最重要的。

现在巴豆似乎要实现他小时候说过的或者并没有说过但肯定是想过的事情。

毛小白癞子大概看出巴豆不是在开玩笑,他认真起来,说:"你真的想好了?"

巴豆点点头。

毛小白癞子朝毕先生屋里看看,问道:"你跟老爷子说过?"

巴豆说:"暂时还没有说。"

毛小白癞子摇了摇头,说:"毕先生不会赞成的。"

巴豆说:"现在不是从前了,有许多事情,他也是没有办法的。不过我也知道,现在这个时候,要挤进这个行当,也是很不容易的。"

毛小白癞子想了想说:"你已经去过'三伦'公司了,是不是?"

巴豆说:"是的。"

毛小白癞子说:"你是下了决心的。"

巴豆笑笑,不置可否。

毛小白癞子说:"你这样去'三伦'公司,肯定不行的。"

巴豆说:"我是去打听打听的。"

毛小白癞子沉默了一会儿,说:"你要是真的下了决心,我来帮你想办法,我在这行里混了这许多年了,这点面子总会给的。"

巴豆说:"所以我来求你了。"

毛小白癞子正要再说什么,门口进来了一个人,毛小白癞子一见,"哈"地叫了起来。

巴豆回头一看,是张大帅。

张大帅进院子就嗅嗅鼻子,说:"好香,是好酒。"

毛小白癞子笑了,回头朝屋里喊:"老太婆,来客人了。"

毛师母大概以为毛小白癞子要喝酒说谎,在屋里喊起来:"日你的大头昏,这时候来鬼啊。"

张大帅一听,大笑,朝里屋喊:"老妹子哎,是我这个老鬼来了。"

毛师母在里面听见了,这才出来,笑着说:"你来啦?我还以为死老头子瞎说呢。"

毛小白癞子说:"好了,这一来可以去拿酒做菜了吧?"

毛师母没有再啰唆,进去准备酒菜。

张大帅就在一张小矮凳上坐下,毛小白癞子说:"你怎么有空到我这里来,我还以为你早忘记了呢。"

张大帅说:"忘记是不会忘记的,只是这一阵家里的事情弄得气人,也没有心思出来串门了。"

毛小白癞子问:"什么事情能把你张大帅弄皱起眉头来,真是不容易的?"

张大帅说:"正要来找你们帮忙呢。"

这时毛师母已经端出酒菜来,张大帅不客气地就吃了起来,一边吃,一边把事情告诉他们。

张大帅祖上有一位先人,曾经做明朝的内阁大学士,在历史和文学史上都有相当的地位。一年前,张大帅家乡的地方政府筹建这位大学士的纪念馆,费了很大的精力,搜集到一部分张家祖传之宝,这事情被张大帅的几个子女知道了,瞒着张大帅,以张家继承人的身份去交涉,居然也给他们弄到了一些稀世之宝。可是纪念馆很需要这些东西,于是专门派了人来请求张大帅做一点贡献。

张大帅至此才知道东西已落入几个子女手中,跟他们怎么商量也没有用,最后只好法庭上见了。张大帅说的气人的事情就是指的这件事。

官司是张大帅打赢了,几件稀世之宝由张大帅交家乡政府代管,放在纪念馆中,可是张大帅的几个子女却和张大帅翻了脸。

张大帅说到这里,毛小白癞子忍不住说:"你的儿子跟你翻脸,只能怪你自己。"

张大帅承认:"是怪我自己,可是人家上门来,真是一片真心要给我们的祖宗办纪念馆,这些东西我怎么能不给人家。"

毛小白癞子说:"这倒也是的,不过你要叫我帮什么忙呢,照你说的事情不是已经解决了吗?"

张大帅说:"那件事情算是解决了,又生出来一件事情。"

地方政府可能是为张大帅的行动所感动,来了一封信,邀请张大帅回去到纪念馆担任职务,并且保证把张大帅转成国家干部编制。

毛小白癞子听了,说:"啊哈,张大帅临到老了,出头了。"

张大帅说:"出什么头呀,他们要我去帮他们做事情的。"

毛小白癞子说:"做什么事情呀,说不定叫你做什么纪念馆的馆长呢。"

巴豆和毛师母都说很可能的。

张大帅摇摇头,说:"什么馆长不馆长的,我是不要做的,老话说,叫花三年懒做官,我是自在惯了,受不了拘束的。"

毛小白癞子说:"这么好的事情,天上掉下来的呀,放弃了多可惜啊。"

巴豆也问:"你真的打算去了?"

张大帅说:"去我还是要去一去的。"

毛小白癞子说:"你看,你看,想去就说想去,还不肯承认呢。"

张大帅说:"我去只是帮他们整理一些从前的资料,他们那边,没有人肯弄,也没有人会弄,我去帮忙弄弄,弄好了我还是要回来踏三轮车的。"

毛师母"喊"了他一声,说:"和我们家老头子一样的货色,什么都放得下,就是三轮车放不下,贱骨头啊。"

几个人一起大笑起来。

张大帅说:"所以今天要寻你们帮忙,我的三轮车你帮我留心有没有人要转租,价钱好商量的。"

毛小白癞子和巴豆对看了一眼。

毛小白癞子说:"你怎么好像事先诸葛亮,这里正好巴豆想要车呢。"

张大帅看看巴豆,说:"你终于想通啦?好的,我们这道里,又多了一条好汉。"

巴豆说:"我算什么好汉。"

张大帅说:"我说你是什么你就是什么。"

巴豆笑笑。

张大帅说:"你要车,我转租费也不要了,你只要交公司租费就可以了。"

巴豆说:"照规矩收,我要付的。"

张大帅说:"你不要跟我客气。"又回头对毛小白癞子说,"你说是不是?"

毛小白癞子说:"巴豆,算你的运气好,一般的转租月金至少要三五百元,看什么生意的,现在已经有叫到上千的了。"

这是巴豆没有预料到的,他原先只是想到"三伦"公司去租车,后来知道"三伦"公司是不可能租到车了,他也想到向人转租,但是却不知道转租费有这么高,他想象不到一辆三轮车一个月能够挣这么多钱,如果一个人能够付出一千元的转租费,那么他一个月的毛收入该是多少呢?

巴豆现在还只是一个门外汉,一旦他跨进了这扇门,他慢慢会明白,胃口也会越来越大,这一点不用怀疑。

张大帅又说:"我出去不过三几个月的时间,最多不超过半年,巴豆你在这段时间,自己要好好做,想办法再弄一辆车,我回来,还是要踏车的。"

巴豆点头。

毛师母开始以为巴豆在说笑话,没有放在心上,听了一会儿,看事情像真的了,毛师母说:"巴豆,你做什么?真的要去踏三轮车啊?"

巴豆说:"是真的。"

毛师母"嘿"一声,说:"你听了谁的主意,是不是这两个人教你的?"

巴豆说:"我自己想做的。"

毛师母说:"你怎么想得出,这么多事情,什么不好做,偏要学老头子,踏三轮车。"

毛小白癞子说:"踏三轮车有什么不好,听你口气,好像踏三轮车不是人做的,你自己男人、儿子都是踏三轮车的,你还看不起踏三轮车。"

毛师母说:"正是因为你们都踏三轮车,我是怨透怨透了,所以要劝劝巴豆的,你说我看不起踏三轮车,到底是我看不起,还是大家都看不起?你们自己看得起自己?"

张大帅说:"我是看得起我自己的,别人怎么看是别人的事情,我只要自己看得起自己就可以了。巴豆,你说对不对?"

巴豆说:"是的。"

毛师母说:"巴豆啊,你要好好想想的,你自己愿意,那毕先生呢,他要气的。"

张大帅说:"气什么?"

毛师母说:"毕先生是有学问的人呀。"

张大帅说:"有学问的人就更不应该有这种看法。巴豆,从前的陶行知陶先生你知道吧？"

巴豆说："我知道的。"

张大帅说："有一次陶先生在街上走，看到一个外国水手，坐黄包车，应该付两毛车钱，他只肯给一毛，黄包车夫跟他评理，那外国水手不仅不补足车钱，还动手打黄包车夫，旁边的路人愤愤不平，一起喊打，大家拥上去要打那个外国水手。黄包车夫说，许多人打一个人不算好汉，我一个人对付他就够了，一边说一边挥起拳头，只两下子，就把那个不可一世的洋水手打翻在地，乖乖地补足了车钱，溜走了。陶先生在一边看得清楚，他请问了车夫的姓，知他姓王，陶先生说：您不愧为车夫大王。你看人家陶先生，算是有学问的人吧？"

不等巴豆说什么，毛师母抢着说："我不知道什么陶先生李先生，我只知道……"她一边说一边回头盯住毛小白癞子，"你不要搅到里面去，不关你什么事啊，到时候毕先生又要怪你的。"

毛小白癞子说："你也是的，你当巴豆还是小孩子呀。"

毛师母看看巴豆，叹了口气，不再说什么，回屋里去了。

毛师母进去后，毛小白癞子和张大帅又干了几杯酒，毛小白癞子对巴豆说："你现在是要进这一行了，有好多规矩，叫张大帅跟你好好说说。"

张大帅说："有什么好说的，进了这个门槛，混一段时间，什么都明白了。"

毛小白癞子说："话是这么说，但是人总是希望少吃点冤枉苦的，多关照点总比自己瞎闯瞎摸好一点吧。"

张大帅笑，说："你叫我跟他讲什么，讲我们的行业神文王拉车啊？"

毛小白癞子说："去你的文王拉车。"

张大帅却正色说："为什么不好说说文王拉车，你不要以为文王拉车是老古话，其实文王拉车是有道理的。"

文王拉车,也就是传说中的周文王渭水访贤时给姜子牙拉车的故事,京戏《击鼓骂曹》中就有这样的唱段,是祢衡斥骂曹操的:昔日里文王访姜尚,亲到渭水得栋梁,臣坐车,君拉缰,为国访贤理应当。又有传说,姜尚对文王说,你拉了我八百零八步,我保你八百零八年。周朝的八百零八年就是这么来的。

张大帅将这些传说告诉巴豆,说完了,他问巴豆:"你听懂了吧?"

巴豆说:"听懂了。"

毛小白癞子"哈"一声,说:"你也当他小孩子,听懂听不懂,这有什么不懂的。"

张大帅说:"听懂听不懂,关系很大呢。"

巴豆说:"是的。"

毛小白癞子说:"废话少说吧,你那辆车,破成那种样子,你自己踏踏还差不多,给巴豆踏,太丢脸了,你说怎么办吧?"

张大帅说:"这要靠你啦,你跟公司头头不是熟的嘛,你去帮他换一辆新车,我也嫌这辆车太旧了。"

毛小白癞子说:"你现在才想到我跟公司头头说得上话,告诉你,公司几个头头,看见我都要叫一声毛师傅的,他们出道时,哪个不是我带过的。"

张大帅笑,说:"所以嘛,所以要叫你去换一辆新车。"

毛小白癞子说:"这件事包在我身上了。"

张大帅又朝巴豆看看,问:"你打算定点定在哪里?"

巴豆说:"我还没有决定,正要请教你们呢。"

毛小白癞子说:"我看还是到火车站好,再说张大帅的车是定在火车站的,你顶了他,就在火车站做,人家晓得是张大帅的车,也会客气一点的。"

张大帅想了想说:"我想这样也好,先在火车站做做,熟悉熟悉情况再说。不过……"他停顿了一下,又说,"我看巴豆不见得想到火车站做,是不是?"

巴豆犹豫了一下,说:"我还没有考虑好,再想想吧。"

张大帅说:"做什么都有行规的,这个你也应该有数的,你要是想到别的什么地方定点,一定要跟我或者跟毛小白癞子先说过,我们会帮你去打招呼的,千万不能自说自话去。"

巴豆先是愣了一下,随后笑笑说:"我晓得。"

他们又说了一些要注意的事情,张大帅就走了。

第二天毛小白癞子果真踏回来一辆崭新的三轮车,车子一拐进三摆渡,大家就觉得弹眼落睛,十分引人注目。

一路上就有街坊问,是不是毛小白癞子换了新车。

毛小白癞子比自己换了新车还高兴,一路上告诉大家,是巴豆的车子,所以他人还没有到家,这边毕先生已经知道了。

毛小白癞子到了门口,正要把车子推进院子,毕先生就站在院子当中问:"这辆车,是你帮巴豆弄的?"

毛小白癞子兴奋地说:"是呀是呀,毕先生你看漂亮不漂亮?"

毕先生说:"是你叫巴豆踏三轮车的?"

毛师母从屋里出来,接上去说:"怎么是他叫巴豆踏三轮车呢,是巴豆自己要踏三轮车的。"

毕先生说:"巴豆怎么会想起来做这一行呢?"

毛师母说:"这我怎么晓得呀,巴豆又不是小孩子,他总有他自己的想法。"

毕先生说:"我不跟你说话,我跟毛小白癞子说话。巴豆呢,他人到哪里去了?"

毛小白癞子说:"我也不晓得,我只管帮他弄一辆漂亮的车子。"

这时毛师母手一指:"喏,不是回来啦。"

巴豆和女儿毕业一起进了门,巴豆一看大家这样子,心里有数,他笑着问毕业:"毕业,你爸爸做一个三轮车工人,你有没有意见？"

毕先生说："毕业，劝劝爸爸，他做这个不合适的。"

毕业看看那辆新车，看看一院子的大人，她只是笑，什么话也不说。

毛小白癞子笑骂："小丫头，一点点大的人，倒蛮狡猾的，不表态啊。"

毕业笑得更厉害，说："你才狡猾呢，你才狡猾呢。"

毕先生在一边长叹一声，他说："巴豆啊，你这是做什么呀，为什么要这样，你真的不再想重操旧业了？"

巴豆不作声。

毕先生又说："你在里边，都没有放弃你的学问，怎么出来了，反而……"

巴豆没有回答父亲的话，他不好回答。他只有跟毕业说："毕业，以后我们出去玩，不怕走路了。"

毕业爬上车子，说："好啊好啊，我们可以坐车出去玩了，爸爸，我们小孩，可以多坐几个是不是，下次你带我们几个同学一起去，好不好？"

毛小白癞子说："当然好，你爸爸有的是力气，你尽管叫你们同学一起来就是，七个八个也可以，只要你们不怕挤。"

毕先生站了一会儿，慢慢地朝自己屋里走去。

巴豆推了毕业一下，毕业连忙上前去搀住爷爷。毕先生说："你不要搀我了。"

毕业说："我要搀你的，老师说要照顾老人的，我以后一直要照顾你的。"

毕先生摇了摇头，说："以后，谁知道以后怎么样。"

毕业说："我知道的，以后怎么样我知道的，以后嘛，以后嘛就是……"她一时不知用什么样的词来形容以后，自己笑了起来。

巴豆过去跟父亲说："我到旅馆去一下。"

毕先生看了一眼巴豆,想说什么,但是张了张嘴,没有说出来,他点点头,让巴豆去了。

巴豆一出门街坊里就有人说:"巴豆,也弄了一辆车啊?"

巴豆点点头,笑笑。

大家就说,好了,这下子三摆渡又多了一辆车了。也有人问巴豆怎么想起来做三轮车的,是毛小白癞子还是毛估出的主意?

巴豆一路走过去,也不跟他们细说。这里的人,对什么都感兴趣,但也只是随便问问而已,不回答也无所谓。

在三摆渡一带,踩三轮车的人并不多,毛家父子俩几十年来算是三摆渡一带独家经营的了,在三摆渡,每天都有两辆车进出,这从老一辈的人看起,到小一辈的人仍然是这样,现在再小一辈看到的也还是两辆车的车轮滚滚,不同的是,从前是毛白癞子和毛小白癞子父子俩,后来就是毛小白癞子和毛宗伟父子俩。

平时三摆渡一带的人家,有个什么急事,求到毛家,不管是三更半夜,还是风雨冰雪,毛家父子是有求必应的,或者哪一家隔日办什么事,事先来商量,毛家也都会应承的,即使要放弃一两天的生意,邻居的忙也是要帮的,这种规矩,从毛白癞子开始,到毛小白癞子,再到毛宗伟,都是一脉相承的,并且大有青出于蓝而胜于蓝的意思,所以现在毛小白癞子和毛宗伟父子平时在三摆渡进出,总有人跟他们打招呼,这也说明毛家的人缘不错。

现在又多一辆三轮车加入了这个行列,巴豆以后会发展成什么样,现在还很难说。

巴豆到了家乐旅馆,进去见到根芳,他还没有开口,根芳就说:"你要走了?"

巴豆说:"是的。"

根芳说:"是不是你在我们这里不顺心?"

巴豆说:"没有的事,我在哪里都是一样的。"

根芳说:"你大概嫌钱少一点,是不是?"

巴豆说："这倒是一个原因,我一个人,还要养一个女儿,在这里赚这点钱是不够用的。"

根芳看了看巴豆,说："就是为了钱?"

巴豆笑笑,说："那你说我是为什么呢?"

根芳想了想说："你是不会在我们这里做长的,一开始我就知道。"

巴豆说："你会看相还是会算命?"

根芳说："我什么也不会,我只是有这种预感。"

巴豆说："你的预感很准嘛。"

根芳问："你有没有跟陈主任说过?"

巴豆说："还没有呢,正想去找她汇报,本来是要先跟陈主任说的,因为八字没见一撇,一直没有跟她说,谁知后来一下子就解决了车子。"

根芳说："你在这里等一等,我帮你去叫陈主任来,好吧?"

巴豆说："这怎么敢当。"

根芳一笑,说："这有什么,你跟我客气什么。"

说着就走了出去。

巴豆回味根芳那一笑,觉得根芳的笑竟是很有魅力的,根芳属于那种不显山不露水的女人,乍一看去,没有什么突出动人的地方,但是比较耐看,细细地品味,根芳还是很好看的。

根芳出去后,巴豆站在旅馆的后院,看着大家忙,一会儿,沈美珍不知从哪里冒了出来,在巴豆后肩上一拍,大声嚷嚷："啊哈,巴豆,你要走啦,攀高枝去啦。"

巴豆说："攀什么高枝,有什么高枝可以给我攀的。"

沈美珍说："你算了吧,才几天时间,就练得这么狡猾了,口是心非的。"

巴豆说："你又不是不知道,我是去做苦力,踏三轮车呀,又不是去做老板、开公司。"

沈美珍咯咯地笑着说："我早知道你在这里做不长的。"

巴豆笑了，说："你们，你和根芳，都是先知先觉啊，你也这样说，她也这样说。"

沈美珍说："我怎么可以跟她比，我比她一个小指头都不如的。"

巴豆说："你怎么变得谦虚起来了，我看你也是很来事的嘛。"

沈美珍说："你少拿我寻开心了，我……"

她说到一半突然停下来，看着巴豆。

巴豆打岔说："你去忙你的吧，我不要人陪的。"

沈美珍说："我又不是来陪你的，我是有话跟你说，我……"

她又没有说下去。

这时旅馆里另几个小丫头过来，盯住巴豆问长问短，沈美珍推开她们说："去去去，去做事情，少在这里发嗲。"

小丫头们叽叽喳喳，说："哎哟，巴豆又不是你的。"

又说："你叫我们做事，你自己呢，你自己可以跟人家吊膀子。"

沈美珍大骂："我撕豁你们的×嘴。"

小丫头们大笑起来。

沈美珍说："你们恶，我告诉根芳，叫根芳收拾你们。"

小丫头们仍然大笑，说："根芳到底要收拾谁呀，我们又没有做什么不要面孔的事情，根芳为什么要收拾我们呀？"

沈美珍又破口骂起来，小丫头不买她的账，嘻嘻哈哈，闹了好一会儿才走开，沈美珍对巴豆说："全是这货色。"

巴豆说："所以张大帅说这里是婊子窝嘛。"

沈美珍"呸"了他一口，停了一会儿，她说："根芳去叫陈老太婆了，是不是？"

巴豆说："你是不是一天到晚听壁脚的？"

沈美珍白了巴豆一眼，说："怎么到现在还不来，又跟陈老太婆商量什么鬼主意了,怎么对付别人。"

巴豆说:"她们怎么会这样,再说我也要走了,有什么可以商量对付的。"

沈美珍说:"你当然是不知道她的厉害,你再在这里做一段时间试试,你就尝到滋味了。"

巴豆说:"看你说的,你自己跟根芳过不去,就到处说她坏话,是不是?"

沈美珍听巴豆这样说,也不生气,只是摇摇头,说:"你也这么说,人家都这么说。"

巴豆站得腿酸了,想坐一下,沈美珍看看他,突然笑了一下,说:"走,到那边屋里坐坐。"

巴豆过去,看沈美珍把根芳的房门打开了,巴豆说:"算了,哪里不好坐,要坐到根芳屋里,根芳的房间,是不喜欢别人进去的。"

沈美珍把巴豆往根芳房间里一推,说:"她不喜欢别人进去,她喜欢你进去的。"

巴豆就在根芳房间里坐了一会儿,沈美珍走开了。巴豆看看根芳的房间,很洁净,东西不多,但是布置得很得当,看上去也有文化色彩,巴豆看着这些,不由回忆起他的大学时代,大学里的女生宿舍。

后来巴豆在根芳桌上发现有一个照片框子合着,巴豆把它扶起来,一看正面,是根芳和一个男人的合影。巴豆初一看,没有什么明显的感觉,这是一张很普通的照片,巴豆只看了一眼就把它放开了,可是就在他把照片放开的时候,巴豆心里突然一跳,照片上的男人,巴豆突然觉得见过这个人,巴豆的感觉是见过这个男人,但不是最近的事,好像已经是很久很久以前的事了。

巴豆的心莫名其妙地紧张起来,好像做了贼一样,他站起来,正要走出去,就听根芳在外面说:"咦,巴豆呢?"

巴豆走出去。

根芳见巴豆从她屋里出来,好像有点吃惊,说:"你怎么在这里,还以为你走了呢。"

陈主任跟在根芳后面,说:"巴豆,你的事情根芳跟我说了,你要出去,我们也不好挡你,只是你自己要注意,你是出过错的人……"

根芳接住陈主任的话头,说:"陈主任是真心待人。"

巴豆说:"是的。"

陈主任说:"其实在这里做做,我看是蛮好的。唉,你们到底年纪轻,坐不定的,胃口又大,也只好随你去了。不过我还是要提醒你的,三轮车这一行里,很混乱的,你进去,要学好样。"

巴豆说:"是的。"

根芳说:"大家立在这里做什么,进我屋里坐坐。"

陈主任说:"我不了,我那边还有事情,我要关照巴豆,话是说不完的,以后有时间再跟你说说吧。"

根芳送了陈主任走,回过来,叫巴豆到她房间坐。

巴豆说:"我也要走了。"

根芳说:"你等一等,你的工资我跟你结一结账。"

巴豆坐下来,根芳看看桌上的照片,说:"这是我男人。"

巴豆说:"噢。"

根芳说:"死了。"

巴豆说:"是生病?"

根芳点头:"肝癌。"

巴豆说:"可惜。"

根芳又看看照片,说:"死的时候才三十一岁。"

巴豆想了想,说:"死了好多年了?"

根芳说:"九年了,正好九年,也是在阳历的新年头上,唉!"

巴豆看根芳眼泪汪汪。

根芳停了一会儿,把巴豆的工钱算出来,交给巴豆,巴豆看了一下,说:"多给了,是不是对我特殊优惠?"

根芳说:"没有,本来从这个月开始,就要加一点工资了,大家都一样,前两个月做得不错的。"

巴豆谢过根芳,根芳说:"不要谢的,这是你自己做出来了,往后要是三轮车做得不顺,你还可以再回来。"

巴豆听根芳这样说,心里有点触动,本来有一句话他要问根芳的,现在他犹豫了一下,最后根芳送他出来,巴豆经过再三考虑,还是问了她,巴豆问:"你们从前是不是住在石湖边上的?"

巴豆注意看根芳的神色,根芳的脸上看不出有什么不正常,根芳摇摇头,说:"没有啊,我们从来没有在那边住过,你怎么想到问这个?"

巴豆说:"也没有什么,我想起一件从前的事情。"

根芳笑了一下,没有再说什么。

巴豆回家,一路上心里老是在想根芳男人的那张脸。

巴豆回家,毛宗伟也回来了,巴豆见了他,说:"今天早啊,老是见不到你的人影子,你真是个做坯。"

毛宗伟正在看巴豆的新车,听巴豆这么说,毛宗伟笑笑,他抚摸着车把子,看上去实在是喜欢这辆车,巴豆能够感觉出毛宗伟对于车子的感情。

毛师母在一边告诉毛宗伟,说毕先生对毛小白癞子有意见,怪毛小白癞子撺掇巴豆去做三轮车的。

毛宗伟看看巴豆,说:"你真的要做,你恐怕吃不消的。"

巴豆说:"为什么,你们能做,我为什么不能做?"

毛宗伟说:"你跟我们是不一样的。"

毛师母说:"是呀,我也是这样说的,可是你老子偏说巴豆来事的。"

毛小白癞子对巴豆说:"你不要听他们的。"

后来毕先生出来了,他见了毛宗伟,好像看到了一点希望,他对毛宗伟说:"毛估,你劝劝巴豆,你虽然年纪不大,我看你倒比你爸爸周到,你做三轮车也不少年数了,多少辛苦,多少劳累,你跟巴豆讲讲。"

毛宗伟朝巴豆看看,说:"叫我劝巴豆我恐怕是没有本事的,不过,你们要是也觉得巴豆不适合做三轮车,车子我可以帮你们再转租出去。"

毕先生脸上有了点笑意。

毛师母也说:"也好的,再转租,还可以拿一笔转租费呢。"

毛小白癞子说:"你说得出口,张大帅给巴豆用车,一分钱也不收,你倒会出这种丢脸面的主意。"

毛宗伟说:"转租的钱再交给张大帅就是了。"

毛师母说:"就是。"

毛小白癞子看看大家,他清清嗓子,以一种获得全胜的口吻说:"这件事,你们谁说了也没有用,要巴豆自己说的。"

巴豆自己怎么说呢,巴豆当然不会把张大帅交给他的车子再转出去。

第 9 章

现在是否已有迹象表明,巴豆这一段时间的活动,是一系列有目的的活动,巴豆正不慌不忙地按照他自己的打算,按部就班地做着他要做的事情?

表面上看,巴豆基本上是处于被人操纵、被人控制的地位,但实际上巴豆也许正沿着他早就设计好的路线朝前走。

这一条路线或许是巴豆经过了千思百虑所得到的结果?

巴豆是被动的?

巴豆是主动的?

这只有巴豆自己心里清楚。

当毛小白癞子和张大帅问巴豆准备把三轮车定在什么地方的时候,巴豆说:"我再考虑考虑。"

其实巴豆早就考虑好了,这一点不用怀疑。

巴豆的点就定在南洲宾馆门前。

但是这里却不是巴豆待的地方。

这一点巴豆并不是不明白,但是巴豆似乎不甘心被已成的事实摆布,他要试一试,成与不成,巴豆现在并没有多少把握。

当巴豆在冬天的一个下晚,把他的这辆崭新的三轮车停在南洲的地盘上,立即就有人围拢过来,巴豆知道这些就是今后的同行了。

巴豆给他们派烟,被拒绝了。

其中一个人说:"喂,朋友,懂不懂规矩?"

巴豆笑笑说:"什么规矩?"

另一个人对开始说话的那人说:"老三,不要跟他兜圈子。"

最先说话的那人点点头,对巴豆说:"这是谁的地盘,你先去弄弄明白再来混好不好,看你样子,也是新出道的,不跟你上腔,你自己脑筋放灵清一点,免吃苦头。"

巴豆说:"规矩是人定出来的,你们有你们的规矩,我也可以有我的规矩,是不是?"

那几个人互相交换了一下眼色,还是那个叫老三的开口,说:"朋友,大家客气一点,免得伤和气。"

巴豆说:"就是,我也是这样想的,大家客气一点,有饭大家吃。"

老三说:"你是真不懂还是装不懂?"

巴豆说:"你看出我是新出道的,当然是真不懂啦,不见得我这样的人还会装腔作势吧。"

老三正要变脸,大家都发现里边有一批客人出来了,老三几个人顾不得跟巴豆再说什么,一起拥了过去,巴豆也跟了过去。

这是一批美国客人,对三轮车不感兴趣,不等三轮车工人开口拉生意,美国人就连连地"No,no"。

老三那几个人缠了一会儿,见没有希望,就骂骂咧咧地退了过来,巴豆没有走开,他在一边看着那几个美国人,很快选中了一位老太太,上前用英语说了一段话。

巴豆说,苏州是一座古老的小城,因为古老,保存着许多名胜古迹。因为是小城,许多有价值有意义的遗迹常常在一些比较偏僻狭窄的街巷。这些地方行车不便,所以一般的外国朋友很难看到,而三轮车就能够解决这个难题。

老太太被巴豆说得有点动心了,巴豆的介绍很有特色,而且巴豆的英语说得比较流利,也比较标准,老太太一下子就对巴豆有了一种信任感。

老太太回头找到一位老先生,跟老先生说了一会儿,巴豆看那位老先生最后点了点头,又回过来朝巴豆微笑。

巴豆趁机请他们上车,这对老夫妻果真在巴豆的搀扶下上了三轮车。

老太太说他们想看一看沿河的民居。

因为是第一次生意,巴豆没有把他们拉得很远,就在附近有特色的地方看了看,不到一小时就回来了。

老太太下了车,问巴豆要多少钱,巴豆想了想,要了五十元兑换券。

老太太和老先生没有任何嫌多或嫌少的表情,如数付了钱。

一般来说,在宾馆门前做,生意是不多的,因为大多数外国客人毕竟是统一行动的,独个出来的并不多,在这里做的三轮车工人是拉到一票赚一票,因为猎物太少,只要有一个上钩的,都要狠敲一下,一次生意就能抵别的地方停车的人好几天的活。

所以像巴豆这样,刚来做,一天就拉到一次客人,实在是福星高照。

当然,是福是祸,现在还很难说。

第二天,巴豆拉到了两位台胞,一位年轻些,另一位上了年纪,看上去他们不是第一次坐三轮车,对行情并不陌生。

他们自己指定地点,并且要先讲好价钱。

他们要到城东北角的旧学前去,这路比较远一点,巴豆要了七十元,他们商量了一下,年轻的说:"好,就这个价,讲好了不能再变。"

巴豆说:"当然。"

巴豆沿街向他们介绍,比如过道前街,就说说道前街街名的来历,过百狮子桥就说说百狮子桥的典故,听巴豆讲这些,年轻的台胞并没有什么大的兴趣,老的那一位却显得很激动,后来他长叹了一声,说了一句话:"四十年了。"

巴豆问他们是不是第一次来苏州。

年轻的说他去年来过,今年是专程陪同伯父来的。他说他伯父是第一次来。

听年轻人这么一说,年老的台胞突然在三轮车上站了起来,差一点摔下来,巴豆连忙刹住车,年轻人搀住他,说:"你怎么的,怎么能够站起来。"

年老的台胞说:"你怎么说我是第一次来,我怎么是第一次来,我的老家就在这里呀。"

巴豆"哦"了一声。

年轻的台胞说:"这么多年,我怎么从来没有听你说过?"

年老的台胞说:"唉,说有什么用……现在好了,总算回来了。"

巴豆这才明白他们为什么要到旧学前去,想来大概是旧址。

巴豆问:"老家还有人吗?"

年老的台胞说:"没有人了,但是地方总还在的,我就是要看一看那个地方。"

他们到了旧学前,老人已经记不清当时的门牌号码了,他们转了半天,也没有找到老人记忆中的旧学前地址,问了好多人,又找了居委会干部,打听了好久,后来有一位老人说,旧学前的房子在三十多年前都已经改造过了,早已经不是从前的样子了。

老台胞听了,眼圈有点发红,这一带谁也不认识他,他也同样没有认出一个故人,四五十年前的邻居早就搬迁了,也不知道到了天涯还是到了海角。

回来付钱的时候,年轻人拿出一张一百元的大票,巴豆要找钱,那老人说:"零钱不要了,你也很辛苦。"

年轻人说:"去年我来,碰到两个车夫,实在是……"

老人说:"大陆也有好人的,我看这位先生,就是好人。"

年轻的说:"是的。"他回头对巴豆说,"你做事情很认真,我们还有好几个人,也想出来走走的,就是怕碰不到好人,你能不能在这里等一会儿,我去介绍他们出来坐你的车?"

巴豆说:"谢谢。"

他们进去以后,巴豆停好车子,点了一根烟,心里有点乱,第一次出来做生意,这么顺利,巴豆知道麻烦可能还在后面。

老三那几个人见巴豆赚了一笔钱回过来了,立即围了过来,老三说:"喂,朋友,识相一点。"

巴豆知道他们早晚要来的,他笑笑说:"大路朝天,各人走各人的。"

老三说:"可是这一条路偏不能给你走。"才说了几句话,那个年轻的台胞带着两个人出来了,老三他们又迎了上去。

巴豆原以为他们只是随便说说的,想不到真的来介绍生意,那年轻的台胞拨开老三他们几个人,直接朝巴豆这边走来。

这一回来的是两个中年台胞,说要到蜜月酒吧,巴豆不知道蜜月酒吧在什么地方,那两个人却说:"你尽管踏,我们认识,我们指路。"

巴豆就按他们指的方向走,他有点奇怪,这两位台胞,看来也是常来常往的了。两个人在车上叽叽咕咕,又说又笑,笑声十分放肆,引得路人不停地朝他们看。

踏出一段路,其中一位就问巴豆:"喂,听说大陆上的男人,有百分之八十没有性生活,是不是像太监一样,你是不是这百分之八十中的一分子呢?"

巴豆笑笑说:"我倒是听说台湾的男人,百分之八十有性病,是不是呢?"

那两人同时说:"没有,比例没有这么高的。"

巴豆说:"那你们二位,在不在这个比例数中呢?"他一边说,一边回头看看他们,又说,"你这位先生,鼻子上是什么呢?"

那位鼻子红红的先生不但不生气,反而哈哈大笑。

另一个人指指路边,说:"到了。"

巴豆一看,果真是蜜月酒吧。

车还没有停稳,就有一个男人和两个打扮得十分妖艳的少女迎了出来,两个少女二话不说,一人一个把他们夹了进去。

那男的大概是店老板,他过来看看巴豆和他的车,说:"陌生面孔,新来的?"

巴豆点点头。

老板说:"老规矩啊,新人老规矩。"

巴豆还是点点头,没有说话。

老板反身进去,巴豆坐在车上等,可以听见里边少女的笑声,巴豆等了将近一小时,还不见他们出来,巴豆没有烟了,就到对面小店里去买烟,卖烟的人看看巴豆,说:"师傅,这几日风声紧起来,你不怕啊?"

巴豆说:"我拉拉车,怕什么?"

卖香烟的人一笑,说:"说都这么说的,你们的门道,谁不晓得。"

巴豆不好再说什么,卖香烟的人又说:"不过话说回来,你们这一行,就像打仗,抢一票是一票,胆大有钱赚,对不对?"

他们正说着,酒吧的老板在那边喊巴豆,巴豆过去,酒吧老板说:"师傅辛苦。"

他给巴豆一根烟,巴豆点了,说:"我怎么不辛苦,在这里喝西北风。"

老板说:"苦是苦一点,赚也是赚得起的,你我是一条船上的,一天夜里碰上这么一批,算是额骨头高了。"

巴豆说:"你们在里边作乐,我等于做门卫,做岗哨了。"

老板说:"今天两个客人开心,你不会吃亏的,你反正按时间收钱,你急什么。"

老板把钱给了巴豆,说:"快了,这几日有人在盯,我们也不敢留他们太晚。"

老板临进去又说:"老规矩,百分之五,今天要了他们八百。"

巴豆看看钱,是人民币,有四十元。

巴豆放好钱,就见两个人出来了,一人还拉着一个姑娘,酒吧老板说:"明天再来啊。"

两人笑着答应。

巴豆把两个人送到南洲,已经是深夜十二点多钟了。

巴豆回到了家门口,他尽量把声音放轻,他看到院子里只有毛小白癞子一辆车,毛宗伟的车还没有回来,巴豆想这个毛估真是能做的。

第二天巴豆起来的时候,毛宗伟已经吃过早饭,准备出车了。

巴豆说:"毛估,你要做煞了,昨天我半夜回来,你还没有回来呢,今天这么一大早就要走啊?"

毛宗伟笑笑说:"我也是难得的。"

巴豆说:"看你三根筋扛一个头,你要当心身体的。"

毛宗伟说:"我晓得的。哎,你怎么样,怎么也弄到三更半夜的?"

巴豆说:"我现在是瞎摸摸的,没有定数的。"

毛小白癞子也过来说:"你到底要在哪里做,跟我说了,我好带你去见见人。"

巴豆含含糊糊地说:"我再转转。"

毛宗伟走了以后,巴豆问毛小白癞子:"听说在宾馆门前做很有赚头的。"

毛小白癞子摇了摇头,说:"钱当然是好东西,谁不想多赚一点,但也要弄得着呀。你问这个做什么,你是不是想到那地方去做?"

巴豆说:"毛估不是在那里做的吗?"

毛小白癞子说:"他小子是什么路道我也弄不清楚的,不过你是不可以到那边去做的,你看我做了多少年下来,从来没有想到那上面去。"

巴豆听毛小白癞子这么说,就觉得他昨天夜里是太顺利了一些,他问:"你说我不可以去做,为什么毛估可以在那边做?"

毛小白癞子叹了口气说:"你跟他不一样呀,你是经不得再碰点什么事情的了,你懂不懂?"

巴豆点了点头。

上午巴豆到宾馆街上转了转,白天果真没有什么人。巴豆绕到商场买了两支人参带回家。

毕先生看看巴豆给他买的人参,说:"买什么人参,我不吃,药补不如食补,食补不如心补,你又不是不知道我的心事。"

巴豆说:"你想开一点,就没有心病了。"

毕先生说:"你叫我怎么想开一点,怎么想得开呀。"

巴豆不再和毕先生说什么,现在这时候巴豆说什么也不可能解开他心里的疙瘩。

这一天夜里,巴豆到宾馆街,发现车子比昨天又多了一些,几个拉车的凑在一起打扑克,巴豆过去,他们只是朝他看看,什么也没有说,这使巴豆觉得有点奇怪,昨天夜里老三那几个人跟他的事情绝不会就此了结的。

这边的人虽然在打牌,但注意力始终在宾馆门前,一旦那边有动静,他们会以最快的速度赶过去。每一次有客人出来,他们把客人围成一圈,巴豆被围在圈外,根本没有机会直接和客人接触,几次下来,巴豆就完全明白这是事先商量好、安排好的。

但是即使巴豆明白这一点,巴豆又有什么办法来对付他们呢,他们是一堵墙,而巴豆只能算是一块砖。

一直等到夜里十一点多，巴豆还没能做到一个生意，他正在想主意，这时从对面小巷里奔过来一个人，急吼吼地奔到巴豆跟前，说："师傅，帮帮忙，师傅，帮帮忙，老娘发毛病了，相帮送一送医院，车钱你尽管开口好了。"

　　巴豆问在哪里，那人手一指："就在对面弄堂里，不远的。"

　　巴豆踏了车子过去，巷子很窄，没有路灯，一片漆黑，巴豆踏进去很深的一段，看见前面暗处有三四个人挡在路中央。

　　巴豆回头看那个叫车的人，才发现后面也有两个人挡着。

　　巴豆明白将要发生什么事情，所以他并不惊慌，只是说："你们会后悔的。"

　　没有人接他的话，也没有人说什么，只有五六个黑影上前，一下子把巴豆拉下车来，劈头盖脸一顿打，巴豆虽然极力反抗，但是势单力薄，哪里是他们的对手，没几下就被打得趴在地上，头破血流，昏迷过去。

　　等巴豆清醒过来，那些人早走了，巴豆的车也不见了，巴豆挣扎着走出了小巷，他看到南洲的大门已经关了，宾馆街上已经没有什么人了。

　　巴豆在宾馆门前站了一会儿，只觉得头一阵阵发晕，好像要倒下了，他支撑着在附近路边、小河边，找了一下，没有发现他的车，只好慢慢地往回走。

　　好不容易到了三摆渡，正要拐进巷子，就听见毛宗伟在后面喊："巴豆，怎么这么晚？"

　　毛宗伟一边喊着一边就踏着车子上来了，他朝巴豆看了一眼，不由"呀"了一声，说："巴豆，你怎么弄成这样？"

　　巴豆勉强笑笑，想说什么，可是喉口发干，一句话也说不出来，只是有一种马上要倒下来的感觉。

　　毛宗伟看出巴豆支撑不住的样子，连忙搀住巴豆，说："你怎么了，你怎么了，要不要紧，要不要去医院？"

巴豆摇摇头,在毛宗伟的帮助下,上了他的三轮车,毛宗伟飞快地往回踏,到了家门口,毛宗伟刚要叫人,巴豆一把拉住他,摇了摇手,毛宗伟明白他的意思,没有出声,进去叫醒了毛小白癞子,毛师母也被吵醒了。

他们赶出来一看,都吓了一大跳,毛小白癞子说:"巴豆,你到底做什么去了,你一定是坏了规矩,是不是?"

毛师母说:"你现在还有心思说什么规矩不规矩,还不相帮宗伟把巴豆搀进去。"

他们都怕惊动了毕先生,小心翼翼地,可是毕先生东厢房的灯还是亮了,毕先生咳嗽了一阵,披着衣服走了出来。

他好像对院子里这样一种情景已经有所预料,他走到巴豆身边,看了看巴豆,颤颤抖抖地说:"巴豆,你真的出事了,今天我一直睡不着,总是感觉要出事,果真出了事。"

毛宗伟说:"我在弄堂口看见他,他摇摇晃晃,要倒下来的样子,把我吓了一跳。"

毛师母说:"怎么不是,刚才我一看巴豆一脸一头的血,我也吓煞了。"

毕先生上去摸摸巴豆的脸和手,说:"要送医院的,你们帮帮忙,快一点,你看,还在流血。"

巴豆摇摇头,还是说不出话来。

毛小白癞子也说:"还是去医院看一看放心。"

巴豆又摇头,可这一回摇了头,头就支持不住身体了,幸亏毛宗伟和毛小白癞子在旁边扶着,毕先生一看,慌了神。毛小白癞子和毛宗伟也不再听巴豆的意见,急忙把巴豆送到医院去。

拍了片子,才知道是脑震荡,说要在医院观察室留观。

就由毛宗伟再回去告诉毕先生,毛小白癞子留在医院陪着巴豆。巴豆昏昏沉沉睡了一会儿,睁开眼睛看看,毛小白癞子见他醒了,连忙说:"巴豆,怎么样?"

巴豆现在好多了,喉口不那么干了,他说:"没有什么,你看,有什么呢。"

毛小白癞子说:"没有什么,还说没有什么,没有什么,就要出人命了,你自己脑震荡了,还说没有什么。"

巴豆说:"我自己有数的。"

毛小白癞子急了,说:"你知道个屁,你知道了你就不会吃这种苦头了。巴豆,你老实告诉我,你是不是跑到宾馆街去了?"

巴豆点点头。

毛小白癞子"嘿"了一声,说:"你看看你,我不是跟你说过吗,你有没有放在心里,把我的话当耳边风,你看看,吃这样大的苦头。"

巴豆说:"你轻一点,人家都睡了。"

毛小白癞子降低了音量,说:"你这个人真是……叫我怎么说,跟以前一样犟。"

巴豆说:"你回去吧,我现在好了,真的,头一点也不晕了,你在这里也没有用,又不好睡觉,你还是回去吧。"

毛小白癞子起先不肯,后来巴豆叫了护士来,护士也叫毛小白癞子回去,毛小白癞子这才走了。

第二天一早起,得到消息的亲戚朋友,陆陆续续地来看巴豆,巴豆头还很晕,不好多说话,只是闭着眼睛躺着,听大家说他,或者是劝,或者是批评,或者是抱怨,或者是怜惜。

到中午时,老姜和金林来了,他们问了巴豆的伤势,没有说别的,只是问巴豆是谁干的。

巴豆说:"我也不知道,夜里,又是在没有路灯的地方,我一个人也没有看清楚,但感觉上都是陌生人,一个也不熟悉的。"

老姜"哼"了一声,说:"巴豆,你不要自欺欺人了,哪有吃了苦头,还不知道是谁整的你,你有什么事情瞒着我们。"

巴豆说:"我会有什么事情瞒你们。"

老姜说:"巴豆你要好好想一想啊,你已经是……"

巴豆说:"我怎么会不知道我是什么人呢,我正是因为很清楚我自己是怎么一回事,我才有我自己的打算。"

老姜说:"你是什么打算,为什么不能跟我们说说,我们难道不是你的亲人?"

巴豆说:"有些事情,你们并不一定要知道,这样对大家反而好。"

老姜看着巴豆,心里很烦很急,说:"我跟你说,你做什么事情,即使不为你自己考虑,你也要为爸爸想想,还有你自己的女儿,你难道不为她想想。"

巴豆一时说不出话来。

金林说:"巴豆,头还疼不疼,没有伤到骨头吧?"

巴豆说:"没有,没有伤筋动骨。"

金林说:"总算是不幸中的大幸。"

老姜说:"还大幸呢,人都伤成这样了,还要怎么样的不幸。"

金林白了老姜一眼,说:"你的口气,好像我希望巴豆吃苦头似的,你这种人,跟你没有办法说话的。"

老姜不说话了。

金林说:"巴豆,其实你自己也清楚你是不适合做这种工作的,你为什么偏要选一个你不能适应的工作来做?"

巴豆说:"我并不认为我不适合踏三轮车,时间也许会证明的。"

老姜又有点急:"时间,你还有多少时间,你是不是打算以后半辈子,就干这个了?"

巴豆说:"我还没有想得那么远。"

金林说:"我和老姜都认为你还是要回到原来的事业中来,我和老姜并没有停止努力。"

巴豆说:"我都知道,但是……"

老姜说:"但是什么,你是不是不相信我们能办到?"

巴豆说:"我相信你们能帮助我的,我只是不想白白地等下去。"

老姜说:"这么几天你也等不及呀。"

巴豆说:"我已经耽误了整整五年。"

老姜朝金林看看,金林也没有什么话说了。

过了一会儿,毕竟来了,还带着一个人,是一个年轻姑娘,毕竟介绍是他的女朋友。姑娘很大方,朝巴豆笑笑,又叫过老姜和金林。

毕竟问巴豆:"什么人下的手,这么毒,你告诉我,我找几个小弟兄去会会他们。"

金林一听,连忙说:"毕竟,你要做什么?"

毕竟笑起来,说:"我知道你要急的,其实我在外面做什么,只要我不回来说,你是根本不可能知道的,这样你反而省心。"

毕竟的女朋友也笑了笑。

金林对老姜说:"你看你的儿子。"

老姜说:"怎么只是我的儿子,他不也是你的儿子吗?"

毕竟抢着说:"今天来不是跟你们辩论我是谁的儿子,我是来帮巴豆叔叔找仇家的,要巴豆叔叔提供线索呢。"

金林说:"你怎么可以……"

老姜说金林:"你急什么,你当真啊,你以为他真的会去帮巴豆报什么仇啊。"

老姜这样一说,大家都笑了,毕竟的女朋友笑话毕竟,说他只是能突出一张嘴。

毕竟也不跟大家争辩,只是说:"你们笑什么,你们以为我不会啊。"

巴豆说:"你想做也做不成,连我都不知道是谁干的,你要找谁去。"

毕竟也不认真,说:"好啊,没有线索更好,更有意思。"

毕竟的女朋友说:"有什么意思,你做侦探还是怎么?"

毕竟停了一会儿,说:"真的,巴豆叔叔,现在外面,不能拿一个怕字当头的,你越是软,人家越是欺你,你硬一点,别人也拿你没有办法,现在的世界是强者的世界。"

巴豆听了,笑笑没说什么。

金林批评毕竟:"你这是什么话,强者的世界,你就是这样理解的?"

毕竟说:"不这样理解怎样理解?"

他们争了一会儿,老姜说:"你们只会说些不痛不痒的话,好了好了,巴豆头疼,大家差不多就走吧。"

巴豆确实觉得不舒服,所以也没有留他们,大家走后,他吃了一点东西,就闷头睡了。

睡梦中,巴豆感觉到有人在看他,这个人,是巴豆牵肠挂肚的,所以巴豆会在睡梦中有所感觉。

巴豆努力睁开眼睛。

巴豆的预感被证实了。

是章华。

章华含着眼泪,坐在巴豆床边看着巴豆。

巴豆欠身要坐起来,被章华挡住了,巴豆说:"你……你来啦?"

章华点点头,拿起一个苹果,说:"你吃,我帮你削。"

她只字不提巴豆受伤的事,甚至对巴豆回来这么长时间的一切好像都没有打听一下的愿望。

巴豆看她拿水果刀削苹果,她是那么专注,好像巴豆除了想要吃这个苹果,别的再没有什么希求和愿望了。

巴豆忍不住说:"章华,你怎么知道?"

章华顿了一下,说:"你好好歇着,你不要问我怎么知道,对于你的一切,我都应该知道,不是吗?"

巴豆说:"我回来两个月了。"

章华点点头:"我当然知道。"她盯着巴豆看,巴豆看得出她眼睛里饱含的泪水,章华又说,"我到你家去过。"

巴豆说:"是不是我父亲……"

章华说:"你父亲不想见到我,这是正常的,也是应该的。"

巴豆说:"我也去看过你,不过只是在宾馆门口站了一会儿,收获却不小,你现在是章总了。"

章华似是而非地笑笑。

这时候有人进来喊章华,说:"章总,时间差不多了。"

章华说:"好的,你先上车,我马上就来。"

那人走后,章华说:"我没有时间陪你,我只想说一句话,巴豆你不适合做这个事情。"

巴豆笑起来,说:"所有的人都这么说,你也这么说。"

章华说:"我求求你,不要再做了,真的你不适合。"

巴豆说:"如果我还要做呢?"

章华说:"其实我也知道你会坚持下去的,这绝不是你一时的心血来潮,什么金钱、地位等一切都是次要的,你的计划是早已经安排好了的。"

巴豆张了张嘴,谁也不知道巴豆的心思,可是章华知道,巴豆说:"你什么都明白,为什么还要劝我放弃我的打算?"

章华突然掉下眼泪来,她抹了抹眼睛,说:"你应该明白,你不会不知道,我是为什么。"

巴豆垂下眼睛。

章华说:"我知道我劝不动你,所以我只能说另一句话,巴豆,你等我一年,这一年里你千万别再出什么事了。巴豆,你能做到吗?"

巴豆刚要说话,章华却挡住他,说:"不要问为什么,好不好?

你等我一年,最多一年,你能不能做到?"

巴豆说:"等你一年,什么意思呢,难道一年以后你就不再是章总,我也不再是巴豆了?"

章华说:"这都很难说,一年的变化说不定会超过五年十年的变化。"

叫章华的人又来催了,章华只说了一句巴豆你多保重,就走了。

经过一天的观察治疗,巴豆的情况比较稳定了,这一天下午就出院回去了。毛小白癞子把巴豆送到家时,毕先生出去送客人了,毛小白癞子要安顿巴豆躺下,巴豆说:"不要你烦了,你去吧。"

毛小白癞子看巴豆是好多了,他踏了车子去做活了。

一会儿毕先生回来,见巴豆已经到家,毕先生说:"怎么这么快就回来了,医院叫你回来的?"

巴豆说:"医生说没有什么问题了。"

毕先生说:"杨老太太跟你前脚后脚,我刚刚送走她。"

巴豆说:"就是那个胃有病的老太太,老干部。"

毕先生说:"她是专门上门来谢我的,我帮她排除了恶性肿瘤的可能,她来谢我的。"

巴豆说:"你凭什么排除的?"

毕先生说:"凭什么,凭本事。"

巴豆笑笑。

毕先生又说:"你的事情我又托她了,她一口应承的,她保证在近日内给我回音的。"

巴豆说:"爸爸,不是我要给你泼冷水,你想想她已经答应你多长时间了,到现在还在说这种不痛不痒的话,还不是应付应付的。"

毕先生很认真地说:"这一回不一样了,我等于救了她一命,她自己也这样说的,她也说要报答我的,她这一次肯定会帮忙的。"

巴豆不想再和父亲说这些话,他说:"好吧,能帮忙当然最好了。"

毕先生说:"所以我要跟你说,这一段时间,你就在家里待着,不要出去了,你要用钱,还是毕业要用钱,我有,你要是觉得不好意思,就把钱交给你管。"

巴豆说:"由你来养活我和毕业。"

毕先生有点生气了,半天没有说话,后来他说:"你们从小不都是我养大的,好像长大了就不再是父亲的儿子了。你们这种想法,实在是叫人难以理解。"

这天下晚毛小白癞子和毛宗伟都回来了,他们找到了巴豆的车子,被扔在一条小河浜里,毛小白癞子叫了几个人相帮拉上来,又擦洗得干干净净,才踏回来。

巴豆看到自己的车子,心里有点激动,他觉得自己和三轮车虽然只有两天的交情,却已经分不开了。

巴豆上车踩了几下,发现有点涩,他找出机油,给链条和车轮钢丝都上了油,毕先生在一旁看着,十分气恼,但他也知道他的话对于巴豆是没有用的。

毛宗伟对毛小白癞子说:"也怪你,你知道他要到那地方去,你也不跟他讲清楚。"

毛小白癞子说:"我怎么知道他要到那地盘上去,一般的人,刚出道,谁会到那地方去呢,我真是没有想到的。"

巴豆说:"我自己也是没有想到的,我也是瞎走走的。"

毛宗伟说:"我做了十几年了,还不敢瞎走呢。"

毕先生说:"你听听,你听听,这都是经验之谈啊。"

巴豆说:"我知道的。"

毛宗伟说:"你知道什么呀。"

毕先生对毛小白癞子说:"请鬼是你,现在又要麻烦你送鬼了,这车子,你想想办法,转租出去吧。"

毛小白癞子看看巴豆,巴豆说:"车子我要用的。"

不管毕先生怎么说,巴豆还是坚持要踏三轮车。

毕先生十分气恼,但他也知道他的话对于巴豆来说是没有什么用的,所以他只好退让了一步,说:"巴豆,你若是一定要坚持,我也拿你没有办法,可是你千万不要到你不该去的地盘上去。你不听毛小白癞子说,自己瞎闯,要出事的。"

毛宗伟也说:"是呀,三轮车的去处很多的,你为什么非要到宾馆街去,那里的人,都是什么角色,你不是不知道的。"

巴豆看了看大家,沉默了一阵,终于说:"我可以跟你们摊开来说,我要踏三轮车,就是为了要到宾馆街去做,如果不到那里去做我也不会踏三轮车了,所以你们也不要再劝了,别的地方我是不会去的。"

巴豆这番话,不仅使毕先生吃惊,也使毛小白癞子和毛宗伟感到很意外,原来巴豆心里早有主意,这是他们事先没有想到的。到这时候他们才隐隐约约地感觉到,巴豆心里,还深深地埋着五年前的阴影。

对于巴豆来说,把闷在心里的话说出来,反而觉得轻松了,巴豆也许很想忘记过去,但是他又不可能忘记过去,既然不可能忘记过去,巴豆是否要把那件彻底改变他命运的事情重新弄个水落石出呢?巴豆也许正是为了这个目的才加入了三轮车的行列?

从巴豆所说的话中,确实透露出这样的信息。

但是即使真能够弄个水落石出,抓出那个引巴豆落井的三轮车工人和那个石湖边的卖古董的人,又有多大的实际意义呢?已经说过巴豆吃的是他自己的官司,巴豆被判刑是巴豆自食其果,巴豆绝不是代人受过,巴豆的案子也不是冤假错案。

所以水落石出也好,不了了之也好,对于巴豆今后的一切都不会有很大的影响,更不可能因此而改变巴豆前五年所造成的一切。

这一点巴豆应该清楚。

巴豆当然清楚,当然明白,但是巴豆仍然按他的想法去做他要做的事情,可算是锲而不舍。

巴豆有巴豆自己的想法。

每个人都有他自己的想法,有些想法别人能够理解,而有些想法别人不能理解,这是正常的。

所以巴豆说他不离开宾馆街。

巴豆说这话的时候,他看到自己年逾古稀的父亲老泪纵横,巴豆心里很难过,但他还是没有改变主意。

第二天一早,巴豆醒来,浑身还是很酸痛,他正要爬起来,就见女儿毕业进来,走到他床前,什么话也不说,"扑通"一声跪下了。

巴豆知道女儿是为了什么,他说:"毕业,你起来。"

毕业哭了,说:"爸爸,我求求你,我和爷爷求求你。"

巴豆不知如何是好。

毕业哭着说:"爸爸,我不要你死,你这么长的时间不在家里,现在好容易回来了,你不要再出什么事情了。"

巴豆说:"毕业,你起来,起来再说。"

毕业说:"你答应我,我就起来,你不答应,我就不起来了。"

巴豆看着女儿,长叹一声。

毕业跪着不动,巴豆说:"你上学要迟到了。"

毕业仍然不动。

巴豆愣了半天,最后说:"你起来吧,我答应你。"

毕业站起来,擦干了眼泪,跑出去,巴豆听见她说:"爷爷,爸爸答应了。"

巴豆没有听见父亲的声音,却听见毛宗伟说:"答应什么?"

毕业说:"爸爸不到宾馆街去做了,是我求他的。"

毛宗伟叹了一口气。

巴豆又听见毛小白癞子在骂人,骂的是宾馆街上的那些人。

第 10 章

在从前社会各个行业中,有桥盘头一业。

桥盘头一般的老百姓称为六局,自然是因为桥盘头管的事情比较多。也就是说,桥盘头的社会职业范围比较广,以六局之"六"而言,并不一定是指六个方面的事务,只是一个泛称而已。

从前桥盘头所管之事,包括掌礼、喜娘、吹打、厨师、扛抬、茶担等,可说是社会杂事红白喜事以至一般的出门办事,都少不了桥盘头的管辖,甚至于当地的乞丐和丐头之类也都归在桥盘头名下。

桥盘头的势力范围虽然很大,但也不是无限的,因为有很长的一段时间,由官府出面认可桥盘头这样一种职业,并且为桥盘头建立花名册,登记在案,还刻碑立传,这一方面是对桥盘头的支持和认可,另一方面也就可以适当地控制桥盘头的势力。由官府出面,划出各个桥盘头的管辖范围,在苏州城内外,按桥面设点,以河道为界,划分出地区范围。

做到桥盘头,都是懂规矩的,他们只在自己的势力范围之内活动,互不侵犯,互不干扰。桥盘头之业且是世袭相传的,别人不好干涉。

在桥盘头所管辖的地区之内,大户人家的婚丧嫁娶等大事,都由桥盘头受理承办,别人不可以越俎代庖,这就是行规。另外出租轿子供人乘用,收取出租费、扛抬费以及索讨赏钱小费,折合下来,用一次轿子,需要数十元,一般的小康之家,是承受不起的。

桥盘头的职业特点,决定了桥盘头这一行业的霸性,外人是不能随便进入的,以后在码头搬运业以及其他一些行业中的封建把持制度也就是由此而产生的。

桥盘头的行业,发展到现在当然早已经不复存在了,但是类似桥盘头的规矩,却不能说也已荡然无存了。

巴豆在南洲宾馆门前所吃的亏,也许就能说明这一点。

毛小白癫子和毕竟他们从不同的途径已经打听到南洲地盘上的老板,绰号叫"白板"。也就是说,巴豆是吃了"白板"的苦头。至少,是"白板"点过头的。

"白板"也许并不难找,但是即使找到了"白板",巴豆又能怎么样呢,和他斗吗?当然不能。

巴豆吃了苦头,按照巴豆自己的想法他是不会就此退出的,但是现在巴豆决定退出,是暂时的,还是长久的,只有巴豆自己知道。不管怎么说,现在巴豆不再到宾馆街去了。

由毛小白癫子领了巴豆,像搀着一个刚上学的小孩子去办新生报到手续,毛小白癫子带巴豆到一家大医院门口,把巴豆介绍给那里的几位同行,这样一来,巴豆就被接受了,当然,在这里做活,不比宾馆街那么紧张,他们对巴豆点点头,就算是承认了他。

巴豆把三轮车停在医院门口,是毕先生的主意,毛小白癫子和毛宗伟也都觉得比较合适,巴豆就听了他们的劝告,到医院门口来了。

可是巴豆只在医院门口做了两天,他就下决心离开这里。巴豆每天在这里看到医生们进进出出,有不少医生巴豆认识,或者是从前的同学,或者是从前的同事,当然巴豆看到他们,他们当中却没有一个人发现巴豆,他们很忙,进出都是急急忙忙的,其实即使他们不忙,他们也不会有闲心注意到一个在医院门口等活干的三轮车工人。

巴豆决定离开这里,是因为怕熟人看见他,还是因为他不想每天见到他们,或者是因为这里的活实在太少,几乎赚不到什么钱?

这几种原因,也许都有,也许都没有,反正在这两天中,巴豆因为没有什么活可干,他把一切都想过来了。

医院门口不是巴豆唯一的出路,巴豆不在医院门口做,尽可以到别的地方去做,到车站,到码头,到闹市区,巴豆是不会在一根绳上吊死的,但问题是巴豆是否对做三轮车已经失去了信心,失去了当初的那股劲头,他是否不再固执地坚持他的计划了。

巴豆要去的地方不能去,巴豆能去的地方他又不愿意去。

那么巴豆是否退了三轮车,另起炉灶呢?

巴豆很茫然。

下午巴豆在医院门口作最后的等待,到下晚的时候,他离开了那里,离开的时候,他心里说了一声再见。

时间还早,巴豆踏着车子在街上漫无目的地转圈。巴豆在想明天怎么办。

命运在不知不觉中已经开始起变化,但是现在巴豆还不知道。

巴豆的车子踏到一条小街上,他看见有许多人围成一团,巴豆的车刚出现,就有人喊起来:"三轮车!"

人群分开后,巴豆见有两个人搀着一个老太太,老太太面色苍白,嘴唇发紫,口吐白沫,不知得了什么急病,但是神志还清醒,不停地说:"阿蒙,找阿蒙。"

搀住老太太的两个人见了巴豆的三轮车,如释重负,连忙把老太太扶上车,叫巴豆快送医院,巴豆说:"你们自己人也上一个呀。"

他们说没有自己人,都是过路人,没有谁认识这位老太太,只是看她跌倒在地上,来帮忙的。

巴豆说:"那我怎么办?"

他们说:"师傅帮帮忙,救人要紧,你相帮送到医院,她家里人总会去的。"

巴豆没有别的话好说,只好踏了老太太去医院,边上的人说:"看呀,活雷锋。"

也有的人说:"现在还是好人多呢。"

到了医院,门诊室已经下班,只好再转急诊,挂号付钱,全是巴豆自己弄。

医生查下来,说没有什么大病,只是体质弱一点,回去调理调理就好了。

巴豆松了一口气,又送老太太回去。

到了老太太家,家里没有人,巴豆安顿了老太太就要走,老太太一定要巴豆留下姓名和地址。

巴豆说:"算了。"

老太太说:"好人啊,活雷锋啊。"

巴豆说:"我走了。"

老太太说:"你告诉我你的名字,我叫我儿子去谢你。"

巴豆笑笑说:"我不要谢的。"

他省得跟老太太再烦,车钱也没有要,就走了。

巴豆踏了车子已踏了好一段路,听见后面有一阵急促的车铃声赶了上来,接着又有人喊:"喂,三轮车,停一停!"

巴豆停下来,回头看,只见一个人骑着自行车追了上来,这人三十出头,戴一副眼镜,瘦瘦高高的,皮肤白皙,看上去文质彬彬的样子。

他赶上来问巴豆:"刚才是不是你送一位老太太去医院的?"

巴豆点点头。

那人说:"谢谢了,车钱还没有付呢,我母亲老了,有点……"

巴豆淡淡地一笑,说:"算了,算我白踏她一回,老人嘛,也是应该的。"

那人说："这不行的,车钱总是要给的。"

巴豆说："那你快一点,时间不早了,我要回去吃饭了。"

那人看看巴豆,说："实在是不好意思,其实我追上来,是想请你再去一下,老太太又不大好了。"

巴豆奇怪,说："医生说没有什么大病,怎么又来了?"

那人说："我也不知道,请你帮忙帮到底了,真是很麻烦了。"

巴豆想回绝了,但是看他的脸上很急,巴豆说："唉,碰上你们,真是……"他一边说一边把车子踏回头,又跟那人回去。

到了家,却见老太太好好地坐在那里,笑眯眯的。

巴豆朝这母子俩看看,说："什么意思?"

老太太说："这是我的儿子阿蒙,要谢谢你,怕你不肯回来,所以骗你的。"

老太太的儿子说："我叫杨蒙。"

巴豆说："如果没有别的事,我告辞了。"

杨蒙说："留你坐一坐也不愿意?"

巴豆只好坐下来。

杨蒙泡了茶,说："你一定觉得奇怪。"

巴豆说："你要是觉得不过意,就把车钱给我,多给一点也可以。"

杨蒙却不再说车钱的事,他朝巴豆笑笑,说："我也是做这一行的。"

这倒使巴豆有点奇怪,如果光看外表,恐怕没有人会想到杨蒙也是踏三轮车的。

杨蒙接着说："不过这一两年不踏车子了。"

巴豆说："改行了?"

杨蒙说："没有改行,只是不踏车了。"

巴豆一时有些不明白。

老太太说："阿蒙,你不谢谢人家,跟人家说什么闲话。"

杨蒙对老太太毕恭毕敬,他把老太太搀进里屋,又返出来继续问巴豆:"你在哪里做?"

巴豆说:"我不想做了。"

杨蒙说:"是不是生意不好?"

巴豆说:"多种原因吧。"

杨蒙等巴豆喝了几口水,又问:"你想不想……"他停了一下,说:"你也许愿意到别的地方做做,比如做外宾的生意。"

巴豆苦笑笑,指指自己的头,说:"疤还没有结好呢,我不想再自找麻烦了。"

杨蒙听了巴豆这话,愣了一下,他朝巴豆看看,问道:"怎么回事?"

巴豆自吃了苦头以来,跟谁都没有详细地说过自己的遭遇,跟父亲没有说,跟毛小白癞子毛宗伟没有说,跟老姜金林没有说,甚至跟章华也没有说,可是现在他看着这个陌生的年轻人,他却有一种一吐为快的欲望。

巴豆告诉杨蒙他在南洲门前碰到的事情,还没有说完,杨蒙就"呀"了一声,脱口说:"就是你?"

巴豆起初没有听明白,后来他想也许杨蒙听说过这件事,他说:"你知道?"

杨蒙没有直接回答,却问巴豆:"这么说,你的外语很好?"

巴豆不明白杨蒙问这个做什么,但是这时候巴豆已经感觉到杨蒙身上有一种东西,巴豆说不出是什么,但是他觉得这种东西至少可以证明杨蒙不是一个普通的三轮车工人。

果然,杨蒙说:"你的名字叫毕润泽,大家都叫你巴豆,是不是?"

巴豆没有问你怎么知道,既然他已经认为杨蒙不是一个简单的人物,那么杨蒙能知道他的名字和小名,也就没有什么可奇怪的了。

杨蒙见巴豆不作声,说:"你想不想重回那地方?"

这一次巴豆有点吃惊了,既然杨蒙能这么问他,杨蒙肯定有很大的能耐能够做到。

巴豆说:"你有这样的能力?"

杨蒙点点头:"我有。"

巴豆说:"你为什么要帮我,就是因为我送你母亲上了一趟医院?"

杨蒙说:"你先不要问为什么,我说了我的绰号,你大概就会产生别的想法了。"

巴豆好像预感到什么。

杨蒙犹豫了一下,便说:"'白板',你听说过吧?"

"白板?"

杨蒙就是白板。

巴豆尽管有种种预感,但他还是不能相信。

但是事实就是这样,相信也好,不相信也罢,杨蒙就是白板,白板就是杨蒙,这是不可改变的事实。

至于杨蒙大学毕业以后是怎么走到三轮车这个行业中来的,这里面的因为所以,以后巴豆自会慢慢地明白。

对于巴豆来说,眼下他要做出选择,或者给杨蒙一拳,报一箭之仇,或者是转身就走,从此不再见到这个人,也或者是忘记一切,跟上杨蒙,对这几种选择,巴豆还要好好想一想。

巴豆说:"这不合情理。"巴豆指的当然是杨蒙先兵后礼的做法。

杨蒙说:"有什么不合情理,我们的一切行动都是有规有矩的。"

巴豆说:"我是一个不懂规矩,也不愿意懂什么规矩的人,你还愿意帮助我吗?"

杨蒙说:"当然。"

巴豆问了一个为什么。

杨蒙说:"你是明白人,你不应该问为什么。"

巴豆说:"看起来你好像对一切了如指掌,你知不知道我为什么要做这一行?"

杨蒙说:"你对五年前的事情耿耿于怀。"

巴豆对于杨蒙的感觉已经从奇怪慢慢地变成了惊讶,又变成了钦佩。

巴豆说:"我知道想进那块地盘的人很多,许多人出了大礼也进不了,你这么对我另眼相看,总是有原因的。"

杨蒙笑起来,说:"你还是要刨根问底,其实你不问反而好。"

巴豆说:"也许是的。"

第 11 章

巴豆进门了。

巴豆进的是一扇无形的门。

老话说,师傅引进门,修炼靠个人,这正是杨蒙的意思。

巴豆在以后很长的时间里见不到"白板",这不用怀疑,一切要靠巴豆自己去应付,同行里的人,见过"白板"的并不多,但大家都知道"白板"是个什么样的角色。

对于巴豆的来历,现在在南洲地盘上的人并不一定都清楚,但巴豆是"白板"的人,这一点大家明白。当然即使明白这一点,他们对于巴豆也是不会服帖的,虽然表面上他们不能再把巴豆怎么样,大家心里都想,来日方长,巴豆也这么想。

时间已经到了初春,客人渐渐地多起来,有时一个晚上,有好几批客人要坐三轮车,这样就更加强了三轮车工人之间的竞争。

一天夜里,在一小时之内,南洲这一带就走了好几辆车,后来只剩下巴豆和另外两个人,这两个人,一个绰号叫"三枪",另一个名叫长发。"三枪"年纪很轻,实在是没有什么本事,不光外语水平很差,连普通话也说不好,所以平时算是最拉不到生意的、最落拓的,有时候接连五六天也做不到一个生意。

巴豆和"三枪"、长发等了不一会儿,就有两个外宾出来了,他们急忙上前去。

"三枪"抢在前面,说:"哈啰。"

外国人也说"哈啰"。

"三枪"就问他们要到什么地方去,可是说了半天,外国人听不明白,连连问:"什么?什么?"

长发在一边笑话"三枪",说:"你退一边去吧,放洋屁也要有水平的,你这样的大舌头,仙人也听不懂的,你这点水平,还是去做做钳工吧。"

长发拨开"三枪",跟外宾说话,可是说了一会儿,外国人也还是不明白,这下子"三枪"又笑话长发,两个人弄了半天,外国人不耐烦,要走,巴豆过去告诉长发,外国人要到玄妙观去。

长发说:"就是嘛,我是听出来玄妙观嘛。"

巴豆又问那两个外国人,是一人一辆车,还是两人合坐一辆。

两个外国人都是胖子,当然需要一人一辆车。

巴豆转身对长发和"三枪"说:"你们拉吧,他们一人一辆车,去玄妙观。"

长发和"三枪"起先对巴豆抢上来兜生意很不高兴,现在巴豆这么说,他们同时愣了一下,长发说:"你呢?"

巴豆说:"你们先去吧,今天人多,马上会有的。"

"三枪"说:"那就不客气了。"他们拉了客人走后,巴豆一直没有等到生意。

后来长发他们回来了,两个外国人显得很高兴,对巴豆说了一大通话,不光付了车钱,还给他们一人换了两百元的兑换券。

外国人走后,巴豆对长发"三枪"说:"老外赞扬你们呢,说你们有力气、热情,可惜不会说英语。"

"三枪"说:"断命的舌头,就是滚不过来。"

长发却对巴豆说:"今天你挑了我们,我们不会忘记的,往后大家有数。"

巴豆笑笑,对"三枪"说:"要做这事情,外语还是要下一点功夫的。"

"三枪"叹口气,说:"怎么下功夫呀,没有人教,怎么会呀。"

长发朝巴豆看看,说:"除非你肯。"

巴豆说:"好吧,有空闲时间,我可以教教你们。"

以后他们在等生意的时候,就由巴豆教他们说一些常用的外语,过了不久,一些和三轮车工人熟悉的地陪翻译都很奇怪,说你们是不是进了外语速成班?

慢慢地巴豆和大家都熟了,当然,离巴豆站稳脚跟还差得远呢。

一天闲聊时,"三枪"问巴豆:"你和'白板'一级关系,是不是?"

巴豆说:"是怎么样,不是又怎么样?"

"三枪"说:"肯定是的,我们都知道你的来头,听说'白板'的眼界很高的,你怎么和他搭上的?"

巴豆说:"交好运了。"

"三枪"说:"他们都说你想做我们的老头子,是不是?"

巴豆说:"我只是混饭吃。"

"三枪"说:"我们这种人才是混饭吃,你跟我们不一样的。"

巴豆说:"那我要是做老头子,你服帖吗?"

"三枪"想了想说:"你做嘛,我们可以承认你的,不过,你现在恐怕还没有资格。"

巴豆说:"为什么?"

"三枪"狡猾地一笑,说:"这个你自己明白。"

巴豆说:"等我自己慢慢去弄明白,恐怕也老得做不动了。"

"三枪"说:"怎么会,你这种人,要不了几天就能拿天下了。"

巴豆笑起来。

"三枪"换了一种口吻,说:"不过,现在做老头子也不是好做的,去年我们的胡老头子,被放了血,轰走了。"

巴豆问:"为什么?"

"三枪"说:"摆不平,我们地盘上,最忌就是摆不平,胡老头子,照顾自己外甥,这种人,怎么摆得平,怎么可以拿大?"

巴豆又问:"现在的黑皮怎么样?"

"三枪"冷笑说:"黑皮,小子,他有什么花露水,他只是一条,强横,凶,靠拳头做老头子。"

巴豆笑着说:"你自己呢?"

"三枪"说:"我们这种人,有什么好提的,提不起来的。"

巴豆已经知道"三枪"的一段经历,做钳工,失了风,判了三年,出来后,托了好些人,找了不少路子,才打通各个环节,到南洲这边来做。

巴豆又问"三枪",现在在南洲这一带做的,哪些人资格老一点,在这里年数长一点。

"三枪"想了想,说了几个名字,其中有长发。

巴豆说:"长发倒看他不出,也有资格了,他做了大概有几年了?"

"三枪"看看巴豆,他大概不明白巴豆问这个做什么,但他还是说了,长发在这里有五六年的样子了。

下一日巴豆找个机会和长发聊聊,他问长发是不是做了有五六年了,长发说是。巴豆心里就有点翻腾,好像又有什么事情要发生似的。

巴豆考虑了半天,终于问了长发,他说:"长发,你还记不记得,五年前,在南洲地盘上有哪些人做生活?"

长发警惕地看看巴豆,说:"你问这个做什么?"

巴豆说:"我想打听一个人。"

巴豆没有掩饰什么,长发倒放了心,他说:"你要打听什么人,叫什么名字?"

巴豆说:"名字我不知道,只知道是在南洲地段上踏三轮车的。"

长发说:"那人什么样子?"

五年前的事情,又清晰地浮现出来,其实,这五年来,巴豆从来没有忘记过,那个三轮车工人的模样,一直深深地印在巴豆的脑子里,同时也一直清晰地浮现在他的眼前。

巴豆说:"那人,当时三十出头,脸上有很多疙瘩,脸色不是很正常,好像有点发紫,很瘦,眼睛很大。"

巴豆一边说一边注意看长发的脸色,他发现长发的脸色起了变化,连忙问:"你有没有想起来?"

长发慢慢地摇了摇头,说:"我想不起来,要是五年前的话,我可能还不认识这个人,五年前我刚刚到这里。"

巴豆说:"你再想想,那个人头脑很活络的,我想在这里做的人都应该知道他的。"

长发说:"那他有没有绰号什么的,或者是小名叫什么,我们这里有时候互相都不知道大名,只叫小名的。"

巴豆摇摇头。

长发说:"那就没有办法了。"他说着看了巴豆一眼,过了一会儿,又问了一句:"那这个人后来的情况你知不知道?"

巴豆说:"听说是死了,是生病死的,有这么一个人吗?"

长发听巴豆说这个人后来死了,他"啊"了一声,说:"你这么一说,我想起一个人了,不过不是生病死的,是喝醉了酒,掉在石湖里淹死的。"

巴豆一听石湖,就觉得事情越来越近了,他说:"他是不是住在石湖那边?"

长发说:"我也不太清楚,大概是吧,要不然,怎么三更半夜跑到石湖那边去。"

巴豆说:"这么说起来,确实有这样一个人,你知道他叫什么名字?"

长发说:"我不知道,我来这里不长时间,他就出事了。"

巴豆问:"你知道不知道谁比较了解他?"

巴豆没完没了地追问,又一次引起长发的疑心,长发说:"你到底要做什么,你到底是干什么的?"

巴豆说:"长发你放心,我跟你一样是踏三轮车的,绝不会坏你们的。"

长发说:"一个死了的人,要你这么追问,真是奇怪。"

长发说时无心,巴豆听长发的话却感觉到一种震动,一个死了的人,是的,那个人已经死了,巴豆即使追查出来他叫什么,从前是不是住的石湖边的,是否就是那个改变他命运的人,又有什么意义呢?如果是,又怎么样,总不能让他再活转过来,跟他算账,巴豆这样一想,他的心也就慢慢地冷下来。但是巴豆的心绝不会彻底冷却,巴豆心底深处,还有好多疑问,还有好多解不开的谜团,他总觉得事情好像没有这么简单,他在根芳屋里看到的那张照片,照片上的那个男人,和长发说的这个人,是不是同一个人,如果是,根芳说他是病死的,而长发却说他是淹死的,两个人中间,必定有一个说了谎,为什么要说谎,巴豆不能不想一想,如果根芳的男人和长发说的这个人不是同一个人,那么巴豆要找的又是哪一个呢?是根芳的男人,还是长发说的这个人呢?

想到这里,巴豆又问长发:"这几年当中,在南洲这一带做三轮车的,是不是死过好几个人?"

对于这种莫名其妙的问题,长发已经习惯了,他摇摇头,说:"哪有那么多人死的,我知道只死了这么一个。"

巴豆点点头。

现在巴豆当然越发不能就此罢休了,巴豆是不是觉得以一个死了的人这样的代价,作为他五年牢狱之苦的回报,太不平衡了,砝码失重了。所以巴豆一定要使之平衡。

长发看巴豆陷入了一种沉闷的状态，他说："其实，你一定要问的话，可以问一问'白板'，他虽然来的时间不长，但他是无所不知的，你跟'白板'不是很搭得够的吗，你问问他就是了。"

　　巴豆说："谢谢你。"

　　第二天白天，巴豆就到家乐旅馆去找根芳。

　　巴豆去的时候根芳正好出去了，巴豆等了一会儿，根芳没有来，沈美珍倒来了，见了巴豆沈美珍很兴奋，过来拍拍巴豆的肩膀，说："啊哈，大老板，怎么有空来啊？"

　　巴豆说："我有点事情找根芳。"

　　沈美珍眼睛一转，说："找根芳，是不是要跟她做交易啦？"

　　巴豆没有理她，只是笑了笑。

　　沈美珍突然鬼鬼祟祟地说："喂，巴豆，我跟你说一件事，你不要告诉别人啊。我跟你说，根芳在外面说，说什么你猜不到的，她说我跟你……嘻嘻……"

　　巴豆仍然笑笑，不理她的话茬。

　　沈美珍说："好啊，你倒只当没事一样，我的日脚不好过了，我男人天天追我问，叫我承认呢。"

　　巴豆说："你们这种人，就会唱无事生非的戏。"

　　沈美珍说："你怎么说我们这种人，怎么把我也搅进去了，我是受害者呀。"

　　巴豆听了，忍不住大笑起来。

　　沈美珍不知巴豆笑什么，也跟着笑了笑。

　　正笑着根芳进来了，说："什么事情这么好笑？"

　　巴豆说："沈美珍说，你告诉别人，我跟她有关系，是不是？"

　　根芳马上变了脸，很认真地说："巴豆你会相信吗？"

　　巴豆说："我只相信事实。"

　　根芳转向沈美珍说："你听谁说的，怎么可以这么不负责任乱说？"

沈美珍说:"不是我乱说人家,是人家乱说我,你不要搞错了啊。"

根芳看看沈美珍,说:"我怎么没有听别人说起过这种事,不要是你自己想出来的。"

沈美珍听根芳这么说,不仅不恼,反而哈哈大笑。

根芳不再理她,问巴豆:"你是来找我的?"

巴豆点点头,说:"有点事情想问一问你。"

根芳说:"走,到我屋里。"

巴豆跟根芳进了她的屋,巴豆朝桌子上看,却不见那张照片了。

巴豆直截了当地问根芳:"上次我进来,看到你桌子上有一张照片的,连镜框的,怎么,放起来了?"

根芳说:"没有,没有放起来,是不是在抽屉里,我找一找。"

根芳拉开抽屉,翻了一会儿,说:"怎么不在了,不知道哪个死丫头来翻过我的抽屉了。"

巴豆说:"没有也不要紧,我想问一问,那个人是不是你男人?"

根芳点点头。

巴豆说:"你上次告诉我,你男人是生病死的,死了有九年了,可是据我了解,不是这样的,你男人是喝醉酒掉在石湖里淹死的,时间不过四年多一点,是不是?"

根芳的脸色马上变了,她好像很慌张,说:"你听谁说的,你怎么……"

巴豆说:"你不要管我听谁说的,到底是怎么回事?"

根芳慢慢地冷静下来,她说:"你一定是搞错了人,你说的那个人,一定不是我男人。"

巴豆说:"没有,我没有搞错,你们原来住在石湖,你男人是做三轮车的,五年前告诉我什么地方有古董卖的就是他。"

根芳这时候笑了起来,说:"你怎么搞的,我男人真的已经死了九年了,怎么会在五年前跟你说什么。"

巴豆说:"你为什么不敢承认,你是不是怕我对你怎么样?那你就错了,其实我什么也不想做,只是想弄个清楚。"

根芳想了想说:"如果照你说的,你在找一个死人弄清楚什么事,这怎么可能呢,死人还会告诉你什么吗?"

巴豆想根芳这话长发也说过,巴豆说:"我真的不想做什么,我只是想证实一下是不是他。"

根芳说:"证实了怎么样,不证实又怎么样呢?"

根芳这样说,巴豆倒无言以对了,但巴豆想既然根芳认为证实与不证实是无所谓的,那根芳为什么要说谎,为什么不敢承认他要找的人就是她的男人呢?既然她的男人已经死了,大家都认为寻找一个死人是毫无意义的,那根芳为什么还要隐瞒事实真相呢?

巴豆一时难以解开这个谜,巴豆对根芳说:"其实你承认也好,不承认也好,我知道事实就是如此,正如你说的找一个死人是没有意义的,其实即使他还活着,我找到他又有什么意义,我自己也不清楚。"

根芳避开了巴豆的注视,没有说话。

巴豆走的时候,突然发现根芳眼睛里有泪水,他有点吃惊,说:"你是不是有什么事情?"

根芳张了张嘴,又摇了摇头。

巴豆满腹疑虑地走了出来。

没走多远,迎面看见那位杨老太太过来了,巴豆想避已经来不及了。

杨老太太看到巴豆,很高兴,说:"哟,是毕先生的儿子,你好啊?"

巴豆说:"您好。"

杨老太太说:"我刚刚从你家出来,毕先生开的药,很对我的病,我吃了很见效的,今天又来开药了。"

巴豆说:"好点了?"

杨老太太说:"好多了。哎,对了,你的工作事情,你不要急啊,我正在帮你想办法。"

巴豆笑笑,说:"我不急。"

杨老太太点头说:"这就好,毕先生托了我的,我总要帮忙的,我也托了几个人,总算有一个靠牢了,说已经准备帮你办手续了,你再耐心等几天,也许就会有好消息了。"

巴豆说:"那真要谢谢您了。"

杨老太太说:"不要谢的,这也是我应该做的,他们起先还说你是山上下来的,不好安排,被我批评了一顿,他们这些人,年纪不大,倒是老思想老观念。"

巴豆忍不住要笑,但是他没有笑,说:"真是给您添麻烦了。"

杨老太太谈兴起来了,说:"毕先生是急煞了,我跟他说快了快了,他还不相信呢。"

巴豆说:"您这样站着累不累,要不到哪里坐一坐?"

杨老太太说:"不用了,不用了,我还有不少事情,家里还有人等我呢,都是求给他们办事的,你看我,也是劳碌命,离了休,还是不断有人来找我的。"

巴豆说:"那您早点回去吧,省得人家等。"

杨老太太说:"是的是的,我这就要走了,我跟你说一句,做什么事都要有恒心,不能半途而废,对不对?"

杨老太太一边说一边走了。

巴豆没有心思听她乱扯,但是老太太最后的这一句话,倒是触动了巴豆,巴豆想了想,没有直接回家,他转身找到湖光新村去了。

湖光新村是一个相当大的居民新村,有几十幢楼房,巴豆打听了好半天,问了不下十几个人,敲了七八家的门,挨了许多白眼,总算打听到石湖那边拆迁过来的人家大都在23幢,找到了23幢,又问了几个人,只有一个人说305室的可能是石湖的拆迁户。

巴豆敲开了305室,开门的是一位老爹,问巴豆找谁,巴豆说打听一个人。

老爹连忙要关门,一边说:"我不知道的,我老了,搞不清楚的,你不要来问我。"

巴豆连忙递上一根烟,又替老爹点上,老爹吸了一口烟,说:"我老了。"

巴豆说:"你们是石湖拆迁过来的吧?"

老爹点点头。

巴豆怕他又要关门,不敢兜什么圈子,说:"我想问一下,你们石湖那边的人家,有没有一家是做三轮车的?"

老爹说:"叫什么名字?"

巴豆说:"名字我不知道,我只知道他女人叫根芳,男的是踏三轮车的,前几年好像死了。"

老爹想了想,说:"前几年死了的……是有一个,他女人,他女人不叫根芳嘛,我们那里好像没有叫根芳的女人。"

巴豆连忙说:"也可能我把名字搞错了,你说有一个踏三轮车的男人死了,是不是住在石湖的?"

老爹看了巴豆一眼,说:"你这个人,怎么啦,刚才你自己说他是住在石湖的,怎么现在又问我。"

巴豆说:"我想证实一下,你能不能说说那人长得什么样?"

老爹吸了几口烟,说:"唉,有年头了,叫我想,我真是老了,那个人叫江酒壶,长得嘛,反正不怎么样的,很瘦的脸上老是有一些疙疙瘩瘩的东西。"

巴豆心里一热,说:"大概就是他。"

老爹一听对上了号,也高兴起来,说:"这个江酒壶呀,一世人生害在酒上,最后就死在酒上了。"

巴豆说:"你是说他……"

老爹说："喝醉了酒，在石湖里淹死了，可惜啊，才三十多岁。不过，我也没有亲眼见到，也是听说的。"

巴豆这时心里完全明亮了，他又给老爹一根烟，说："你知道不知道他平时和什么人来往。"

老爹说："那我就不知道了，我们跟他们，不大来往的，不是一路上的人。"

巴豆还想说什么，老爹说："好了，差不多了，小的回来看我跟陌生人说话又要怪我了，昨天我们这里还有小偷进了屋的。"

巴豆哭笑不得，只好走了。

现在巴豆基本上可以确定他的判断没有错。

巴豆在回去的路上碰到毛小白癞子，毛小白癞子问巴豆到什么地方去，巴豆没有犹豫就把事情告诉了毛小白癞子。

毛小白癞子听了，愣了好半天，才说："巴豆，你不会搞错吧，怎么这么巧呢？"

巴豆说："肯定没有搞错。"

毛小白癞子又想了半天，说："不对呀，如果那家伙真是根芳的男人，根芳怕你知道这是很可能的，也是不能怪她的，对不对？但是根芳既然怕你知道，怎么会把照片放在桌子上给你看到呢？"

这其实只是一个很简单的问题，巴豆开始却没有想到，是因为巴豆的心太急，还是因为巴豆钻了牛角尖，或者巴豆从一开始就对根芳有所怀疑？

毛小白癞子的话，只是引起巴豆更多的想法，却不能使巴豆把这件事情抛开。

假如巴豆要找的那个人确实就是根芳的男人，那么根芳怕巴豆了解到真相所以说了假话，这也是合情合理的，但是根芳怎么会把那张照片放在桌子上很醒目的地方，好像是她有意识地要叫巴豆看到这张照片，这又是为什么？一切好像有一个总的大谜团，巴豆现在，只是刚刚触到了一点点边。

长发叫他去问白板,巴豆也相信白板对于这一切都是了如指掌的,但是巴豆不能去问白板,既然白板知道而不告诉巴豆,那么巴豆再问也是没有用的,正像是谁向白板推荐了巴豆这样一个很重要的事情,白板不肯说,巴豆是问不出来的,只有待以后慢慢地了解了。

毛小白癞子见巴豆沉思不语,说:"巴豆,回家去吧,这件事情,我答应过你,我要帮你追查的,现在既然已经有了线索,下面的事情交给我好了,你还是做你该做的去,你不要管了。"

毛小白癞子这么一说,又使巴豆有所联想了,但是巴豆没有再把他的想法说出来。

他们一起往回走,巴豆说:"我在南洲那边做了也算有段时间了,怎么老不见毛宗伟,不是说他也在那边吗?"

毛小白癞子说:"我也搞不清楚他,好像说是在新辉路,另外一块地方。"

新辉路是一条新开的大街,新辉路上现在也有了好几家上了星级的大宾馆,现在的新辉路很有可能以后会取代南洲路,也许说取代不准确,但有朝一日,新辉路超越南洲路恐怕是势不可当的,新辉路的新兴的气势现在已经崭露出来了。

毛宗伟不在南洲路做,而到新辉去,是不是已经考虑今后的事情了呢?这个毛估,还很有心计的呢。

巴豆说:"新辉路上的孙大胡子,一只顶呢。"

毛小白癞子说:"怎么不是,我叫毛估不要到那种地方轧闹猛,他就是不听,跟孙大胡子这样的人混在一起,有什么好,早晚……"

巴豆说:"那也不一定的,要看自己。"

第 12 章

在一张大网中,有几个环节是不可忽视的。

其中之一,就是客人的娱乐去处。

找乐,这是大多数老外和台港澳客人夜出坐车的最终目的。也就是说,倘若没有一些特别的去处,客人们夜里未见得愿意出来坐三轮车兜风。

乐——

咖啡屋、小酒吧就应运而生。

这也是大网上的环节。

现在巴豆去找好运酒吧的老板江四,目的是很明确的。

按照现有的规矩,三轮车拉生意到酒吧或者咖啡屋,老板给百分之五的好处费,这个百分比对三轮车来说,确实是低了一点,巴豆知道大部分的三轮车工人都有想法。

作为一个特殊的环节,好运酒吧的地点是相当理想的,这当然和老板江四的眼光有关。

江四当初选择酒吧地点时,挑了好几处,最后还是看中了柳贞巷口的这一块地方。这里离南洲路不远,虽然店门面不在大街沿面,而在柳贞巷内,但离大街也只几步之差,可说是一处闹中取静的地方。

把酒吧开在柳贞巷口,江四有江四的想法。其一,柳贞巷口有一处较为开阔的空地,这对于各种接送客人的车子,是一块比较理想的避风港,夜间巡查治安的公安、联防以及其他方面的人员,一般只是在大街上行走,若是半夜三更看到有车子沿街停靠,他们很可能停下来查一查、问一问,虽然对这些例行公事的巡查,各家老板都有自己的应付办法,不一定会有什么把柄落在人家手里,但总还是有点提心吊胆的,不得安魂,车子如果停在柳贞巷内,店门也开在巷内,就安稳得多,这是一个方面的优势。其二,在柳贞巷附近,有几处古迹,还是有一点名气的,比如有明朝的石人,现在虽然破损严重,但仍立于巷口。有关石人的传说,在寻常百姓里流传很广,说旧时石人常显灵,降雨祛灾,所以一度香火还很盛。现在在石人像前,仍有一石槽,或许就是从前上香的设备。再如巷子里有一座石桥,名为神桥,桥栏上塑了诸多神祖,有喜神、宅神、井神、厕神等,皆出自能工巧匠之手,形象生动活泼,十分逼真。相传一日有一垢面道士立于桥上说,石性烈,不加木托,石易断,言讫,转身即隐,随即桥西一石中断如截,众人惊异万分,感悟到吕祖降示,立即加上木托,此后此桥牢固非凡。这些古迹传说,对于有一定文化层次的外国人来说,也可能会有一定的吸引力,这是江四考虑在内的另一个原因。江四把酒吧开在巷子里,他并不担心会影响生意,因为江四的主要客人,并不是自己找上门来的,而是有人送上门来,送上门来的才是大生意。送生意上门的,不外有这么几种人,地陪翻译、出租车司机、三轮车工人,他们送来的,当然都是外宾。自己找上门来的,以内宾为多,大多是些卿卿我我的小恋人,或者是一些关系暧昧的情人,找一僻静处,谈情说爱,这些人的生意,江四照做,但不很重视。在内宾中还有一种人,江四是要重视的,这种人大都只身前来,一般都是很有油水的。

好运酒吧,不仅地点是江四选中的,连酒吧的内部设施也都是江四自己精心设计的。

好运酒吧地方并不大，总共不过二十来平方米，划作三块，一块是柜台，一块是外室，还有一块是内室。在外室和内室之间，做了一扇移门，移门上是一幅风景油画，色调、品位都相当高雅，是江四出了大价钱请名家画的，平时移门关上，就如同墙上一幅画，十分得体。

江四开酒吧的主导思想很明确，三个字：上档次。所以在江四的酒柜里，一律都是进口名酒，XO、人头马、路易十三、生力、嘉士伯等，经营的各种冷热饮料也规定不是名牌不出台，连一些小零食也都是进口货。江四的牌子打出去，好运酒吧的最低消费是三十元，一杯清咖啡，加一袋小吃食。

在好运酒吧开张的时候，江四的各路朋友前来贺喜，也有人怀疑江四脱离现实，调子定得太高，但是了解江四的人都知道，江四是要逮大老虎的，小猫小狗他不稀罕。

时间一长，好运酒吧的名气就出去了，好运酒吧并没有因为档次过高而影响生意，即使是内宾，进好运酒吧的为数也不少，现在的人，讲究体面，穿要名牌，玩要高档，所以明知进好运酒吧就是被活斩，也是心甘情愿。

江四这种追求名声的办店思想，却和江四平时的为人做派有些不一致。

江四其人，虽然长得五大三粗，但很有心计，也十分谨慎，一个十分谨慎的人会不会把自己的酒吧的名气扬得很大呢，这是一种矛盾统一，还是江四另有原因，外人是无法知道的。别人所能了解的，就是江四的好运酒吧树大招风，盯上他的人很多，工商税务是不会放过一条大鱼的，治安力量把江四作为重点对象也是情理中事，但是奇怪的是，江四的好运酒吧，从来没有出过什么大的乱子，只是在不久前一次全市性的大遣返活动中，被赶走两个女招待，除此之外，江四好像没有什么把柄被人抓住，否则他就不是江四了。

江四如果不是江四，巴豆也就不会来找他了。

巴豆来找江四,不言而喻,巴豆在南洲的地盘上已经基本上站稳了脚跟,江四不仅善于鉴貌辨色,而且信息十分灵通,对于巴豆和"白板"的关系,江四当然也是有所耳闻的。江四和"白板",他们的关系,可以是井水不犯河水,也可以是互相扶持,江四当然选择后一种。

巴豆来了,江四就叫人端上一杯咖啡。

巴豆也没来什么客套,开门见山地说明了来意。巴豆说:"主要是那个百分比,是否应该从百分之五提高到百分之十了。"

江四说:"凭什么?"

巴豆说:"凭客人的数量。"

这就是说巴豆有把握掌握相当数量的客人,可以把他们介绍到江四的好运酒吧来,也可以把他们拉到别的地方别的酒吧去,这一点江四心里很明白,对于巴豆江四突然觉得应该刮目相看了。

江四说:"这是不可能的,这是我们多年的规矩,我一家不能改这个规矩的。"

巴豆笑笑说:"你是很有影响力的,你若是带了头,别人都会跟上来的。"

江四也笑起来,说:"你错了,我江四度量再大,也不至于做出损己利人的事情。"

巴豆说:"这是损己利人,还是利己利人,其实你心里最清楚。"

江四还是摇头。

巴豆说:"你真的不行?你如果不行,有人会出来改这个规矩的,信不信?我是先来跟你打招呼的。"

江四愣了一下,他知道巴豆话中话的分量,但江四还不相信巴豆现在已经有这样的能量。

江四说:"好吧,你以后来,就按你说的数给。"

巴豆说:"这恐怕不行,这怎么摆得平,你不怕摆不平惹麻烦？"

江四没有退路了，说："这你要给我时间想一想，这不是一笔小数字。"

巴豆说："当然，你尽管想，尽管考虑，考虑成熟了我们再谈。"

江四说："你还是第一次到我店里坐坐，在这里吃过饭走吧。"

巴豆说："不了。"

江四朝里边吹了一声口哨，出来一个姑娘，江四说："小林，我有点事，你陪陪毕先生。"

巴豆看这姑娘，梳妆打扮十分得体，恰到好处，最充分地体现出她的美和她与众不同的高雅的气质。

巴豆看她朝他一笑，分寸也把握得很好，巴豆对她点点头，说："你姓林？你好。"

江四看他们说上了话，就走开了，小林说："你是不是叫巴豆，大家都叫你巴豆是不是？"

巴豆点点头。

小林一笑。

巴豆说："这个名字很好笑吗？"

小林说："说起你的名字，我就想到拉肚子。"

巴豆也笑了一下。

他们聊了一会儿，巴豆才知道小林是这里的临时工，她还是个大学生，还有几个月就要毕业，现在利用课余时间出来打工，赚点钱，也锻炼锻炼。

巴豆问小林："你这样出来做，学校知不知道？"

小林说："不知道。"

巴豆说："那你万一被学校里发现了怎么办？"

小林说："发现了有什么要紧，我怕什么，勤工俭学，学校提倡的。"

巴豆说："你这个勤工俭学好像不大符合学校的要求吧？"

小林嘻嘻一笑,说:"有什么不符合?"

巴豆又问:"你在江四老板这里做,报酬不错吧?"

小林直言不讳:"是很好,我自己对这样的报酬比较满意。"

巴豆说:"那当然,你们的钱好赚嘛,一杯洋酒,要人家几百块。"

小林又笑,说:"你们还不是一样,踏人家五百米,要人家几十块,是不是?还有那些书画店,进价几块钱的东西,竟然能叫出几十倍的价钱。"

巴豆说:"彼此彼此。"

他们一起笑了起来。

这时候江四来了,见他们笑,也不知笑的什么,就跟着一起笑,他拿出一包东西给巴豆,说:"一点小东西,外面进来的,你拿回去尝尝鲜。"

巴豆看看那个包,就接过来,说:"谢谢了。"

巴豆临走又跟江四提到百分比的事,江四说:"我答应再考虑的,我想好了,会告诉你的。"

巴豆说:"好吧,我等你的回音。"

在南洲这样的地方做生意,一般白天是没有什么事情的,但有时候三轮车白天也停在那里,如果白天有了生意,一般倒都是比较大的生意,去的地方总是比较远的。

这天下午,巴豆的车停在宾馆街,他正躺在车上闭目养神,就听见有人叫他,睁眼一看,是一个陌生的年轻人站在他面前。

巴豆说:"你找我?"

那人对他笑,自我介绍说:"我叫石深,是旅行社的翻译,我介绍一个生意给你。"

巴豆说:"什么生意?"

石深说:"总是踏三轮车的事情了,这是一位台湾客人,希望招待得周到一点。"

巴豆说:"他要到什么地方去?"

石深说:"他要全市到处走走,到处看看,这可是一笔大生意啊!"

巴豆看看石深,问:"我跟你并不认识,这样的大生意你怎么会介绍给我?"

石深说:"你还很有警惕性啊,你只管做生意赚钱就是,管那么多做什么?"

巴豆说:"这样不明不白的好事,叫人心里不踏实。"

石深说:"你尽管放心,我不会让你上当的,我是国家旅行社的翻译,有据可查的。"

听石深的口气,好像对巴豆情况了解得很多,这更使巴豆觉得奇怪。

石深又说:"我的工作证你看一看,这样你也可以放心了。其实我只是希望找一个负责一点的人,因为这个台湾人要求比较高,其他也没有什么原因,你就不要再费心思去猜想了。"

巴豆说:"我不费心思,有生意做就好。"

石深说:"我就进去陪他出来,给你介绍一下,他恐怕不是一天半天能解决问题的,恐怕要你几天时间呢。"

巴豆说:"对于我们来说,这样的事情当然是越多越好啦,他包一个月包一年才好呢。"

石深笑着说:"你们这些人,胃口好厉害。"

石深进去不一会儿,就领了一位台湾老人出来,跟巴豆介绍过,石深就走了。

巴豆了解到这位老人是一个老兵出身的商人,离开大陆整整四十年了,此番归来探亲,当是感慨万端,但因为日程活动都由旅行社统一组织安排,就连会见亲友,也都是在规定的时间内。老兵本是姑苏人氏,生于斯,长于斯,虽然时隔四十年,但对少年时故乡大街小巷的种种风情记忆犹新,来的第一日坐在大旅游车上,进出南洲宾馆,就发现宾馆门前的三轮车,老人激动得大叫"黄包车黄包车"。

为了了此心愿,他向陪同他们团的石深提出来要一个人坐三轮车出去转转,石深就把他交给了巴豆。

巴豆扶老兵上了车,问他要到什么地方去,老兵左顾右盼,过了一会儿才说:"先走走,先走走。"

巴豆知道这是一个很好的生意,大凡这样的坐车人,不会很计较车钱的,他们怀着思乡之情,抱着追昔之念,对于金钱一般是不大在乎的,碰上这样的客人,车夫就要灵活一点,体力和脑力并用,一路上还可以担负起导游的责任。

所以巴豆很快就和这位老兵熟了,谈谈说说就比较随便了。

巴豆问他:"老先生,今年有六十了吧?"

老兵笑笑,说:"六十,不止了,六十九了。"

巴豆说:"看不出来,真的看不出来。"

老兵很高兴,巴豆等他在车上坐好,又问:"先生想到什么地方去?"

老兵还是左顾右盼,过了一会儿才说:"你踏吧,先走走,先走走。"

巴豆就踏起三轮车慢慢地在街上转。

老兵坐在车上,十分兴奋,不停地说:"不认识了,不认识了。"巴豆就利用时机,向他介绍值得一看的地方,可是说了好几个地方,老兵都说已经去过了,是旅行社组织一起去看的,不想再去了,是否还有别的地方。

巴豆说:"那就到石湖去吧。"

老兵说:"石湖,哪个石湖,是不是那个石湖串月的石湖?"

巴豆说:"是的,你想不想去?"

老兵连连点头,说:"去,去,我要去的。"

巴豆就拉着老兵往石湖去,石湖在城西,从南洲过去,路不少,巴豆一路踏车,一路就跟老兵说明白,老兵说:"远就远,我喜欢坐黄包车的。"

巴豆笑笑。

老兵在往石湖去的路上,仍是旧话不断,他说他还是十几岁的时候去过石湖,是跟了大人到上方山烧香去的,他还记得那时的许多情景,老兵说得忘了情,激动地说:"你拉我去,辛苦了,等一会儿我加你双倍的车钱。"

巴豆说:"那要谢谢先生了。"

到了石湖,巴豆引导着老兵将一些名胜古迹一一看过来,最后他看老兵有点累了,就提议到茶室歇一下。

他们在临湖的茶室坐下,喝着清茶,看着石湖的秀丽景色,老兵更是感慨万端。

歇了一会儿,老兵的精神又好了,巴豆说:"看的地方也差不多了,还有一块石碑,我陪你去看一看。"

巴豆和老兵来到那块石碑旁,老兵认真地看了石碑上刻的字,看完后,自言自语地说:"是的,是的,就是这样的。"

巴豆不明白他说什么,问:"老先生,你说什么?"

老兵说:"这块碑我还是第一次看到,不过从前早就听说过,我还不相信,现在一看果然如此,是有老岸这一说啊。"

巴豆也将那石碑上的字又看了一遍,说:"这是许多年前的事了,明朝时候的。"

老兵说:"老岸,老岸显现,这是一种很奇怪也很罕见的现象。"

巴豆这时候突然想起上次他带女儿来,女儿曾经向他提出一个问题,现在石湖底下,还有没有老岸。巴豆当时告诉她因为地壳的变化,肯定早已经没有、不存在了,可是现在巴豆自己也有点怀疑,也许现在的石湖底层,还留存着老岸的痕迹呢。

老兵看着这些,又回忆起往事,他说:"我从前听家里人说,石湖一带的人家是很富有的,许多人家都有一些收藏。"

巴豆的心被牵动了一下,他说:"这和老岸有关系吗?"

老兵说:"这就不大清楚了,和老岸也许有一些关系的,你想,如果有一天,一下子露出了从前的桥,从前的房屋,从前的田岸,那就有可能也露出一些从前的其他物品,从前的物品留到现在,不就是价值连城的古董吗?"

巴豆对老兵的这种说法不大赞同,但他一时也不知说什么好。

老兵却又说:"不过关于老岸的事,恐怕不是很确切的,我小时候听大人说的,主要是说这一带的人,有盗墓的风气。"

巴豆"哦"了一声。

老兵见巴豆很想听他说,更来劲,继续说:"这地方风水好,墓葬多,而且许多都是大户人家的墓,必是有许多珍贵的陪葬品的。"

巴豆点点头。

老兵说:"所以说这一带古墓的损失是很大的,唉,从这一点说,我们两家的政府都没有尽到责任啊。"

此时巴豆的心思已经不在老兵说的话上了,他又陷进了自己的往事的圈套。

是的,这不仅仅是台湾老兵的话引起的,更主要的是巴豆自己要钻进去的。

苏州可玩的地方很多,石湖并不是最出色的,巴豆大可不必把客人拉这么远到石湖来,可是巴豆选择了石湖,正是因为巴豆对石湖放心不下。"白板"说过一句话,他说巴豆对五年前的事情耿耿于怀,这话一点不错。

现在巴豆的心思完全回到五年前去了。

五年前巴豆就是在这里做了一生当中第一次也是唯一的一次介绍人,介绍了一次古玩的交易,仅仅这一次,就彻底改变了他的人生。

巴豆实在不甘心。

台湾老兵见巴豆半天不作声,关心地问:"你在想什么?"

巴豆说:"我想起了一点往事。"

老兵点点头,说:"往事就像一片被风吹走了的云彩,可以去想它,可以不断地回忆它,但是你却永远也追不到它,更不可能抓住它了。"

巴豆看着这位台湾老兵,他的脸,就是一部历史,这不用怀疑,对他的这部历史,老兵现在正在不断地回想、不断地思念,但是他永远也不可能再追上这一段已经逝去的历史。

追上往事,抓住往事,这正是巴豆目前所想所要做的事情。

这也许是一件最蠢的事情。

老兵拍着那块古碑,说:"就像老岸,我们可以想象它,却再也不可能见到这种奇景了。"

巴豆说:"是的。"

过了一会儿,老兵问巴豆:"这地方的人家呢,都搬走了?"

巴豆告诉他,几年前开发石湖风景区时,都拆迁了。

老兵叹息一声,说:"一去不复返了。"

一去不复返,难道往事真的就永远不再回来,不再值得巴豆去追去抓了?

如果一切都已经一去不复返,巴豆现在所做的一切,还有什么意义呢?

巴豆突然感觉到浑身松软了。

巴豆把台湾老兵送回南洲宾馆。

老兵说:"你这车夫,还是很有水平的,还能做做导游。"

他赞扬了巴豆几句,付了双倍的车钱给巴豆,最后他说:"我就认准你了,晚上如果有时间,我再来找你。"

巴豆说:"好的,我在这里等你。"

老兵临进南洲宾馆大门,又回过头来说:"约好了啊,你不要走开了。"

巴豆说:"我不会走开的。"

老兵这才放心地进了宾馆。

巴豆去吃了一点东西,就到宾馆门口来等那位台湾老兵,可是等了一个晚上,也没见他出来,巴豆为了等他,也没有去兜别人的生意。一直到十点多钟,旅行社的翻译石深突然匆匆忙忙地过来,一见巴豆就问:"人呢?"

巴豆很奇怪,说:"什么人?"

石深说:"那个台湾人呀,你不是踏他出去的吗?"

巴豆说:"早回来了,下午就回来了,说好晚上还要出去的,我在这里等了他一晚上,也没有来。"

石深狐疑地看看巴豆。

巴豆说:"你怎么,不相信,难道我能把台湾人吃了?"

石深说:"现在到处找不见他,你们下午大约几点到家的?"

巴豆说:"四点多了,他说有点累了,先去休息一下,晚上再走。"

石深问:"后来就一直没有见他出来?"

巴豆说:"是的。"

石深又问:"你一直等在这里?"

巴豆说:"我基本上没有走开,只是出去吃了一下晚饭,大约半个钟头。"

石深的脸色很沉重,想了想,说:"你说的都是真的?"

巴豆说:"是不是出了什么事情?"

石深说:"现在还不知道,希望没有事情才好,可是谁敢保证。"

巴豆也觉得事情有点严重,他说:"要不要我帮什么忙?"

石深朝他看看,说:"你能帮什么忙,怎么这么不巧,我第一次给你介绍生意,就这么不太平。"

巴豆说:"这老人思乡之情很浓,也可能一个人到老家或者别的什么有纪念意义的地方去看看了。"

石深说:"但愿如此,但是看看也不能看到深更半夜不回来呀,人也要给他急死了。"

巴豆说:"下午我听他说了有几个地方想去看看的,我去找一找。"

石深说:"好吧,你再找不到,恐怕就要报警了。"

巴豆踏着车子,出去找了一圈,把老兵言谈中提到的地方都找遍了,还是没有。

巴豆再回到宾馆门前,已经没有什么人了,石深也不知到哪里去了,巴豆又等了一会儿,满腹疑虑地回家去了。

第 13 章

当那位台湾老兵在石湖对巴豆说往事就像一片被风吹走了的云彩,再也追不上再也抓不住的时候,巴豆的心也渐渐地冷静下来,虽然说不上什么豁然开朗,但他毕竟是感触到了一些东西,巴豆是否已经准备放弃他的努力,现在下结论也许还为时过早,但是巴豆确实已经开始考虑自己的努力究竟有什么意义、有什么价值。

巴豆的心态也许正在慢慢地平息。

可是回到南洲街仅仅几个小时,巴豆又碰上了麻烦事情,那位台湾老兵不知是心血来潮,还是怎么,一个人走了出去,半夜不归,这件事虽然与巴豆无关,可是巴豆不知为什么却有一种预感,好像要出什么大事情,他一夜没有睡安稳,好像老是在等着有人敲门。

谁也没有来敲门。

早上起来,一切如常。这一天是星期六,上午毕先生要去专家门诊,巴豆说好中午去接父亲回来,毕业在一边说:"今天下午我们不上课,我也要坐爸爸的车子回来。"

巴豆说:"好吧,你放了学就到爷爷医院去等。"

毕业说:"好的。"蹦蹦跳跳地走了。

中午巴豆踏了车子到区医院去,到那里一看,已经是下班时间,问诊的人还有好几个,倒是蛮兴旺的样子。

毕先生看巴豆来了,说:"你等一等,我这里还有两个病人。"

巴豆就在一边等,他看父亲和其他几位老医生问诊,十分地认真、仔细,巴豆心里就涌上一股说不清楚的滋味,一个做了十几年医生的人,突然之间,不再拿听诊器,不再和各种各样的病人打交道,一时间的不适应也是可想而知的,如果以后不再接触这些,他也会慢慢地忘记、慢慢地适应,可是一旦又接触到医院、医生、病人,他心里难免有一番感叹。

巴豆心里有点乱,他走了出来,看见毕业来了,巴豆说:"再等一会儿,爷爷还有几个病人。"

毕业说:"好的,我进去看看爷爷。"

毕业到里边去了,巴豆在外面点了一根烟,抽起来。

下班的医生护士没有人注意到站在院子里抽烟的巴豆,他们急急忙忙地从他身边走过去。突然有人叫了起来:"哎,你不是毕润泽吗?"

巴豆看这个人,先是一愣,后来才想起来,是一位多年不见的老同学。

巴豆说:"你在这里工作了?"

老同学点点头,问巴豆:"你在这里做什么?"

巴豆说:"我接我父亲。"

老同学朝里边看看,说:"哦,专家门诊的毕先生。"

巴豆说:"他上了年纪,身体也不好。"

老同学看了巴豆一眼,说:"唉,你的事情,我们都听说了,你怎么……唉,不说了吧,听说你现在做了三轮车。"

巴豆说:"有什么办法呢。"

老同学说:"你不要以为我说做三轮车不好啊,不瞒你说,现在三轮车这一行都说很能赚的,我还真的羡慕你呢。"

巴豆苦笑笑,说:"你说得出。"

老同学说:"你以为我是安慰你还是怎么,我自己才要人安慰安慰呢,你想想,下放到苏北,一去十几年,好不容易调回来,进这么一家小医院,什么专业啦,全空啦,现在是要钱没钱,要专业没专业,一无是处。还是你呢,索性丢了一头,去做另一头,反而好。"

巴豆知道他说的是真话。

老同学见巴豆不说话,又说:"真的,我也有好几次要走出来的,可总是下不了这个决心,唉,患得患失呀。"

巴豆只好笑笑。

老同学说:"你肯定发了一大票了,是不是?"

巴豆说:"钱是有一点的,不过,做这一行很苦的。"

老同学说:"苦一点倒不怕,有钱就好,现在的社会,有钱就是老子,没有钱就是孙子。"

巴豆说:"那也不一定。"

老同学说:"既然你发了,什么时候请大家撮一顿。"

巴豆说:"吃我的,不罪过呀?"

老同学说:"罪过什么,吃大户嘛。"

他们笑了一会儿,老同学要赶回去做饭,走了。毕先生那边也结束了,巴豆扶父亲上了车,毕业自己爬上去,说:"开车了。"

巴豆回头对父亲说:"今天我们去吃馆子吧,时间不早了,省得再回去烧饭。"

毕业高兴地拍手。

毕先生原来是要反对的,但是看毕业这么高兴,不好浇她的冷水,就说:"好吧,就这一次啊,下不为例,人还是节俭一点的好。"

巴豆踏着父亲和女儿到一家餐馆,进去找了一张空桌子,服务员就把菜单拿过来,巴豆把菜单给女儿,叫女儿点菜。毕业拿过菜单认真地看起来,毕先生不停地说:"节俭一点,节俭一点。"

点了菜,等上菜的时间比较长,毕先生说:"巴豆,今天杨老太太又来了。"

巴豆说："她是不是说帮我找到工作了，叫我再耐心地等几天？"

毕先生说："是呀。唉，每次来都是这样说，叫人急也急不起来。"

毕业"扑哧"一笑，说："爷爷老是上当，好像小孩子一样。"

巴豆笑了，毕先生也忍不住笑了起来，说："我也不敢再指望她了。不过，想她是有路子的人，说不定真的……"

毕业说："你又来了。"

毕先生说："好吧，不说她了。对了，巴豆，上午老姜路过这里进来跟我说，毕竟学了司机，现在正式开车了，说是正在往旅行社调，每天盯着老姜，说旅行社收入好什么的，唉，现在的小孩，和从前是不一样了。"

巴豆问："有希望调旅行社吗？"

毕先生说："老姜也没有办法，到处乱找人，只好试一试，实在不行也就只好算了。"

巴豆"哦"一声，没有说什么。

菜上来了，很丰盛，毕业胃口好得很，毕先生和巴豆看着她吃，当然比自己吃还要开心。

正吃着，门外又进来两个人，巴豆一看，是毕竟，再一看，毕竟带的一个女孩子，已经不是上次的那个女朋友了，竟然是江四好运酒吧的女大学生小林，巴豆大吃一惊。

毕竟也看见了巴豆他们，走过来说："哟，真巧，在这里碰见你们。我来介绍一下，这是我的女朋友小林。"

巴豆没有说穿小林和他有过一面之交，朝她点点头，说："你好。"

小林也落落大方地笑笑。

毕先生看了小林一眼，没有表示出明显的反感，这已经很不容易了，这和小林的气质可能有关系。

毕竟很得意的样子,说:"小林,大学生。"

毕先生听了,脸色更缓和了,大有让毕竟和小林跟他们一起来吃的意思,可是毕竟说:"我们另外开一桌,不跟你们轧闹猛。"

他们另外找了一个地方,也点了菜,毕先生说:"太浪费了,太浪费了。"

毕竟说:"找女朋友,浪费一点也是应该的,对不对?"他回头朝小林做一个鬼脸,又说,"要不然老婆混不到手的。"

毕先生摇摇头总算没有再说什么。

毕竟刚要吃饭,突然很神秘地走到巴豆身边,说:"你还不知道吧,我已经调到旅行社了。"

巴豆说:"怎么,已经调去了,你父亲还在帮你跑,帮你找人呢。"

毕竟说:"等他找人呀,找到我老了恐怕也解决不了的。"

巴豆想问一问毕竟是怎么进去的,现在像旅行社这样的单位,是非常难进的,没有很硬的后台是不行的,但他看了一眼小林,还是没有问。

吃过饭,巴豆把父亲和女儿送回家去,稍稍歇了一会儿,就到南洲去。

巴豆车子刚到一会儿,石深就来了,告诉巴豆那位台湾老人回来了,果真是一个人摸出去,迷了路,他也不急,索性就在外面逛夜市,一直到很晚才回来。

巴豆说:"奇怪呀,我一直在门口看着的,他什么时候出来的,我真是没看见。"

石深说:"他说他只休息了半小时就出来了,找你找不见,就自己去了,大概是你去吃晚饭的时候吧。"

巴豆说:"这个老人,真是性急,把你急坏了吧?"

石深说:"可不是,不瞒你说,昨天我还真有点怀疑你呢。"

巴豆笑起来,说:"怀疑我什么呢,怀疑我谋财害命啊。"

两个人一起大笑起来,石深说:"你还是可以信赖的,我还是把他交给你,明天你再陪他一天,后天他们就走了。"

巴豆说:"好的。"

石深说:"这是个脾气比较古怪的老人,我听他说,夜里要到寒山寺去。"

巴豆说:"一个人晚上走这么远,这老头也是大胆的。"

石深说:"所以我要找你帮忙的。"

巴豆说:"你倒很信任我。"

石深笑笑:"有人推荐你,把你说得很好嘛。"

巴豆问:"到底是谁?"

石深说:"你管他是谁呢。"

还是那句老话。

石深临走时说:"我再去劝劝他,晚上就到近一点的地方,要是实在不肯,你就拉他去寒山寺。"

巴豆说:"好的,我一直在这里等,这回不会给他漏网了。"

石深走后不多久,毕竟来了,巴豆看到他,奇怪地问:"你怎么到这里来了?"

毕竟说:"我不是调到旅行社了吗,吃这碗饭,我还是外行,想来请教请教你的,掌握一些窍门。"

巴豆说:"你说的,我算是内行还是什么?"

毕竟意味深长地一笑,说:"你嘛,当然啦。"

巴豆说:"你是吃公家饭的,公事公办,要什么窍门。"

毕竟说:"怎么不要,刚才和你说话的那个石深,就是个角色,一肚子窍门。"

巴豆看看自己的侄子,心里很是感慨,他一时不知说什么好,如果说当初巴豆是在没有办法的情况下走上这条路的,现在看来,毕竟好像还很羡慕他。

毕竟见巴豆不响,说:"怎么,怕我怎么样,不肯说,是不是?"

巴豆看毕竟身上穿的从头到脚都是名牌,很是得体,巴豆不由想起小林来,她的穿着打扮也是这样,毕竟是不是受了她的影响呢?

巴豆说:"毕竟,你那个女朋友,小林,我认识她的。"

毕竟笑起来:"我知道,她跟我说过,你们在馆子里还只当不认识,我真好笑。"

巴豆说:"她是不是什么都跟你说了,她现在在江四的好运酒吧做……"

毕竟说:"做陪酒女。"

巴豆说:"你怎么想的,这件事情,你父母知不知道?"

毕竟说:"他们知道和不知道有什么区别,我找女朋友,只要我自己知道就行,是不是?"

巴豆说:"你都考虑过了,她在酒吧里做,总是……"

毕竟说:"我觉得很好,她自己是大学生,她到酒吧做事觉得很正常,我难道还应该有别的什么想法吗?"

巴豆说:"你们怎么认识的?"

毕竟笑着说:"你搞调查啊?"

巴豆不好再追问了。

后来毕竟收敛了笑意,说:"真的,我来找你,是想求你帮我介绍一点关系,以后在这里混,没有几个人是不行的,这你是最清楚的。"

巴豆说:"关系我可以帮你介绍,可是你做事要多考虑后果,要把握住自己。"

毕竟好像想说什么,但是没有说出口。

巴豆说:"你也许想说我有什么资格说你,可是我还是要说一说的。"

毕竟点了点头。

巴豆说:"还有那个小林,也许你们是现代思想,但是不管怎么现代,人还是要识的,你这样轻率地和她接触,你知道她是什么人。"

毕竟愣了一会儿,说:"知道她是什么人,大不了是个陪酒女,可是我们自己又是什么人。"

巴豆说:"你能这样想想也是好的,凡事多想想。"

这时石深又出来了,走过来跟巴豆说,那个台湾老兵今天夜里不去寒山寺了,今天另有统一组织的活动,明天要是有时间明天再说,叫巴豆不要等他了。

巴豆就介绍了毕竟给他,石深听说是刚调到旅行社车队的司机,又是巴豆的侄子,也很客气,对毕竟笑笑。

毕竟说:"以后多关照关照。"

石深说:"好说的,都在一个单位,有什么事情找我也可以。"

他们又说了一会儿,石深先走了。毕竟问巴豆:"你怎么会和他认识的,我听人家说这个人是很厉害的。"

巴豆其实连自己也不知道石深是怎么找上他的,不知道是谁在背后帮他,但他不能这样跟毕竟说,这样说了,毕竟肯定不相信,所以巴豆说:"我也是慢慢认识的,你不要性急,时间长了,就会有人的。"

毕竟说:"这倒也是的,我有信心。"

巴豆知道下午不会有什么生意了,想到毕业今天下午在家,他想回去陪陪女儿,就和毕竟别过,回去了。

到家一看,毕业出去玩了,父亲在休息,巴豆没有事做,就躺一会儿,刚刚迷迷糊糊睡过去,就听父亲在外面说:"你做什么,巴豆不在家。"

一个女人的声音:"怎么不在家,我刚刚看他回来的,你把他藏起来做什么,他又不是闺房小姐。"

巴豆一听,是沈美珍。

巴豆走出去说:"沈美珍,你找我?"

沈美珍一见巴豆,就笑起来,拍手对毕先生说:"你看,不是在家吗?"

巴豆怕她烦不清,说:"我正在睡觉,你有什么事快说吧。"

沈美珍笑着说:"你急什么,你怕什么,我在这里站站,有什么要紧。"

巴豆也只好朝她笑笑。

沈美珍绕了半天也没有说出什么事来,倒是沈美珍的男人追来了。

沈美珍一看男人追来,哈哈大笑,说:"你来做什么,谁叫你来的,是不是雌老虎叫你来的?"

男人不敢正眼看沈美珍,低声下气地说:"不是,是我自己来的。"

沈美珍又是一阵大笑,说:"你自己来的,谅你也没有这样的狗胆敢来跟踪我。"

男人更加唯唯诺诺,说:"我没有跟踪你,我只是来看看。"

沈美珍"呸"了一声,说:"来看看,看什么,看我跟别人轧姘头啊?"

男人不敢说话了。

毕先生很生气,说:"你们走,不要在这里说这种不要脸面的话。"

男人对外人倒是理直气壮,对毕先生说:"你说谁不要脸面,你说话嘴巴放干净一点。"

一般很少有人这样对毕先生说话,所以毕先生气得发抖,说不出话来。

巴豆指着沈美珍说:"你们要做什么,到我家里来演什么戏?"

沈美珍又笑,说:"真的不是我演戏,我来找你,他以为我跟你怎么样,吃醋了,就追来了,你说这种男人好笑不好笑。"

巴豆看看沈美珍的男人,实在是很猥琐的样子,确实觉得好笑,但他没有笑。

沈美珍对男人说:"你放心,我就是真的想要巴豆,巴豆也看不上我的。"她回头问巴豆,"对不对? 你是喜欢根芳的,对不对?"

巴豆哭笑不得。

沈美珍说:"我这个人还是有良心的,我专门来告诉你根芳的事情。你还不知道吧,根芳受了伤,被车子撞了,很重,到医院去了,你不去看看她?"

巴豆听了不知为什么心里很紧张,他是不可能喜欢上根芳的,但是很奇怪,在他心底深处,却有一种对根芳的特别的关心,巴豆自己也不明白这种东西从何而来。

巴豆说:"怎么会的,什么车子撞的?"

沈美珍看了他一眼,说:"你看,真的急了吧,是汽车撞的,根芳最近好像老是有什么心思,魂不守舍的,好好地走路去和汽车亲嘴了。"

巴豆问清了住在哪家医院,他想是应该去看一看根芳。

沈美珍又说:"我跟根芳说的,巴豆会来看你的,根芳还不相信呢。"

她男人在一边很难受,沈美珍斜了他一眼,说:"好了好了,回去了,省得你小肚鸡肠乱翻。"

说着沈美珍就走了出去,她男人跟在后面,像一条狗。

沈美珍走后,巴豆就要去看根芳,毕先生说:"你去做什么,沈美珍的话你又不是没有听见,多难听,你还去。"

巴豆说:"这种人的话你也往心上去,真是太不值得了。"

毕先生说:"这种人的嘴,到处乱讲,你倒不怕。"

巴豆说:"我有什么好怕的。"

巴豆还是去了,他在街上买了一点水果。

巴豆打听到根芳住的病房,进去一看,根芳正一个人躺在那里,看上去孤零零的,眼睛看着天花板,好像在想什么心思,巴豆进去她也没有发现。

巴豆放下水果,说:"你怎么样?"

根芳吓了一大跳,看清楚是巴豆,她的神色很奇怪,愣了好一会儿,说:"你、你怎么,你还来看我。"

巴豆说:"为什么不能来,你还做过我的老板,对我特别关照的,现在我来看看你,合情合理,没有什么奇怪的,是不是?"

根芳张了张嘴,没有说什么,只是呆呆地看着巴豆。

巴豆问了她受伤的经过,又问伤得怎么样。根芳告诉他,骨折了,要在床上躺个把月。

巴豆说:"那你就安心地养伤,也正好有个机会歇歇。你是一年忙到头,没得休息的。"

根芳听巴豆这么说,眼睛里闪出一点泪光。

巴豆问:"你吃不吃水果?"

根芳摇摇头,说:"你为什么……"

巴豆笑起来,说:"你是不是觉得我不应该来看你?"

根芳连忙说:"不是,不是的,我不是这个意思。"

巴豆说:"那就是说你觉得对不起我,是不是?"

根芳这回竟然点了点头,说:"是的,我对不起你。"

巴豆说:"你骗了我,说你男人是生病死的,就是这个?"

根芳说:"还不止这些。"

巴豆说:"你觉得能告诉我吗?要是能够,你就说吧,免得闷在心里不好过。"

根芳突然流起泪来,无声无息地,她也没有擦一擦,任凭泪水流下来。

巴豆没有说什么,等她眼泪流畅了,说:"从来没有看到你哭过,你很少哭的,是不是?"

根芳说:"我心里一直很不好过,我不应该骗你,本来就是我那男人害得你……"

巴豆说:"不要说了吧,过去的事情。"

根芳惊奇地看着巴豆,说:"你怎么,你不是一直在找他吗?"

巴豆说:"我想想也对,即使找到了又能怎么样?"

根芳一双泪眼看着巴豆,好像不相信他说的话。

巴豆说:"我只是不明白,你为什么要说谎,是不是怕我向你报复?"

根芳欲言又止。

巴豆说:"是不是,是,还是不是?"

根芳说:"是……不是……"

巴豆说:"你有什么事情,既不能对我说,但是不说又觉得心里实在不好过。"

根芳的眼泪又下来了。

巴豆叹了口气,说:"这也是很难过的,欲说不能,说又不能,好了,今天就不说这个了。你怎么这么凑巧偏偏就到了三摆渡呢,你要是在别的什么地方做,我也许八辈子都碰不见你,这个秘密就是八辈子也解不开的了。"

根芳说:"其实我到三摆渡,不是碰巧碰来的,我是……"

根芳说了一半又不说了。

巴豆就替她说:"是有人安排你来的。"

根芳没有说是也没有说不是。

巴豆又说:"为什么要把你放在三摆渡呢,总不见得是为了给我很方便地发现你吧?"

根芳摇了摇头。

巴豆说:"但是有一件事,我想大概是你有意让我知道的,就是那张照片你是有意拿出来的。"

根芳听了巴豆的话,好像有点惊慌,说:"不是的,不是的,我没有……"

巴豆说:"我想是不是这件事情背后还有什么人在操纵,他是谁?"

根芳更加惊慌,说:"我、我不能说,我不能说。"

巴豆说:"你不能说,这就说明果真是有人在背后,而不是我自己的幻想。"

根芳说:"什么,什么有人,我没有说有人。"

巴豆说:"你的难处我也有数,我不会再找你问这件事情了,这样你可以放心了,不要一天到晚魂不守舍了。"

根芳说:"你真是,我知道你是好人,可是我、我真的不能……"

巴豆不再和根芳继续这个话题,他拿起一个苹果削起皮来。

根芳也沉默了。

巴豆帮根芳削了苹果,看她吃了,巴豆说:"我走了。"

根芳点点头,她目送着巴豆走出病房,就在巴豆的身影转过去的一刹那,根芳喊了起来:"哎!"

巴豆回头看着根芳。

根芳眼睛里又一次饱含了泪水,她终于说:"我告诉你,我男人他、没有死。"

巴豆这回愣住了,经过许多人证实的,居然是假的,根芳的男人,那个给巴豆带来厄运的人还活着。

巴豆盯着根芳。

根芳说:"他叫江三。"

巴豆说:"他现在在哪里?"

根芳紧张地说:"这个我真的不能说,你也不会逼我说的,他是逃走的,我想你也不会去告诉别人,不然的话,我就害了他了。"

巴豆点点头,说:"我知道。"

巴豆走出病房,在出了医院大门的时候,迎面看见毛宗伟过来了。

巴豆喊住他:"毛宗伟,你也来看根芳呀?"

毛宗伟的脸立即红了，一下子红到了脖子。

巴豆想毛宗伟这小子，要结婚了，对根芳还是旧情不忘，可是巴豆一想到根芳说的她男人还活着，那毛宗伟知道不知道呢？看起来毛宗伟是不知道的，如果他知道，他首先会告诉巴豆的，这一点巴豆坚信不疑，这是其一。还有，毛宗伟倘是知道根芳的男人还活着，他会不会和根芳有这种关系呢？巴豆认为不会，毛宗伟是一个比较忠厚老实也比较本分的人，他大概不会做这样的事情，这是其二。

巴豆正想着，毛宗伟问他："你去看过根芳了，她还好吧？"

巴豆说："还好，是硬伤，要歇一个月。"

毛宗伟红着脸说："其实你看过了她，我也不一定进去了。"

巴豆说："去你的，进去吧。"

巴豆把毛宗伟朝医院里边推了一下，自己就出了大门。巴豆走出一段，回头看看，毛宗伟已经走进去了。

第 14 章

第二天晚上,巴豆果然在南洲宾馆门前等到了那位台湾老兵。看起来石深的工作没有做通,老兵还是坚持要到寒山寺去。

巴豆没再多说什么,就拉上他往寒山寺去。好在时间尚早,打一个来回,不到三个小时,回来还不太迟。

一路上,老兵谈兴很好,一直在说他小的时候到寒山寺去的事情,说寒山寺的大钟,说寒山寺的老和尚,他记起来,有一次老和尚还请他们吃素面。老兵说了一会儿,又问巴豆现在寒山寺的情形,巴豆一一答了,老兵更加高兴,甚至提出来要巴豆跟他换个位置,让巴豆坐车,他来踏车,巴豆没有答应,老兵还不大称心。

踏了将近一个小时,总算到了枫桥镇。在离寒山寺还有一段路的时候,老兵叫巴豆停车,他下了车。

巴豆说:"还没有到呢,离寒山寺还有好一段路呢。"

老兵说:"我不到寒山寺,我就到这里。"他指了指前面的一条小巷。

巴豆很奇怪地看着他。

老兵说:"我有一个亲戚,就住在这里,说好了今天去看他们的。"

巴豆这才"哦"了一声,问道:"你认识路?"

老兵说:"认识,就在这里边,一点点路。"

老兵一边说一边摸出钱包,把车钱给巴豆。

巴豆说:"不急,等一会儿给也可以,等一会儿一起算。"

老兵说:"不要等了,你回去吧。"

巴豆又吃了一惊,说:"你怎么……"

老兵笑笑说:"今天我不回去了,就住在这里。"

巴豆说:"你没有告诉旅行社的人,你不回宾馆住,石翻译知不知道?"

老兵有点激动了,说:"我又不是小孩子,该做什么不该做什么我自己知道的,你们不能把我看得这么紧,叫我一点自由也没有啊。"

巴豆说:"但是你们是一个代表团来的,你一个人出来,又不回去过夜,不大好吧。"

老兵看了巴豆一眼,笑起来说:"我说过了,我已经跟他们说好了,你放心吧。"

巴豆狐疑地看看他。

老兵说:"好了,我走了,你也早点回吧。"

巴豆收了钱,看老兵进了那条黑黝黝的巷子,巴豆还是放心不下,他跟在老兵后面,朝巷子走去。

这条巷子虽离寒山寺还有一段路,但也已开出了不少卖工艺品的个体商店,老兵走过这些店门口,店里的小姑娘就出来,用嗲声嗲气的广东话招呼他。

巴豆看老兵目不斜视,径直往前走,丝毫不为那一串串的声音所动。

巴豆跟了几步,觉得这样不大好,正在犹豫要不要退回去,老兵一回头看见了巴豆,他好像有点生气,说:"你这个人,怎么的,你怎么可以跟踪我。"

巴豆十分惭愧,连忙说:"对不起,我不是……我只是不大放心你……"

老兵说:"我已经跟你说过了,你不要跟着我。"

巴豆只好点头。

老兵这才又往前走,巴豆看他拐进了另一条更小的弄堂,巴豆退了出来,踏了车子回去了。

第二天下午,巴豆在南洲门前和"三枪"他们打了一会儿扑克,他们就看见石深和几个旅行社的同事神色严峻地进了南洲宾馆的大门,石深进了门后,又回头朝巴豆他们停车的地方看看,好像犹豫了一下,他朝这边走过来。

石深把巴豆拉到一边,紧张地说:"不好了,出事了。"

巴豆看他脸色都有点发白,连忙问:"什么事?"

石深说:"等一会儿公安的人要来,也要找你们的,那个台湾老兵死了。"

巴豆简直不敢相信自己的耳朵,他瞪着石深,一时竟然说不出话来,他确实是有过一种不祥的预感,难道他的预感,竟然是死人,死了一个台湾来大陆探亲观光的老人?

石深看巴豆很震惊,他说:"我现在没有空跟你细说,我告诉你,尸体是在寒山寺发现的。"

巴豆心里猛地一抽,脱口问:"怎么死的?"

石深说:"详情还不知道,偏偏是我们这个团,这个人,我一开始就发现他和别人不大一样,说又说不清为什么。唉,果真出事了,这下子闯大祸了,昨天夜里不是你拉的他吧?"

巴豆心里一沉,说:"是我。"

石深也吃了一惊,说:"昨天夜里我看你不在门口吗,怎么会是你?"

巴豆说:"昨天他出来很早,我也觉得奇怪,而且他到了枫桥镇,并没有到寒山寺。"

巴豆把昨夜的事说了,石深想了想,问:"你拉他的生意有没有人看见?"

巴豆说："你是说证人?"

石深说："事到如今,你也要有一个准备了,你要摆脱干系还不很容易呢。"

巴豆说："我知道,其实我真的有过一种预感。"

石深说："我走了,这事情还不知怎么收场呢。"

这时"三枪"他们都围过来,听说了这件事,大家都愣住了。

过了好半天,"三枪"说："昨天夜里,我们地盘上,哪里有人拉过什么台湾人,谁也没有拉台湾人,是不是?"

大家都说是。

巴豆说："这样没有用的,反而不好,我拉的就是我拉的,事情总可以说清楚的。"

长发说："出了这种事情,说不清楚的,就是最后能够弄清楚,苦头也有得吃一些呢。"

巴豆听了长发的话,不由长叹了一口气。

到下晚,公安局的人来了,对南洲地盘上的三轮车工人作全面的调查。

死人的事情也都清楚了。

尸体是在寒山寺北边的一块空地上发现的,发现时间是在早上五点多钟,一个菜农早上出来卖菜,经过那里,尿急了,解手时发现的。人是被绳子勒死的,死亡时间是在午夜十二点至凌晨一点之间。被害者身上的钱物被洗劫一空,连西装西裤也没有放过。

公安局在作了大量的外围调查之后,把巴豆请进了局里。

巴豆有嫌疑。

这也是预料之中的事。

但是使巴豆不解的是,许多指证是不符合实际情况的,他不知道他们从哪里调查来的。

比如,说寒山寺那条小巷里有开工艺品店的老板和店员说看到巴豆把台湾人拉来后,一直没有走开,到他们关店时,还看见巴豆在那里转。

再比如,有三轮车工人说看到巴豆凌晨三四点钟的时候在街上,还和巴豆打了招呼。

这些莫名其妙的指控,便使巴豆成了一个嫌疑很重的人。

而从巴豆这方面来说,他所说的一切,尽管是事实,但是却没有人证物证。巴豆那天回家十一点多钟,家里人都睡了,他谁也没有惊动,所以现在一个证人都没有,唯一能够证明他清白的人就是那个老兵,死了,死无对证。另外还有石深,但是石深只是在事后听巴豆说了这件事,他并没有亲眼所见,他的证明也是不足取信的。

现在的事情就是要调查老兵所说的亲戚的事情,但是了解过那条巷子所有的人家,却没有一家有台湾亲戚的,这更使巴豆陷入困境。

可是紧接着事情发生了变化,巴豆没有事了,巴豆摆脱了干系。

有人给警方寄了一封匿名信,揭发老兵去的地方,在那条巷子的某某号,是一个卖淫集团的老窝,老兵的死很可能和这事情有关。

警方立即调查,结果,事情真相大白,巴豆就解脱了。

原来那位老兵不知从哪里打听到这个消息,想去见识见识大陆现在的妓院,结果却送了一条性命。

谋杀台湾人其实并不是蓄意的,因为老兵说回台湾后要将这一切告诉台湾的同胞,所以引来了杀身之祸。

一个卖淫集团,当然什么事情都能做出来,但是使巴豆迷惑不解的是,他们和巴豆并没有过节,无仇无恨,巴豆从来没有听说过他们的事,为什么在事出之后要陷害巴豆,或者他们怕台湾老兵在无意中已经将事情泄露给巴豆了,或者他们是为了转移警方的视线？

这两个原因，都有可能，但是巴豆的感觉告诉他，不只是这些原因，还有另外的因素，巴豆觉得他们是在有意陷害他，而不仅仅是出于保护他们自己的目的。

那个写匿名信的人救了巴豆，这人是谁？

巴豆认为写这封信的人，一定知道内幕，一定了解这一切。

巴豆很想马上找到这个人。

可是这很难。

巴豆现在突然想到，这件事或许和五年前的事情有关系，否则的话，巴豆实在找不到被人陷害的理由。如果真是和五年前的事情有关，那么说明巴豆在这之前所做的努力，是有效的，是触动了某些人，他们害怕了。

在这之前巴豆曾经想放弃对五年前的事情的追查，现在看来，巴豆不但不能放弃，反而要做更大的努力。

巴豆先从作伪证的人开始。

有一个三轮车工人，但是这个人很不好找，巴豆把目标对准寒山寺旁边的那条巷子里的个体工艺品店。

巴豆终于打听到是哪一家的人向警方提供了伪证。

巴豆找上门去，店老板因为作伪证，被拘留了，有两个年轻的姑娘在维持店里的生意，巴豆去了，她们显得很紧张，不管巴豆问什么，只说是不知道，老板的事情她们一概不知，她们说假话是老板吩咐的，老板给她们钱，她们就听老板的。

巴豆说："老板叫你们杀人你们也杀？"

她们说："老板没有叫我们杀人呀。"

巴豆说："这等于是杀人，你们不要以为只抓了一个老板，就放过你们了。"

姑娘更加慌张，说："不关我们的事。"

巴豆说："那关谁的事？"

其中一个姑娘说:"是别人叫老板这样做的。"

巴豆问:"是谁?"

那个姑娘说:"我们也不大清楚,只是听老板说过,有一个姓江的,在南洲地盘上开什么酒吧的。"

另一个姑娘要阻止她已经来不及了,只好说:"你千万不要说是我们告诉你的。"

那一个姑娘说:"不然我们的饭碗就敲掉了。"

另一个姑娘说:"何止是敲掉饭碗呀,说不定要做掉我们呢。"

先说话的姑娘害怕了,说:"那怎么办?"

后一个姑娘比她镇静一些,但也有点慌张,说:"都是你,叫你不要说,你偏要说。"

巴豆说:"你们怕什么,如果你们把知道的事情全说出来,你们就会受到保护的。"

另一个姑娘说:"其实我们老板真的没有什么事,他只是怕那个人。我们以前听人家说,那个人很厉害的,像我们老板这样开一爿小店的,如果不听他的,店就开不下去。我还听人家说,他虽然在城里开店,这边的事情也要管的。"

巴豆说:"那他和那个卖淫集团有没有关系?"

这个姑娘刚要说,另一个姑娘连忙说:"我们不知道的,你不要再问我们了,我们真的不知道。"

巴豆见她们把嘴封紧了,知道再难问出什么,就走开了。

现在巴豆知道江四和这件事情是有关系的,也许就是江四在背后陷害他。江四为什么要这样做?难道就因为上一次巴豆要去改他的百分之五的规矩吗?但是江四怎么知道他当天夜里要送台湾人到寒山寺去,而且怎么会在台湾老兵被害后这么短的时间内就做好了一切陷害他的手脚,还有……巴豆心里突然一惊,他想起一个非常重要的环节,差一点被他忽视了,根芳告诉他,她的男人没有死,当时巴豆只是为这个消息震惊,却忽略了根芳说的他男人叫江三这样一个事实。

现在巴豆有了一种豁然开朗的感觉。

一切都和五年前的事情有关。

但是如果巴豆出狱后没有再追查五年前的事,那么,今天的陷害也许就不会发生。这就是说,巴豆的追查,给一些人带来了威胁。

巴豆直接到好运酒吧去找江四,一见面巴豆就说:"江四,你哥哥江三近来好吧?"

江四显然是有所准备,听巴豆这么说,他并不紧张,也不激动,笑笑说:"他好不好,我怎么知道,你是不是想会会他,那你找他去就是了。"

巴豆知道江四的意思,江四的意思就是你找不到江三的。

巴豆说:"我希望你不要欺人太甚。"

江四说:"你欺人也不比我差,你要我把百分比一下子提高一倍,你这一手也很辣呀。"

巴豆摇摇头:"你不要转移目标,你不是为了这个才向我出手的。"

江四说:"你怎么想都可以,无所谓。"

巴豆说:"寒山寺那边的卖淫集团全部破获了吗?你心里没有数吗?"

江四还是稳稳当当的样子,说:"你可以去告发我和卖淫集团有关系,你去告我,我保证没有意见。"

巴豆说:"我不会去告你的,但是总会有人去告你的。"

江四说:"好啊,我等着。"

巴豆对江四也算是有所了解的,但他还没有想到,江四听了这些竟然无动于衷。

江四说:"巴豆,都是吃一碗的,不要这样敌对好不好?"

巴豆冷笑一声,说:"不是我要和别人敌对,是有人不放过我,那我也愿意奉陪到底。"

江四看看巴豆,说:"你这回又下了决心了?"

巴豆说:"看起来有人要逼我下决心。"

江四哈哈大笑。

巴豆看看江四的店,也笑了笑,走了。

第二天江四的好运酒吧就出了一件事。

这天晚上,来了两个荷兰客人,在好运酒吧喝了两杯酒、两罐饮料,吃了一点小吃,有两个姑娘陪着高兴了几个小时,最后临走提出来要把两个陪酒女带走,江四当然不能同意。两个外国人回去就向有关方面投诉,说好运酒吧坑骗外国人。

这一状正告在风口上,有关部门因为这一阵酒吧咖啡屋如雨后春笋,越来越多,而且十分混乱,正要查一查,所以就把好运酒吧这件事拿了出来当典型,一查,两个外宾,那么一点东西,好运酒吧竟然收了人家一千二百元。

江四怎么凑数,也凑不到这个价。

江四栽了一个大跟斗,不仅一千二百元如数退还,还罚款五千元,最要命的是好运酒吧被吊销了执照,关门整顿,哪一日才能过关重新开业,更是遥遥无期。

只有江四心里明白,两个外国人怎么会告他的状,但是江四不好说,打碎了牙齿,只有往自己肚子里咽。

南洲地盘上一帮三轮车,平时对江四都很忌恨,现在江四自食其果,大家觉得很解气,巴豆关照"三枪"他们,这一阵小心一点,开价不要太辣,一来因为这一阵风声紧,还有也要当心江四咬到这边来。

但是巴豆的追查到江四这里却被掐断了,再要进行下去,好像很难,就在这时,巴豆接到章华一封信,约他出来,章华信上没有说什么事情,只说想见见他,和他谈谈。

巴豆在当天夜里到章华指定的一家酒吧,章华已经在那里等他了。

巴豆注意到章华虽然化了妆,但却遮掩不住疲惫的神色,巴豆说:"你好吗?"

章华点点头,说:"你喝什么?"

巴豆说:"我随便。"

章华笑了,说:"你还是老样子。"

巴豆也笑了笑,他看到章华笑意还没有退尽,眼睛里就有了泪水,章华说:"差一点又出事。"

巴豆说:"你都知道了?"

章华说:"我知道。"

巴豆说:"现在没有事了。"

章华的眼泪却涌了出来,她摸出手帕擦了擦,说:"可是,你还是……你……他们不会放过你的。"

巴豆立即警觉起来,问:"他们,他们是谁,你是不是对这一切都知道,你快说,这一切和五年前的事情,有什么关系?"

章华叹了口气,说:"你果真,你果真耿耿于怀。"

巴豆说:"你知道什么,为什么不告诉我,你在维护谁?"

章华说:"除了你,我还会维护谁……这么多年,我心里没有别人,你难道不知道?"

巴豆看着章华,他相信她的话,可是她为什么要向他隐瞒一些重要的事情,是为了维护他?

章华说:"当初你被人暗算了,躺在医院里,我去看你,我劝过你不要做三轮车,可是你不听我的,我知道我劝不动你,后来我帮了你一把,现在想起来,是我错了,我不应该在这上面帮你的,说不定反而害了你,可是……我是想,让你顺顺心,你闷了这么多年,应该让你过几天舒心的日子,可是我还是错了。"

巴豆听章华说她帮过他一把,他突然想起了什么,问道:"你、你认识白板?"

章华似笑非笑地咧咧嘴,说:"他是我弟弟。"

巴豆愣了半天,说:"什么,你弟弟,你哪里来的弟弟?你不是独女吗?"

章华说:"他是我的弟弟,是我的亲弟弟。"

章华把她的身世告诉了巴豆。

章华是现在的父母领养的,领养的时候章华已经十多岁,所以对一切都记得很清楚。

章华自己的家是一个很穷苦的人家,章华的父亲是踏三轮车的,母亲没有工作,父亲一个人做活,养活一家四口,日子也还算过得去。可是在章华十三岁的时候父亲死了,一个家庭就难以维持下去,章华就给了人家,也跟了人家的姓,可是二十多年来,章华一直没有断了和自己亲人的联系,这也是她的养父母最不满意她的地方。

既然章华几十年都和她的母亲弟弟来往,那么章华离三轮车这一行就始终很近,章华在了解到巴豆的心思后,要弟弟拉他一把,这也是合情合理的。

章华说完了这一切,如释重负地出了一口气。

巴豆沉默了好一会儿,又问:"旅行社的石翻译石深,也是你叫他来找我的?"

章华点点头。

巴豆一时不知要说什么,他心里翻滚得很厉害,是章华暗中在帮助他,以章华现在的身份,她大可不必再把他巴豆放在心上,可是……

巴豆说:"章华,你为什么?你不应该再把心思放在我的身上了。"

章华的眼睛又红了,说:"你为什么说这种话?你明明知道,我不会把心思放到别的人身上的。"

巴豆说:"可是,我们不会有结果的,你不这样想,现在的事实……"

章华说:"事实,没有什么事实可以改变我对你的……"

巴豆打断她的话:"你不要再说了,事实就是能改变一切。"

章华说:"除非事实把我们的心也改变了。"

巴豆看着章华的眼睛,说:"我和你,早已经不是一条路上的人了,以后也不可能走到一起去的。"

章华说:"我今天就是来告诉你,我们马上就要走到一起去了。"

巴豆吃惊地看着章华。

章华说:"这么多年,我一个人苦苦地奋斗,就是为了这一天,我在半年前让你等我一年,最多一年,现在半年就够了,我已经办好了出去的一切手续。"

巴豆说:"你要出国?"

章华说:"不是我要出国,是我们两人一起出国。"

巴豆说:"你开什么玩笑!"

章华说:"这是真的,我先走一步,你的一切手续我都会帮你办好的。"

巴豆说:"怎么会这样,这太突然了,你、你不做章总了?"

章华说:"我们的世界不在这里,这里的事实确实如你所说,我们不可能走到一起,可是外面的世界不管这些的。"

巴豆说:"你是为了我,你难道为了我竟然……"

章华说:"是为了我们两个人。"

巴豆问:"你们单位都知道了?"

章华说:"暂时还没有,我要到走的那一天才告诉他们,你也不要先说出去,好不好?"

巴豆想了想,突然笑起来,说:"你怎么能肯定我会跟你走,我还有老父亲,还有女儿。"

章华愣住了,过了一会儿她说:"这些我都考虑过的,我想你一定会安排好一切,你一定会跟我走的。"

巴豆无言以对。

章华接着说:"所以,巴豆,你在这一段时间千万不要再出什么事了,你就不要再做三轮车了,你做到现在,钱也有一些了,是不是?你不需要别人养活你了。"

巴豆没有办法不承认,章华是最了解他的人。

章华看了一下手表,说:"晚上还有客人,我要走了。"

巴豆看着章华疲惫的样子,忍不住说:"章华,你要注意身体啊。"

章华说:"我知道,我的身体很好,我的事业才刚刚开始呢。"

巴豆说:"如果你真的要走,这边还要拼什么命呢,歇歇吧。"

章华说:"那不行,只要我在一天,工作还是要做好的。"

章华走后,巴豆一个人又闷坐了一会儿,心里千头万绪,怎么也理不清。本来巴豆是一心奔着他的目标去,可是却杀出章华这样一件事,这不是一件小事,这有关他今后半辈子,也有关他的亲人今后的生活,巴豆不能草率决定。

归根到底,巴豆现在还是放不下五年前的事情。

他本来可以再问一问章华,她所说的"他们"到底是什么人,章华既然知道有个"他们"在暗中弄他,她很可能对这些人或者这个人有所了解。再说章华既然是白板的姐姐,即使她不知道,白板一定是了解全部内幕的。通过章华也就不难从白板那里打听一些消息。

可是巴豆没有追问章华,章华怕的、担心的正是这个,他不想再给章华增加负担。

巴豆要靠自己的力量解开谜底。

第 15 章

巴豆现在要做的事情,就是寻找江三。

既然江三还活着,既然江三是解开这一切的关键,巴豆无论如何要找到江三。

要找一个五年前就退出三轮车行业,并且从此不再出现,大家都以为他已经死了的人,是不容易的,但是巴豆有信心。

不管江三已经从这地方消失了多久,他毕竟是这一行里做过好多年的人,所以巴豆觉得,要找江三,也许毛小白癞子可以给他一些帮助,可以帮他找到一点线索。

巴豆把根芳的话告诉了毛小白癞子,和上一次一样,毛小白癞子十分吃惊。

毛小白癞子吃惊的并不是江三还活着,而是奇怪根芳为什么一而再再而三地把这些不能说出来的事情告诉巴豆。

所以毛小白癞子问巴豆:"你相信根芳的话吗?"

巴豆说:"我相信的。"

毛小白癞子说:"你这个人,就是太容易相信人。"

巴豆说:"是的,但是现在我如果不相信根芳,我就等于是个瞎子、聋子,我就寸步难行了。"

毛小白癞子说:"这倒也是。"

毛小白癞子对于巴豆追查五年前的事情,从来都是很支持的,这和毛小白癞子的性格有关,也和这件事多少牵涉了毛小白癞子自己有关。当初江三正是利用巴豆对毛小白癞子的信任,才达到了他的目的的。

巴豆问毛小白癞子:"你对做三轮车的人应该是比较熟的,你不知道江三?我打听到江三家的三轮车也是传代的了,江三的上辈,可能还有再上辈,也都是拉车夫。"

毛小白癞子精神一振,说:"你等等,你说江三家……难道会是他?"

巴豆迫不及待地问:"谁?"

毛小白癞子想了想说:"是有可能,他们家有好几个儿子,好像有五个,叫什么名字就不清楚了。"

巴豆见他自言自语,催他说:"你说呀,你想起什么人来了?"

毛小白癞子说:"我也不敢肯定,但是有可能的,这个人你从前也见过的,你小时候还很崇拜他。"

巴豆脱口而出:"江大咬子!"

毛小白癞子说:"江大咬子有五个儿子,其中有三个是踏车子的,也算是世家了。"

巴豆追问:"江大咬子现在在什么地方?"

毛小白癞子说:"我也不知道,他有很长时间不踏车子了,我听人说,老家伙享老福了,儿子当他祖宗供的。"

巴豆说:"很有可能,我要找到江大咬子。"

毛小白癞子说:"我帮你去打听,江大咬子的事情,现在一般小青年都不知道的,只有到老人中去找。"

巴豆点点头。

毛小白癞子说:"不过这事,你最好不要告诉毛估。"

巴豆问:"为什么?"

毛小白癞子说:"毛估嫌我多管闲事。"

巴豆说:"好吧,毛估这个人,很本分。"

过了两天,毛小白癞子就有了确切的消息给巴豆,江大咬子的家打听到了。

毛小白癞子说:"我和你一起去找他,他这个人,脾气很古怪的,弄得不好会把你赶出来,什么也不肯跟你说,如果江三真的是他儿子,他怎么会告诉你他儿子的事情,让你去查呢。"

巴豆想毛小白癞子说得有道理,他们就一起到江大咬子家去,按照毛小白癞子的计策,先不要说去做什么的,先和江大咬子闲扯,谈得江大咬子高兴了,再转入正题。

谁知道他们一进江大咬子的家门,江大咬子就说:"我知道你们会来的。"

可见江大咬子已经知道了这件事,是早就知道,还是最近才知道,或者,江大咬子竟是一个幕后的主使?

和当年在虎丘见到的江大咬子比,眼前这个江大咬子虽然已经老了,但他身上的那股锐气还在,巴豆一开始就感受到了这一点。

既然江大咬子对他们的到来已经有所准备,毛小白癞子设计好的程序就没有必要进行了。巴豆说:"我们就开门见山了,想打听一下你有没有一个儿子叫江三的。"

江大咬子说:"你这个人,好文气,说话怎么文绉绉的。"

毛小白癞子连忙介绍说:"这是我的邻居巴豆,他小时候有一回我带他们去赶山塘庙会,他见过你的。"

巴豆说:"你那时候说,虎丘没有什么了不起,虎丘只不过是一座坟堆,我还不服气呢。"

江大咬子看了看巴豆说:"我知道,我既然知道你们要来,你是谁我怎么会不了解。"

毛小白癞子说:"这么说,你儿子江三做的事情你都知道?"

江大咬子说:"知道又怎么样,不知道又怎么样?"

毛小白癞子说:"好你个江大咬子,你这么恶,我还不知道呢,你的儿子害得巴豆吃了五年官司,你也知道?"

江大咬子问巴豆:"你是说你吃的是冤枉官司?"

巴豆刚要说什么,毛小白癞子抢在前面说:"你不要管巴豆吃的是什么官司,反正是江三害的,没有江三,巴豆也不会弄到现在这样。"

江大咬子说:"现在怎么样,现在不好吗,我看现在比你从前好多了,你要是现在还做医院,有什么意思,有几个钱,你不是从小就要做三轮车的吗,现在做成了,不是这一个变故,你还做不成呢。"

巴豆说:"那我还要反过来谢谢你们,是不是?"

江大咬子说:"谢就不要谢了,江三的事情你也不要查了,好不好?江三一直躲在外面,你这样弄下去,非把他揭出来不可,五年前他逃脱了,如果在五年后,他被你揭出来再跟你一样吃五年官司,到时候他出来再找你算账,这一笔账何时得了呢?"

江大咬子一番话说出来,巴豆和毛小白癞子一时都说不出什么来。

江大咬子又说:"我说出来,你们信也好,不信也好,我是最近才知道这事情的,老四吃了一点苦头,回来诉苦,我说你是活该,想算计别人的人,到头自己总没有什么好结果的。"

毛小白癞子不平地说:"巴豆从前没有算计过别人,为什么就该他倒霉?"

江大咬子说:"一个人的命不是自己能做得了主的。"

巴豆说:"但是江三却能够做主的,他犯了事情,还能逍遥法外,不是掌握了命运吗?"

江大咬子给巴豆和毛小白癞子烟抽,自己也点了一根,吸了一口,呛得直咳嗽。

毛小白癞子感慨地说:"你也老了。"

江大咬子听了毛小白癞子这话,身上那股锐气突然萎缩了,过了半天,他说:"老了老了,弄这样几个小辈……"

毛小白癞子说:"不是说你的小辈很孝顺你吗,你享清福还不满意?"

江大咬子咳嗽了好一阵,等平稳下来,他说:"孝顺,孝顺儿子啊,他们在外面做这种事情,我这个做父亲的怎么能安心,怎么能放心?你们以为,我听说了巴豆的事情是江三引起的,心里就好过吗?"

巴豆发现江大咬子眼睛里闪着泪花。

江大咬子接着说:"我真是有好几次要跑来告诉你们的,可是他毕竟是我的儿子呀,我不能亲手把他送进去。"

巴豆问:"江三现在在什么地方?"

江大咬子说:"我知道你不会放弃的,你是一定要问,要查清楚的,当然,换了我,我也会这样做的,我不能怪你。不过你要是还肯相信我一回,我劝你不要再找江三了。"

巴豆问:"是为了我好?"

江大咬子说:"为了江三,也为了你自己。"

巴豆说:"你是说如果我追下去,我自己会有麻烦?"

江大咬子说:"我不敢说得很肯定,但是我可以告诉你,当年江三并不是自己要做那件事情的。还有,现在的江四,也不是他有意要陷害你的。"

这是巴豆早就想到的,背后还有人。

巴豆问:"那个人是谁?"

江大咬子说:"我不知道那人是谁,我也是猜出来的,我自己猜了,问江四和江三,他们先不承认,后来承认了,但是他们却一口咬定他们两个都不知道那人是谁,只知道那人有个绰号,叫'调度'。我也弄不清楚江四和江三他们是真的不知道谁是'调度',还是知道了不肯说、不敢说。"

巴豆问毛小白癞子有没有听说过"调度"这个名字,毛小白癞子摇摇头。

巴豆回头问江大咬子:"这个'调度'年纪大概多大?"

江大咬子说:"关于这个人,我是一无所知。"

巴豆说:"这样我更要找到江三了。"

江大咬子说:"你一定要这样做,但是我不能告诉你。"

巴豆说:"你不肯告诉我,我也不会强求的,但是我相信一定能找到。"

江大咬子说:"你果真是不肯饶人的。"

巴豆说:"现在不是我饶不饶人的问题,现在的问题是,我即使不追问,他们恐怕也不肯放过我,因为我已经知道了不少内幕。"

毛小白癞子说:"这倒是的,与其让人家来弄你,你还不如下决心把事情搞个清楚。"

江大咬子说:"巴豆,你的脾气跟我年轻时一样的,要吃苦头的。"

毛小白癞子说:"你江大咬子,什么时候说起这种泄气话来了?巴豆,我认为你是要坚持到底,看他们把你怎么样!不管怎么说,我是看着你长大的,我最清楚你的为人,我一定要帮你的。"

巴豆心里奔涌着一股热流,他对江大咬子说:"我们走了,打扰你了。"

毛小白癞子跟着巴豆走出去,他们走到门口时,江大咬子突然叫了一声,巴豆和毛小白癞子停下来,看着他,巴豆觉得江大咬子在很短的时间里好像一下子老了许多。

江大咬子犹豫了一会儿,终于说:"我告诉你,他在苏北的一个小镇上。"

巴豆心里那股热流一下子涌到了眼睛里,他忍住眼泪,用力点了点头,什么也没有说。巴豆知道,对江大咬子说什么都是多余的。

第二天巴豆就赶到江大咬子说的那个苏北小镇去了。

江三在这里开了一爿小日用品商店,巴豆按照江大咬子提供的地址,找到了那条街,不过他没有马上就到江三店里去,他在街上站了一会儿,后来找了江三小店隔壁的人问了一下,那人说:"店里那个站柜台的人,就是江三。"

巴豆看过去,一个瘦瘦高高的身影,一下子映入了他的眼帘,又进入了他的心底。

巴豆已经认出来,他就是江三,江三就是当年的那个三轮车工人。

巴豆走过去,对江三说:"你还认识我吗?"

江三头也不抬地说:"你终于来了,我等得你好苦。"

巴豆反而愣住了。

江三说:"等人的滋味我实在是尝够了,再也不想等下去了。"

巴豆说:"你一直在等我?"

江三说:"先是等警察,后来等疲了,警察也没有来。又等你,还是你先来了。"

巴豆说:"那你也知道我来找你做什么的?"

江三说:"我当然知道,我可以把事情的经过告诉你。"

巴豆又一次感到奇怪,难道苦苦追查了半年的内幕,江三几句话就能说完?江三既然躲躲藏藏了好几年,怕的也就是要他说出事实真相,现在江三怎么突然变得这么爽气,他真的愿意把一切和盘托出?

江三不等巴豆再说什么,就把事情经过告诉了巴豆。

五年前的一切真相大白了。

有几个人在三轮车的行业中,他们能办到的事远远超出了三轮车这一行业,当初那个走私的外国人威廉所需要的古董,他们也有。

当巴豆在为威廉四处寻找这些东西的时候,他们得知了这一消息,于是,他们顶着毛小白癞子的名,引巴豆上了钩。

那一阵,各方面正在抓紧打击盗墓和走私活动,他们急于出手一大批货,巴豆正好撞上了。

这一批货出手以后,他们迅速撤出了石湖边的那个多年的据点,把巴豆一个人留给了政府。

本来他们以为事情已经结束,谁知巴豆出狱后,对这件事情耿耿于怀,一心要找到江三,这使他们有一点紧张了,因为找到江三,也就基本上找到了他们的一大半。

巴豆回来后,靠白板的力量在南洲地段站稳了脚跟,这对他们的威胁更大了,而且巴豆怎么也不肯停止追查,在巴豆的影响下,根芳已经动摇了,甚至把江三没有死这样关键的事也告诉了巴豆,就更增加了事实真相被巴豆彻底揭开的可能性,以后就有了陷害巴豆的事。

但是巴豆百折不回,还是追到了江三。

巴豆听完江三的叙说,他问:"你说的这些事,其实只有一个人在背后操纵,是不是?"

江三说:"操纵当然只能有一个人,老大多了要翻船,一个人也就足够了。但是为他做事情的人是不少的。"

巴豆说:"这个人的绰号叫'调度',是不是?"

江三听巴豆说出"调度",稍微有些吃惊了,他承认那个人就是"调度"。

巴豆再问:"'调度'是谁?"

江三说:"其实你这是白问,你也知道问不出所以然的,不要说我不知道'调度'是谁,我就是知道,难道会告诉你吗?你在这一行里做得也不短了,你应该知道许多规矩。"

巴豆想江三的话是对的,他知道自己是白问的,但是这么老远地跑来,虽然终于找到了江三,但事情还远没有到了结的时候,就这样返回,巴豆实在有点不甘心,所以巴豆又将了江三一下,他说:"你不敢说,他真的那么可怕?"

江三说:"如果我知道他是谁,我承认我是不敢说的,他可怕不可怕我不清楚,我倒是庆幸这些年'调度'从来没有直接来找过我,我还不至于担一个害怕的名声,因为我确实不知道他是谁,'调度'最厉害的一手就是他自己从来不出面。"

巴豆说:"照你这么说,就没有一个人知道'调度'是谁啦?"

江三说:"那不一定,只要他是一个活人活在这个世上,总会有人知道他是谁的,不像我,在这里躲了五年多,谁也不知道我是谁,再躲下去,连我自己都不知道自己是谁了。所以我不怕你找到我,即使你回去带了警察来,我也算是等穿了。"

巴豆说:"你说我会做这种事情吗?"

江三说:"我现在不考虑你会做什么事情,我倒是要谢谢你。"

巴豆说:"谢我什么?"

江三说:"我知道,你对根芳不错,这几年是苦了根芳了,这么撑着,真是很难为她的,我还算……"江三正说着,一个女人从里屋出来,看上去刚刚睡醒,她出来朝巴豆看看,问江三:"来客人了?"

江三看看巴豆,说:"是的。"

女人问:"要不要去买菜?"

巴豆连忙说:"不用了,我马上就走的。"

江三说:"既然来了,就吃一顿饭。怎么,怕我毒你?"

女人站在一边要听巴豆和江三说话,江三说:"你去吧。"

女人就拿了菜篮子走了。

巴豆听女人一口苏北口音,问:"她是本地人?"

江三说:"没有办法,在本地找的。"

巴豆问:"根芳知道吗?"

江三说:"知道。"

江三告诉巴豆,这几年,有时候他在苏北闷得没有办法,也偷偷地回过家,但他不敢到父亲那边去,只有半夜里到家乐旅馆找根芳,可是最近被人撞见了两次,就不敢再去了。

巴豆这时候想起家乐旅馆半夜的人影子,他想恐怕就是江三,所以根芳很怕人说这件事的。

巴豆觉得简直有点不可思议。

巴豆也同样没有想到自己会答应在江三家吃饭。

这些年来,巴豆一直在想,有朝一日找到那个改变他命运的人,他将怎么对付他,巴豆曾经设想过许多办法。

可是现在,他找到了江三,就和江三面对面地坐着,巴豆却要和他一起吃饭,这是巴豆没有想到的结果。

那么多的仇恨、那么多的怨气、那么多的报复念头,到哪里去了呢?

巴豆现在好像也弄不明白他自己是谁了。

吃过饭,巴豆要告辞的时候,江三问他:"你还是要去追查'调度'的,是不是?"

巴豆沉重地点点头。

巴豆还是没有放弃。

第 16 章

从江三藏身的苏北小镇回来的当天晚上,巴豆就去找毕竟。

巴豆按了门铃,是毕至开的门,毕至一见巴豆,很高兴,连忙叫爸爸妈妈出来。老姜正在写论文,出来一看是巴豆,说:"你怎么来了?"

这时候金林也出来了,说:"坐下说吧,什么事情?"

毕至就有点不高兴,说:"巴豆叔叔没有事情就不能来啊,非要有事情才来啊。"

说得大人倒不好意思了。

巴豆说:"我今天确实没有什么事情,就是想过来坐坐。"

毕至说:"就是嘛。"

金林去泡了茶来,因为毕至说了这样的话,老姜和金林倒不大好追问巴豆为什么事情来的,老姜说:"父亲身体好吧?"

巴豆说:"好的,想你们回去看看。"

毕至说:"好呀,这个星期天我回去看爷爷。"

大人没有理她,巴豆喝了一口水,不见毕竟出来,估计他不在家,就说:"我没有什么事,你们有事你们自己忙好了,我坐一坐就要走的。"

金林看看毕至守在一边不走,说:"毕至,回自己屋里做功课去吧。"

毕至朝巴豆做了一个鬼脸,说:"我进去了,你们就可以谈事情了。"就回自己屋里去了。

毕至一进去,老姜就忍不住问:"怎么啦?"

巴豆笑起来,说:"你们真是的,我难道不能来坐坐,一来就是有事情,搞得我以后也不敢来了。"

老姜和金林都狐疑地看着他。

巴豆说:"我是路过你们这里,随便来看看的,你们有时间不回去了,我们也牵记你们的。"

老姜和金林仍然一脸不相信的神色,老姜说:"你最近好吧?"

巴豆说:"我很好的。"

金林说:"你这么忙,怎么有空过来?"

巴豆又笑了,说:"说来说去你们还是以为我有什么事情啊。"

老姜说:"没有事情你怎么会这时候来,你能骗得过毕至,还能骗得过我们。"

巴豆摇摇头,说:"你们呀,好像希望我无事生非似的,我坐坐就走了,省得你们疑神疑鬼的。哎,毕竟呢,不在家?"

老姜说:"现在毕竟心里大概没有这个家了,一天到晚不回来。"

金林很敏感,问巴豆:"你是不是要找毕竟?"

巴豆又否认了。

老姜接着说:"毕竟自从调到旅行社,人全变了,我们拿他没有办法了。"

巴豆问:"怎么?"

老姜说:"铜钿眼里翻跟斗。"

巴豆说:"想多赚点钱,这有什么不好,将来结婚,也好帮你们省点钱呢。"

金林说:"你说到结婚,我跟你说,上次带了一个姑娘回来,人倒长得不错,也比较懂礼,可是事后问问毕竟,姑娘是做什么的,毕竟说是陪酒女,你想想,这个小孩子,怎么说得出来,也不怕人家小姑娘晓得了动气。"

巴豆说:"你认为她不是陪酒女?"

金林说:"你说得出,陪酒女毕竟怎么可以领上门来。"

巴豆说:"倘若真的是陪酒女呢?"

金林好像有点生气,说:"你说得出,怎么可能,不可能的。"

巴豆不再和哥嫂寻开心,他也不敢把小林的事告诉他们。

老姜说:"你今天来得正好,你不来,我还去找你呢,想拜托你,有时间说说毕竟。"

巴豆看着老姜,说:"要我说什么?"

老姜说:"教教毕竟怎么做人,跟他说说,人生在世,不光是为了几个钱,年纪轻轻,不能一头钻进钱眼里。"

巴豆苦笑一下,说:"叫我去教毕竟,我有什么资格,我这样的人,自己做人也没有做好,我还能去教别人怎么做人。"

老姜说:"对毕竟不一样,毕竟是拿你做样子的,他口头上常说的一句话就是,巴豆叔叔怎么怎么的。"

巴豆说:"你们托我去教育毕竟,不是托黄鼠狼看鸡吗?"

金林正色说:"巴豆,老姜不是和你开玩笑,毕竟对你还是很服帖的,你真要说说他。"

巴豆说:"你们这样郑重其事的,是不是毕竟有什么错误,做了什么错事?"

金林说:"错误也不知道,不过,我看他这样下去总是不好的。"

巴豆点点头。

又说了一些别的话,老姜把话题转到巴豆的工作上,说:"巴豆,你这样长期做下去也不是个办法,父亲为你的事情一直盯住我和金林,要我们给你想办法,我们还是想叫你归原来的行业,做医生。"

巴豆说:"做得成吗?"

老姜说:"我的想法,即使不做医生,哪怕和医学界能搭上一点钩的,你做做,也好让父亲了了这个心愿。"

巴豆说:"我不明白,为什么你们始终觉得踏三轮车不好,我已经做了大半年下来了,也做得很好嘛。"

老姜说:"你苦不苦?你不觉得苦,我们为你觉得苦,天天风里来雨里去,夏天大太阳晒,冬天北风吹,长期下去,你的身体不行的。"

巴豆说:"我现在身体很好。"

老姜说:"现在你还不觉得,再往后你就会感觉到了,到时候,你要想转行,恐怕更难了。"

金林说:"我们都觉得你还是趁早跳出来的好,老姜给你联系了一个地方,是一家区医院,先做做清洗工,反正是在医院里,总归离你的本行近了。"

巴豆说:"叫我去洗药瓶,一个月一百块钱,还是一百五?"

金林朝老姜看看,老姜说:"你不能只想到钱。"

巴豆笑笑说:"现在你们知道我了,还要不要我去教育毕竟了?"

老姜叹了口气,没有再说什么,金林有点不高兴,说:"巴豆,老姜全是为了你,你不要小看这个清洗工,找来还很不容易呢。"

巴豆说:"我知道,你们的一片好心,我要是不知道,我还算什么人,可是你们的努力,对于我总是不合适。"

金林说:"那就没有办法了。"

巴豆看再说下去也还是说不到一起去,就告辞了。

巴豆下了楼,拐出这一幢房子,就看到有一个黑影朝他走过来,走近时,那人"嘿"了一声。

巴豆说:"是毕竟。"

毕竟笑起来,说:"你总算出来啦。"

巴豆问:"你怎么不回家?"

毕竟说:"我回来时在门口听到你的声音,估计你是来找我的,就没有进去,进去了他们又是没完没了地追问,实在吃不消他们。"

巴豆也笑起来,说:"你知道你父母亲叫我来教育你呢。"

毕竟说:"那正好。"

巴豆说:"你已经知道我来找你是为什么了,对不对?"

毕竟点点头,说:"你是要问小林的事情。"

巴豆说:"死了一个台湾老兵的事情你听说了吧?"

毕竟说:"我知道,就是那天石深跟你说叫你踏他出去的那个人,那天石深跟你说的话我确实是听见了,后来也确实是跟小林说过的,不过你如果因此就怀疑小林也参与了陷害你的事情,我想你肯定多疑了。"

巴豆说:"你有什么根据说小林跟这件事无关?"

毕竟说:"我没有任何证据,我只是凭自己的感觉。"

巴豆说:"那是因为你在恋爱中。"

毕竟笑起来,说:"我的老阿叔,你还是老一套,恋爱不恋爱呢,告诉你,我跟小林已经拜拜了。"

巴豆吃了一惊,问:"为什么?"

毕竟说:"不为什么,这也是正常的嘛。"

巴豆说:"你跟她认识的时间不长,真是好得快,散得也快。"

毕竟说:"这是人身自由。"

巴豆看看毕竟,说:"你小子,不要瞒我,绝不会没有原因的,到底为什么,你说。"

毕竟说:"就是告诉你也没有什么了不起的,小林又有了新人了。"

巴豆说:"真快,是什么人,比你的力量大?"

毕竟说:"老外啦,除了老外,还能有什么人有这么大的力量。"

巴豆张了张嘴,没有说出话来。

毕竟也沉默了一会儿,他见巴豆好像要说什么,连忙说:"你不要说什么泥土气的话,我不要听的。"

巴豆只好放弃了劝劝毕竟的打算。

巴豆说:"不管怎么说,我还是要找小林问一问的,你知不知道她现在在哪里,江四的好运歇业以后,就没有见到过她。"

毕竟说:"你一定要找她,我可以领你去。"

巴豆对毕竟的行为多少有点不理解,但是他没有多说什么。

毕竟带巴豆找到一家咖啡屋,毕竟站在门口指指里面,说:"她现在在这里面做。"

巴豆问:"你不进去了?"

毕竟想了想说:"我不进去了。"

巴豆说:"好吧,那你早点回去,你爸爸妈妈……"

毕竟说:"我知道你不会不提他们的,你总之还是和他们一辈上的人嘛。"

巴豆说:"你这小子。"

巴豆看毕竟走了之后,才转身进了咖啡屋。

一进去,巴豆一眼就看见小林和一个外国青年坐在一起,小林依在那外国人身上,两个人说说笑笑,十分亲热。

巴豆站在那里咳嗽了一声,小林抬起头来,看见是巴豆,笑笑,站起来说:"你来了,要喝点什么?"

巴豆说:"我一会儿就走,稍稍打扰你一小会儿,行不行?"

小林回头对外国人说了几句话,那老外倒很客气,对巴豆点点头,笑笑,还做了个手势,好像是叫巴豆随意。

小林请巴豆在另一张桌子坐,巴豆坐下了,还没有开口,小林就说:"你那件事情是我告诉江四的,但是我不是有意的,我只是无意中说了出来,至于江四怎么弄你,我不知道,这是真的,我没有说谎。"

巴豆看着小林。

小林说:"如果你一定不相信,我也没有办法叫你相信,你只有去问江四,可是江四现在恨你恨到了头,他是不会告诉你的。"

巴豆说:"这倒是的。"

小林说:"你对江四这一手也够狠的,当然话说回来,江四对你的一手也差不到哪里。"

巴豆一笑:"彼此彼此。"

小林好像有点忧虑,说:"你们这样下去,何时得了呢?"

巴豆说:"人生就是在不断的斗争中向前的嘛,你是大学生,你应该明白。"

小林笑笑,说:"我不明白你们。"

巴豆说:"我还想问你一个问题,你在好运酒吧做了差不多有一年时间吧,你对江四接触的人是不是了解,你对江四的码头是不是熟悉?"

小林说:"我只管我的工作,接待客人,别的我不管。其实你也是很不聪明的,你想即使我知道一些事情,我会告诉你吗?"

巴豆说:"我想你也许会告诉毕竟。"

小林说:"我为什么要告诉毕竟,让他多一点烦恼吗?"

巴豆说:"你不愿意毕竟烦心,这说明你对毕竟还是有感情的。"

小林听巴豆说了这话,"咯咯咯"地笑了,说:"你真是,你真是,对毕竟,我当然有感情的啦。"

巴豆回头朝那外国人看看,老外也朝他们看看,又笑笑,巴豆问小林:"这是你的客人还是朋友?"

小林说:"为什么要分得这么清呢,客人和朋友,本来就是一样的嘛。"

巴豆还想说什么,小林站起来,说:"对不起了,我只能告诉你这些,别的我真的不知道,我是不喜欢管闲事的,你问毕竟,他可能有点数的。"

巴豆说:"毕竟跟我说的。"

小林说:"我要过去陪人家了,你要是愿意喝一杯,我请客。"

巴豆说:"下次吧,下次我来请客。"

小林笑笑,就走回那张桌子去了。

巴豆不好再坐,走了出去。

巴豆一边走一边想,他很清楚,现在他只有一个人可找了,最后的一个人,这个人就是白板。

但是巴豆也知道找白板是不会有什么进展和收获的。

那么还要不要找白板呢?

白板曾经说过,不要去找他,有什么事情他会主动来的。

巴豆如果去找白板,就意味着巴豆的事情自己无力解决了。

巴豆还是去见白板。

不到黄河心不死,这是巴豆的先天性格,抑或是后天的客观因素造成的?

白板很难找,巴豆只有到他家里去才有可能找到。

白板不在家,白板的母亲虽然上了年纪,记性却很好,一见巴豆就认出他来了,老太太笑着说:"是你啊,上一次我和阿蒙一起骗过你的,是不是?"

巴豆说:"老太太还记得我。"

老太太说:"怎么不记得,你这张脸,很好记的。"

巴豆摸了摸自己的脸,笑了笑。

老太太叫她的保姆给巴豆泡了茶,巴豆说:"我一会儿就要走的,看看杨蒙在不在家。"

老太太说:"你找阿蒙到这里来找,你就错了,阿蒙平时很少回这个家的。"

巴豆觉得奇怪,杨蒙是个孝子,怎么会扔下老娘一个人呢?

老太太好像看透了巴豆的心思,说:"他给我找了一个人服侍我,我身体也不错,用不着阿蒙一天到晚地陪着我的。"

巴豆看看那个保姆,也上了年纪,但是看得出精神、身体都不错,照顾老太太不成问题。

保姆见巴豆看她,就说:"老太太身体好呢,哪里要我照顾她呀,有时候她反倒要来帮我做事情呢。"

老太太说:"两个人,做做淘伴,解解闷气。"

巴豆怕她们一扯就没有个完,连忙说:"老太太,我是来找杨蒙的,你知道不知道他在什么地方?"

老太太说:"我说不准的,他这个人,这一阵,有好长时间没有回来看我了。"她回头问保姆,"是不是?"

保姆点头,说:"是呀,有两个多月了,也不知道他跑到哪里去了。"

巴豆问:"他一般有什么地方常去的?"

老太太说:"他去的地方多呢,我也搞不清的。"

巴豆叹了口气。

老太太同情地说:"不要说别的人找他了,有时候阿华找他也找不到的。"

巴豆听她说阿华,就想起了章华,他想了想说:"阿华就是章华吧?"

老太太说:"是呀,你也知道啊,我女儿本来是叫杨华的,唉,我对不起她的,穷的时候把她送给人家了,改了姓,跟人家姓了。"

巴豆说:"现在她也没有忘记你,再说现在她的环境很好,看起来还幸亏当初……"

老太太摇摇头,说:"你们只是看到她的表面,你们外人是不会知道的,阿华是个苦命的人。"

保姆插上来说:"哟,老太太你也太不知足了,女儿做了总经理,还说什么苦命,要做什么才算不苦命呢?"

老太太说:"所以我说你们外人是不会晓得的,总经理有什么,她心里不快活,做什么也没有用的。"

保姆说:"什么不快活,我看她每次来,都很开心的嘛,有什么不快活呀,做了总经理,要什么有什么,还有什么不快活的事情。"

老太太说:"她的不开心是放在心里的,表面上是看不出的,只有我做娘的心里有数。"

巴豆忍不住问:"她到底有什么心思?"

老太太看了看巴豆,过了一会儿才说:"你跟阿蒙是好朋友,跟你说说也不要紧。说到底,一个女人嫁人是最要紧的,嫁一个好人,一世人生开心,嫁一个不好的男人,一世人生倒霉。"

保姆说:"现在不比从前了,现在大家都开放了,嫁了坏男人,离了拉倒,再找一个好的就是了。"

老太太说:"你说说容易,离婚也不是这么简单的,阿华那个男人,靠了父母的牌头,厉害得不得了,自己一边在外面弄女人,一边就是咬住不肯离婚,你想气人不气人?阿华为这个男人不知道吃了多少苦头。"

保姆问:"现在还没有离掉?"

老太太说:"还没有呢,不过阿华说一定要离的,拖了这么多年,阿华没有过过一天好日子。"

保姆说:"你们章华很有名气的,外面认得的人也多,离个婚就这么难啊?"

老太太说:"就是因为有一点名气,所以才难的,要是一般的人,几十个也离掉了,现在男人恶死做,咬死了不肯离,说宁可拖死也不让阿华称心,你看这种男人毒不毒?所以我们阿华多少年没有真正开心过。"

保姆说:"这倒是的,嫁这样一个恶男人,是开心不起来的,当初怎么嫁了这样一个人的?"

老太太说:"门当户对呀,她的养父母要拍那边的马屁,把她嫁过去的。"

保姆"啧啧"嘴,说:"我倒真的不晓得你们阿华还有这样一出戏,这许多年的日子是不快活的。"

老太太说:"其实阿华也有开心的时候,我记得好几年前,她突然像变了一个人,我看她的笑是从心底里笑出来的,可是后来又没有笑容了,我也弄不清楚到底什么原因。"

保姆说:"最近回来好像好一点了。"

老太太点点头:"你也看出来了,最近是好一点了,我看她的心情好得多了,我这个女儿比男小孩还要强,心思不肯说出来的,她开心不开心,我可以看得出来,却不晓得是为什么。"

巴豆在一边听她们说了一会儿,他心里是明白的,看起来老太太并不知道当年巴豆和章华以及威廉的事情,他们瞒着老太太,这也是应该的。

巴豆很想再听听老太太说章华的事情,可是老太太却不再说了,她看看巴豆,说:"你坐了半天,对不住你了,阿蒙在哪里我真的不知道,他出去办事,从来不跟我讲的,我一个老太婆,跟我讲了也没有用的。"

巴豆有点失望,说:"那我走了,过两天我再来看看,杨蒙这几天要是回来,麻烦你跟他说一下我要找他。"

巴豆走到门口,回头向老太太和保姆告辞,老太太突然叫住他,说:"你一定要找他,你到他家去看看。"

巴豆一愣:"他家?"

老太太笑起来,说:"怎么,你以为这里就是他的家呀,阿蒙也三十好几了,他有老婆孩子,当然有他自己的家啦。"

巴豆问:"他平时住在自己家里?"

老太太说:"这个我也不敢保证,我跟你说过,阿蒙的事情我也不明白的,唉,他们姐弟两个……"

巴豆记下了老太太告诉他的白板的地址，按这个地址巴豆找到了白板自己的家。

开门的也是一位老太太，和白板的母亲比起来，这位老太太要珠光宝气得多，巴豆注意到她带了两枚戒指，耳朵上还有耳环，衣着也很讲究，老太太开了门，朝巴豆看看，问："找谁？"

巴豆说："找杨蒙。"

老太太翻了翻白眼，说："什么杨蒙。"

巴豆连忙说："找白板。"

老太太又翻了翻眼睛，说："不在。"说着就要关门。

巴豆急忙挡住，说："我找他有点急事。"

老太太说："你急不急关我什么事？"

巴豆正在想怎么对付她，后面又出来一个三十来岁的女人，问道："你找白板？"

巴豆说："是呀，他在哪里？"

女人刚要说什么，被老太太拦住，说："你进去，这些人少跟他们啰唆。"

女人还想说什么，老太太把她推进去了，巴豆听她说："人家找他总是有要紧事情的。"

老太太说："就你良心好，有什么好报，他还不是把你扔了，跟别的女人好。"

女人说："他对我们也不错了，你这些东西，哪一件不是……"

老太太说："你看看你，真是没有出息的，还帮他说话，他把你和小孩，有没有放在心里？"

女人不再说话。

门关上了，巴豆在门口站了一会儿，不知如何是好了。

巴豆慢慢地走出一段路，就听见有人在后面喊："等一等。"

巴豆回头一看，是那个女人追上来了。

巴豆问她："你是杨蒙的妻子？"

女人点点头,说:"他另外有人的,平时不大回这边的家。"

巴豆有点意外,说:"你们是合法夫妻?"

女人又点点头。

巴豆说:"那他……"

女人说:"这事情不说了吧,反正也不是一年两年的事了,我也习惯了,你要是找他,可以到那边去看看。"

巴豆问:"哪边?"

女人说:"就是他的那个……他平时往那边去得比较多。"

巴豆看女人把一张小纸条拿出来,抖抖地交给他,巴豆心里有点难受,他说:"他怎么这样?"

女人说:"你要是见了他,千万不要跟他说起我。"

巴豆说:"你怕他?"

女人说:"也不是怕他,我总是想,他对我们娘俩还是不错的。"

巴豆说:"你觉得不错就可以了。"

女人说:"现在我过得也蛮好,我不想有大的变动。"

巴豆点点头,其实他对这样的女人是不理解的,她们等于是过着活寡的日子,也不知道她们的满足是真的还是假的,是表面的还是发自内心的。

巴豆再找到白板的情妇那里,这是一套新的公寓住宅,因为是华侨公寓,所以从外表看,装修得十分豪华,里边的一切当然也是可想而知的。

巴豆按了门铃,等了半天也没有人来开门,想问问邻居,周围的人家都是大门紧闭的,问不到人,巴豆只好走了出来,但是就这么回去,巴豆好像不大甘心,他在公寓楼下站了一会儿,点了一根烟抽。

过了一会儿,有一辆三轮车拉着一个打扮得十分妖艳的年轻女子来了,车子就停在公寓门口,巴豆想了想,上前问道:"你是白板的太太吧?"

年轻女子回头看了巴豆一眼,笑着说:"你认识我?"她好像对巴豆对她的称呼很满意。

巴豆说:"认识到说不上,不过我猜出来就是你。"

年轻女子更高兴了,说:"你怎么猜出来的?"

巴豆说:"看你的样子,白板的眼光是很高的嘛。"

年轻女子又笑起来,说:"我姓刘,你叫我小刘好了。你是不是来找白板的?"

巴豆说:"是的。"

小刘说:"不管你来找谁,先上去坐坐吧。"

巴豆就跟着她进了家门,屋子里边的布置,果然很高档华丽,小刘领着巴豆参观了几间房间,里边的摆设都是不同风格的,有西洋风格的,有东方特色的,巴豆只是在电影电视里见过如此豪华的房间装饰。

小刘显得很得意,好像她非常希望能有这样一个机会向别人显示她的环境,她看巴豆吃惊的样子,越发高兴,一一向巴豆介绍起来,同时也把她自己的性格说了出来。

巴豆听她说,当然是为了从她嘴里打听到白板的下落。从巴豆对这套房子的感觉来说,巴豆认为白板也不是常住在这里的。

为了证实这一点,巴豆问小刘:"是不是白板很喜欢布置室内环境?"

小刘说:"哪里呀,他才不管这些呢,都是我一个人设计的,弄好了叫他来看看他都没有空,真是的,我一个人住在这里,有时候想想也是很没趣的。"

巴豆想这倒是一句真话,可是他不明白白板究竟要做什么,花了这么多钱,搞这么大的排场,到底为了什么。

小刘看巴豆没有接她的话,又说:"不过你不要以为白板从来不到这边来,他也是常常来住的,有了档次高一点的客人,他就领到我这边来。"

巴豆说:"就是说大的要紧的生意在这边谈,是吧?"

小刘说:"就是。"

巴豆说:"这几天他在不在这边?"

小刘说:"前天来的,昨天走了,什么时候再来我也说不定的。"

巴豆心里叹息了一声,跑了白板的三个家,居然连白板的影子也摸不着。巴豆不知道还会不会有第四个家、第五个家以至更多的家。

小刘笑眯眯地看着巴豆发愣,巴豆发现自己的鞋踩脏了小刘家的地毯,连忙说:"对不起,我不知道进来要换鞋的。"

小刘说:"有什么对不起的,我没有叫你换,怎么好怪你呢?"

巴豆觉得这个小刘虽然外表看上去有点俗气,人倒是不凶,也蛮好说话的。

小刘去开了抽屉,拿出一张名片,给巴豆说:"如果你不急的话过一两天到我这里看看,如果你很急,这上面的地址,你也可以试一试,我知道他也常去这个地方的,下面有电话号码,773541,他办公室的。"

巴豆一看名片,是某某公司的,杨蒙的头衔是副总经理。

巴豆收好名片,谢过小刘。小刘说:"这有什么好谢的,我又没有帮你什么。"

巴豆下了楼,看到那辆三轮车还停在那里,巴豆过去和三轮车工人搭话,说:"还没有走啊?"

三轮车工人头也没有抬,说:"还有事呢。"

巴豆说:"是包车。"

三轮车工人点点头。

巴豆说:"好生活。"

三轮车工人说:"好是好的,就是太无趣,一日三场,下午逛市场,下晚赶吃场,夜里奔舞场。"

巴豆说:"你知道老板是什么人?"

三轮车工人说:"我不知道,我管他老板是谁,只要给我车钱,别的跟我不搭界。"

巴豆说:"现在坐你这个位置的不容易,省力,进账大,我们都眼热的。"

三轮车工人朝巴豆看看,问:"你也是做三轮车的?"

巴豆说:"是的,所以我也眼热你呢,多么惬意,汗也比别人少出不少呢。"

三轮车工人说:"你以为我这个位置是天上掉下来的呀,告诉你,来得也是不容易的。"

他并没有说怎么不容易,当然他也不会说,巴豆说:"我晓得的。"

三轮车工人有了点谈兴,说:"我算是额骨头高的,碰到的这个小姘头,人总算不错的,手脚也大,定钱之外,每次出车,还外加小费,掼派头的。"

巴豆说:"那也是因为她有的掼出来。"

三轮车工人怪样地一笑,说:"靠牢大老板,小姑娘有福气呢。"

巴豆正要说以后老了怎么办,还没有说出口,就见小刘下来了,她看到巴豆,奇怪地说:"咦,你还没有走。"

巴豆说:"走了走了。"

巴豆走开的时候听见小刘在问三轮车工人:"他跟你说什么了?"

三轮车工人"嘿嘿"一笑,说:"他说你好福气呢。"

巴豆听见小刘"咯咯咯咯"地笑了。

第二天一早,巴豆就往白板的那个不知道存在不存在的公司打电话,电话一直没有人接,巴豆就估计到这个什么公司也是个虚设的空架子,但他还是按名片上的地址找到了这个地方。这是一幢综合大楼,里面的公司多如牛毛,巴豆找到了那一间办公室,敲了半天门,也不见有人出来,倒是隔壁房间有人出来看看巴豆,说:"里边没有人。"

巴豆说:"没有人上班的?"

隔壁的人笑起来说:"上班,上什么班,好男不上班嘛。"

巴豆也问不出什么来,只好走了。

巴豆如果一定要找到白板,那么现在巴豆还有最后的一个希望:找章华。

巴豆打电话给章华。

章华听说巴豆要找白板,问他做什么。

巴豆说:"你能不能不问为什么,把白板的确切地址告诉我?"

章华说:"你找阿蒙,其实我不问也应该知道是为什么,我想你还是不要……"

巴豆打断章华说:"你肯不肯告诉我?"

电话那头章华沉默了一会儿,最后说:"好吧,我去告诉阿蒙,就定在今天晚上七点,在吴苑酒家三楼的竹厅。不过我有一个要求,你们谈事情,我也要在场。"

巴豆愣了一下。

章华说:"怎么,你们谈的事情,我不能听吗?其实巴豆,你也真是太那个了,你跟我弟弟说的话,他当然是要告诉我的,对不对?"

巴豆说:"好吧,七点见。"

不知是什么原因,巴豆提早半个小时到了吴苑酒家。三楼的竹厅是一个小而雅致的餐厅,一张小圆桌子,可坐下六七个人,现在桌子上只放了三副餐具,看上去格外清爽。

巴豆到了,那里的服务员很热情周到,端来了茶水,说:"先生来得早,定的是七点,是不是,我们没有搞错吧?"

巴豆说:"是七点,我先来了。"

服务员就退了出去。

巴豆刚刚坐下,还没有喝一口茶,就听外面服务员说:"竹厅的客人又到一位。"

门帘掀起来,巴豆看到杨蒙走了进来,两个人相视一笑,同时说:"你早啊。"

杨蒙坐下来,等茶水上来,喝了一口,说:"你知道我会早到,所以你也提前来了。"

巴豆说:"反过来说,你知道我会早来,你提前来了也一样。"

他们又笑了。

自从巴豆第一次见过杨蒙,以后就再也没有见过面,时间过去大半年了,巴豆现在一见到杨蒙,才发现他对于杨蒙其实是很想念很挂记的。

杨蒙看着巴豆,说:"有大半年了,你的情况我都知道的,但是很奇怪,我老是在牵记着你呢,你又不是小孩子,我怎么这么挂记着呢?"

巴豆想说什么却没有说出来。

杨蒙接着说:"你今天找我,是要向我打听一个人是不是?又不想让我姐姐知道,所以提前来碰碰运气,偏偏你的运气就好,我也提前来了,这样我们可以把话先说了。"

巴豆有点激动,杨蒙什么都知道,他一定知道"调度"是谁,一个藏了六年的秘密,现在即将揭开,巴豆不可能不激动。

巴豆说:"恐怕不是我的运气好,是我们想到一起去了。"

杨蒙笑着摇了摇头,说:"你的结论下得太早了一点,我和你,也许并没有想到一起,我们想到一起的只是不要让我姐姐听我们的谈话而已。"

巴豆说:"那就是说,我要问你的事,你还是不能告诉我。"

杨蒙不置可否。

巴豆说:"你一定知道我不到山穷水尽不会来找你,或者说是来求你的。"

杨蒙盯着巴豆看了一会儿,说:"你如果放弃一些东西,那你的面前肯定是柳暗花明。"

巴豆说:"我曾经多少次想放弃,可是我还是放弃不了。"

杨蒙说:"你怎么这么固执,你为什么有好好的路不走,偏要去追那些已经没有价值的东西。"

巴豆说:"我也不知道为什么,我想如果别人也尝尝我尝过的滋味,就可以理解了。"

杨蒙说:"你以为只有你一个人吃过官司,只有你一个人有怨气啊。"

巴豆说:"你没有亲身经历。"

杨蒙说:"是的,你或许会说我没有资格说这样的话,可是我敢说,我这些年吃过的苦头,绝不次于五年官司。"

巴豆不能不相信杨蒙的话,因为从一开始巴豆就对杨蒙有一种天然的信任。

杨蒙说:"今天来我还要劝你,不要再追什么了,你要找的'调度'……"

巴豆一听杨蒙说到"调度",心里一惊,说:"你果然认识'调度'。"

杨蒙说:"上一次我其实就已经告诉你了。"

巴豆说:"你对这大半年来所有的一切都知道?"

杨蒙说:"不敢说所有的一切,但是大部分的事情我知道。巴豆,在你的想象中也许那个'调度'是一个十恶不赦的人,其实,你也知道,人都是很复杂的,我可以告诉你,'调度'并不像你想象的那样,他其实不是一个心狠手辣的人。"

现在巴豆不能相信杨蒙的话了,他不能想象一个在五年前害了他,而五年后还没有放过他的人会是一个心慈手软的人。

巴豆说:"你是来替他做说客的。"

杨蒙说:"'调度'确实有这个意思,跟我也讲过,希望化解。"

巴豆说:"现在说这样的话,是不是太迟了,是不是因为我就要揭穿他了,这说明这个人离我不远了。"

杨蒙说:"你现在心心念念要找到他,一旦找到了他,知道了他是谁,你很可能会失望的,或者不是失望是后悔,后悔要这么苦苦地追他。"

巴豆听了杨蒙这话,心里一抖,这正是他所担心的,他怕的不是找不到这个人,而是找到了才发现自己所做的一切是完全没有必要的。

杨蒙又说:"'调度'的意思,他当初拉你下水,并不是有意的,而是无意中做出的错事,后来一而再再而三地对付你,也完全是因为你咄咄逼人。"

巴豆冷笑一声,说:"这样说来,我们的位置的关系应该换一下了,他倒成了受迫害的人了。"

杨蒙说:"有时候,世界上的事情颠倒过来说反而说得清楚。"

巴豆说:"但是我的事情不是这样,我的事情用不着颠倒过来,本来就是很清楚的。"

杨蒙只有苦笑笑。

七点钟,章华准时到了,她看看桌上的茶杯,说:"你们都早来了,你们真是心有灵犀,不约而同,是不是?有什么话不能让我听见,抢在前面说了?"

杨蒙说:"说了等于没说。"

章华说:"所以还是要等我来了再说的。"

菜是章华事先点好的,章华一到就开始上菜了,菜很丰盛,巴豆说:"今天我请客。"

章华说:"我来吧。"

巴豆说:"不,今天是我找你们的,应该我请。"

杨蒙说:"还是我来,本来你不来找我,我也要去请你的,我要庆祝一下。"

巴豆问:"有什么喜事?"

杨蒙说:"我要走了。"

巴豆问:"出国?"

杨蒙笑笑看看章华,又看看巴豆,说:"你们也快了。"

巴豆和章华对视了一眼,没有说话。

杨蒙说:"巴豆,我希望你不要怪我,一直不敢把'调度'的事告诉你,我是想,一旦你知道了'调度'的事,你恐怕走不了了,我姐姐等了你这么多年,你不能不替她想想。"

杨蒙的话使章华掉下了眼泪。

巴豆一时无言以对。

章华让眼泪默默地流了一会儿,她抹了抹眼睛,说:"可是,我还是希望巴豆能舒心,巴豆这样压抑,我也不会舒心的,到哪里都不会开心起来的。"

这话显然出乎杨蒙的意料,杨蒙探究似的看着章华,过了半天才说:"你的意思,是要巴豆把这件事追究到底,这样对巴豆有什么好处?"

章华平静地说:"唯一的好处就是让巴豆吐出憋了多年的闷气,让他彻底忘记过去。"

巴豆低着头,他不能正视章华和杨蒙,他觉得眼泪就要流下来,但是他不能让它们流下来。

这些日子以来,巴豆自己被自己的念头所折磨,而章华又被受着折磨的巴豆所折磨,这样的牵连,杨蒙完全清楚。

杨蒙想了很长时间,桌子上的菜都凉了,最后杨蒙说:"我还是不能说。"

章华看看巴豆,巴豆并不很失望。

杨蒙说:"吃吧。"

三个人都食之无味地吃着,杨蒙忽然放下筷子,问巴豆:"你看不看古龙的武侠小说?"

巴豆不明白杨蒙的意思。

杨蒙说:"古龙的小说里常常有这样一种意思,说你最亲近的人往往就是你最大的敌人或者是最大的仇人。"

章华问:"你什么意思?"

杨蒙摇摇头,闭了嘴,下决心不再说话。

巴豆被杨蒙的话所触动,他在想,最亲近的人……

第 17 章

新辉路地段上出了一件事情,一件人命大事。

几个月前,铁路新村就有一批人开始向新辉路渗透,他们成群结队地向外国人兑换外币,或者以一些不值钱的小礼品向外国人换外国货,外烟、打火机、领带,甚至照相机等贵重物品,有时候外宾不想换,他们就强行索要。

这些好处,说起来应该是三轮车工人得的,他们每天在这里为外国人踏车,换点外币,要点小礼品,本来也是正常的,只要不出格,不闯祸,也不会有人来干涉。所有的三轮车工人大概都以为这一方天地是他们的,别人是不可能来抢占的,当然,一般的人恐怕也没有这个胆量来和新辉路地盘上的孙大胡子较量。

但是现在偏偏有人来了,这批人,如果没有一点本事,没有一点气魄,是不敢来的。

铁路新村的人既然损害了新辉路地盘上三轮车工人的利益,那么,一场恶斗恐怕也就难以避免了。

果然,孙大胡子再三警告了铁路新村的人却并不见效,于是在一天晚上双方终于干了一仗,这一仗,打伤十多人,打死一人,祸惹大了,各个部门都重视起来,看起来下了决心要整一整新辉路地段的风气。

那天晚上巴豆出车回来,听说新辉路打了起来,他过去看了看,但是已经散了,死的死了,送医院的送了医院,该抓的也抓了,地段上除了一些看热闹的人余兴未尽,还在谈说事情的经过,当事者一个也不在了。

巴豆问了问情况,知道死了人,出了大事,巴豆当时就想到了毛宗伟,他有点担心毛宗伟,毛宗伟是个倔性子,发起憨来,说不定会做出什么事情的,万一牵连到里面,就麻烦了。

这一天巴豆没有再兜生意,早早地回了家。

当然,在巴豆来说是早早的,在一般人来说也已经很不早了,夜里十一点多钟,一般的人都睡下了。巴豆进院子的时候,发现毛家的灯还亮着,巴豆心里一紧,连忙过去敲毛家的门,出来开门的却是毛宗伟,巴豆在吃惊之余,一颗悬着的心也就放了下来。

巴豆说:"你小子,躲在家里啊。"

毛宗伟说:"今天我请人装修房间,自己怎么好走开。"

巴豆心想毛宗伟还不知道新辉路上发生的事情,巴豆有点犹豫,是告诉他还是暂时不告诉他呢?告诉了他,毛宗伟一定放心不下,说不定就要出去做些什么,不告诉他吧,又觉得不大好,正左右为难,毛宗伟看出巴豆有话要说,就问:"你有什么事?这么晚了到我家来,肯定是有事的。"

巴豆也知道是瞒不过他的,就把事情说了,最后巴豆说:"幸亏你今天没有去,不然也麻烦的。"

毛宗伟说:"我算得出的,今天要出事,我早就算出来了。"

巴豆说:"吹你的牛。"

毛宗伟说:"真的,你不相信我也没有办法。人总是不肯相信真话,我也弄不懂这是为什么。"

巴豆朝毛宗伟看看,说:"照你的说法,你今天是有意避开的啦,你知道打架,参加不好,不参加也不好,你就避开了,是不是?"

毛宗伟说："只能说是巧合。"

巴豆说："看不出你啊，还蛮狡猾的啊。"

毛宗伟的脸就有点红，说："什么呀？"

巴豆笑了起来，说："狡猾的人脸怎么一碰就红？"

他们笑了一会儿，巴豆说："这件事，看起来不会轻易收场的，听说好几个单位联合要搞一搞了。"

毛宗伟想了想说："反正跟我们不搭界。"

巴豆说："你这小子，推得倒干净。你也逃不脱的，总会要找你来了解情况、调查什么的。"

毛宗伟说："这有什么，问问情况，有什么说什么，我反正不在场，什么也没有看见。"

巴豆想毛宗伟可能有点害怕，就说："你们那个孙大胡子，据说很硬的。"

毛宗伟说："我也不大清楚，平时我们只是做自己的生活，别的事情我们不管的。"

巴豆说："这样好，这样安逸。"

毛宗伟说："我是一直蛮安逸的。"

巴豆告辞走出去的时候想着毛宗伟这句话，心有所动，做他们这一行的，一般都不会是太安逸的，可是毛宗伟做了这么多年，却一直是很太平很安逸，这很奇怪。如果说做三轮车的人经常出一点事情，是正常的，那么像毛宗伟这样十多年一点事情也没有，反倒使人觉得有点不正常了。

当然巴豆这样想绝不是希望毛宗伟也出点什么事情，说到底，毛宗伟的太平安逸还是跟他自己的性格、跟他的为人，也跟他的运气有关。

不出巴豆所料，过了一天就有人来找南洲地段的三轮车工人了解情况了。

主要是了解孙大胡子的情况，看起来事情的重点是在孙大胡子身上了，大家在传说孙大胡子一人承担了所有的责任，也不知道是真是假，倘若真是如此，孙大胡子倒也是一条汉子。

巴豆被问的问题多半和孙大胡子有关，比如认不认识孙大胡子啦，知不知道孙大胡子的背景啦，有没有听别人说起过孙大胡子有些什么不法行为啦，最后还问知道不知道孙大胡子后面有没有人在指使。对这些问题，巴豆都不太清楚，新辉路和南洲路本来是井水不犯河水的，巴豆来的时间不长，对一些内情不了解说起来也是合情合理的。

调查人员在巴豆这里一无所获，但他们并不泄气，也看不出他们的失望，还向巴豆道了谢，巴豆看他们走出去，松了一口气，其实这事情跟他毫无关系，不知为什么巴豆心里也会有点紧张。

调查人员走出去后，又返了回来，问巴豆："有一个叫毛宗伟的，也是在新辉路上做的，你认识吧？"

巴豆说："是我们家的邻居，毛宗伟我知道，那天晚上他不在现场。"

调查人员听巴豆这样说，重新又坐了下来，说："你能说说他的情况吗？"

巴豆告诉他们那一天毛宗伟正好请人装修房间，他在家里和他们一起弄，没出车。

调查人员记了下来，又问了问毛宗伟平时的情况，巴豆说："毛宗伟，我了解他的，老实人，胆小的，豁边的事情不敢做的，再说他马上要结婚，怎么会去打架呢？"

调查人员又记下了巴豆的话，这才走了。

这天下晚巴豆到南洲门前，"三枪"他们都在说这件事情，见了巴豆，长发说："喂，找你问过了没有？"

巴豆反问他说："你呢？"

长发说："我们彼此彼此，一个也逃不过的。"

"三枪"说："我们这种人，好事轮不到的，出了什么坏事，就要找我们了,问了我十几个问题,我一个也没有好好地讲,叫他们难过难过,我反正没有犯法,他们能把我怎么样。"

长发说:"你跟这帮人硬,没有好处的,他们要想寻你的错,还不是一找一个准,你要放点魂在身上呢。"

巴豆说:"不过最近他们全部精力恐怕都扑在那边了。"

长发说:"这倒是的。"

"三枪"想了想问道:"他们反复问我知不知道孙大胡子背后还有没有人了,什么意思?"

长发说:"意思很清楚嘛,他们不相信孙大胡子是真正的老头子。"

"三枪"说:"那当然,叫我我也不会相信的,孙大胡子没有水平的,怎么能做老头子。"

巴豆听他们说起孙大胡子,就问:"孙大胡子后面是谁?"

长发看看巴豆,说:"你又来了,你也进来有大半年时间了吧,怎么总是问这种不应该问的事情,你以为这里有谁会告诉你啊。"

"三枪"说:"告诉又怎么样,可惜我不晓得,我晓得我就告诉巴豆。"

长发说:"所以是不会给你晓得的,不然的话一夜之间全世界全晓得了。"

大家笑起来,"三枪"说:"有什么好笑的?"

他们瞎扯了一会儿,有几个人有了生意出车去了,剩下巴豆、长发、"三枪"几个,长发很神秘地说:"你们不知道吧,这一次查出大事情来了,说那边有一个集团呢,什么东西都能造出来的。"

"三枪"说:"有什么了不起的,不就是买卖假发票吗。"

长发说:"何止是假发票呀,光卖假发票算什么大事呀。"

巴豆说:"还有别的事?"

长发说:"你们不要出去乱说,我告诉你们,我听说查出来有伪造证件,有黄金买卖,有做人贩子的,有逼良为娼,有……"

"三枪"说:"你不要胡说八道,哪里有这样的人,胃口这么大,这些事情,一人做一样也已经足够了,做这么多,要赚多少呀。"

长发说:"我没有瞎说,听说是铁路新村的人咬出来的,说还有造假护照的,还有走私文物的……"

听到走私文物,巴豆心里"咯噔"一下。

长发说出了这些,见巴豆的脸有点变色,长发自己也有点后悔嘴快了一点,连忙说:"我也不大清楚,我只是听人家说的。"

巴豆没有再问长发什么,他接了一个生意,就踏了车子出去了。

过了两天,又有人来找巴豆,向巴豆了解当年那件文物走私案件的情况,他们希望巴豆再回忆一下当时的经过。

这对巴豆来说是一件不愉快的事情,也是一次不愉快的回忆,但是巴豆还是努力地回想了当年的情形。

听完巴豆的叙说,调查人员提出一个问题,他们问巴豆这些年有没有想过究竟是什么人把巴豆要帮威廉搞一些古董的事透露给那个三轮车工人的。

这个问题巴豆当然已经想过了无数次,但是似乎永远也得不到答案了,巴豆沮丧地摇摇头。

调查人员又问巴豆既然毛家和巴豆家是邻居,毛家一家三代都是做三轮车的,会不会是毛家的人说出去的呢?

巴豆仍然摇头,江三曾经把事情推到毛小白癞子身上,说是听毛小白癞子说的,为了这事,毛小白癞子恨得咬牙,一直到现在他还一心要帮助巴豆找出事情的根源,巴豆绝不相信是毛小白癞子说出去的。毛家还有一个毛宗伟,但是如果毛小白癞子不会做这样的事情,那么毛宗伟就更不会做这样的事情。巴豆从来没有往毛宗伟身上想过,因为巴豆了解毛宗伟。

调查人员要巴豆再仔细想一想那个带他去石湖的三轮车工人是什么样子,巴豆眼前就晃过江三的脸,接着又是根芳的脸,还有就是江大咬子的脸。

巴豆说:"我记不起来了,就是能想起来,这么多年了,到哪里去找呀。"

巴豆怎么也想不到居然会包庇一个坑害了自己的人,在找到江三之前,巴豆恨不得江三立即被抓起来,可是现在,有了这样的机会,巴豆却让它错过去,有意地让它错过去。巴豆这时候又想起杨蒙说的话,杨蒙说,你放弃一些东西,也许就会柳暗花明。

巴豆现在渐渐地有了到此为止的想法。

可是第二天一早,事情又发生了变化。

这天一大早,巴豆刚起床,就听毛小白癞子在院子里跟谁说话,毛小白癞子说:"嘿,这么一大早,你怎么来了?"

巴豆走出去一看,是江大咬子,巴豆正要和他打招呼,江大咬子一见巴豆,却红了眼,一步冲上来,提起手就打了巴豆两个耳光,打得巴豆晕头转向。

毛小白癞子一见,连忙说:"你做什么,你发昏了,你打巴豆做什么?"

江大咬子咬着牙说:"我就要打这个不仁不义的东西!"

巴豆捂住脸说:"你说清楚再打不迟。"

江大咬子铁青着脸说:"不迟,再不迟被你害死了也不明白。"

毛小白癞子说:"到底是什么事,你总要有个说法。"

江大咬子说:"江三进去了。"

巴豆和毛小白癞子同时"啊"了一声。

江大咬子对毛小白癞子说:"你明白了吧?有谁知道江三在什么地方,只有他。"

毛小白癞子看着巴豆。

巴豆说:"你相信我会做这种事情?"

毛小白癞子毫不犹豫地摇摇头,说:"我不相信。"

巴豆差一点掉下眼泪来。

江大咬子说:"你到现在还相信他,你应该把眼睛睁大一点了,这是一个衣冠禽兽。"

毛小白癞子说:"你说什么我都相信,唯有你说巴豆会出卖人我不相信。"

江大咬子说:"可是事实摆在那里,江三进去了。"

这时候毛宗伟也起来了,走出来一看他们在吵吵,问什么事情,江大咬子说了,毛宗伟看看巴豆,说:"我也绝不相信巴豆会做这种事情。"

江大咬子很生气,说:"这么说是我诬陷他了,告诉你们,都了解得一清二楚了,你说,昨天是不是局子里有人找过你的,有没有问过你江三的事?"

巴豆点头承认。

江大咬子说:"这是明摆着的,从你这里了解到江三的地方,就去抓了江三,你想赖也赖不掉的。我刚从拘留所出来,江三说是夜里赶去抓他的,又连夜带了回来。"

巴豆说:"总会搞清楚的,我现在怎么说你也不会相信我,我也不多说了。"

毛宗伟说:"应该说的你就跟他说清楚,省得到外面败坏你的名声。"

巴豆笑笑说:"我的名声现在也好不到哪里去,谁要败坏尽管败坏就是了。"

毛宗伟同情地说:"巴豆你不要灰心呀,就是你做了这样的事情,大家也会原谅你的。你当初吃了这么多的苦头,叫谁谁也要报复的。"

毛小白癞子"呸"了毛宗伟一声,说:"你放什么屁,巴豆就是不会做这种事情的。"

毛宗伟脸又红了,说:"我也是这样想的,可是……"他朝江大咬子看看,没有说下去。

江大咬子气恨恨地走了,临走留下一句话:"巴豆,我倒希望是我错了。"

这句话使巴豆很感动,虽然江大咬子一上来不分青红皂白就冤枉了他,一口咬定是他把江三卖了,可是这最后的一句话却说明江大咬子心底深处还是不相信巴豆会做这种事情的。

江大咬子走后,毛宗伟红着脸对巴豆说:"对不起,我是看到江大咬子的样子有点吓人,才……"

巴豆拍了他一下,说:"对什么不起呀,你小子,这么不禁吓呀。"

毛宗伟笑了。

这一天巴豆到南洲宾馆门前,就发现江三的事情已经传了出去,这件事传得这么快,实在叫巴豆不明白,巴豆又有了一种感觉,好像又有人在背后做手脚,为什么昨天上午找他调查了情况,到昨天半夜就抓了江三,这是巧合还是人为的安排,不要说江大咬子,换了谁也会怀疑到巴豆的。而且,半夜从苏北的小镇上抓了江三,天一亮,这边的人就已经知道了,这样的速度,也同样令人吃惊,所以巴豆不能不产生一些新的疑问。

在南洲的地盘上,大家看到巴豆,一下子都变了脸,连"三枪"和长发他们也对巴豆冷眼相看,不理不睬,一个个嘴角挂着鄙视的冷笑,拒巴豆于千里之外。

巴豆突然觉得自己很累很累。

巴豆好像在和什么人进行一场耗内力的拼搏,现在巴豆渐渐感觉到有点力不从心,好像难以再支撑下去了。

巴豆的疲惫,是全身心的疲惫,他现在只是希望能够让他好好地休息一下。

但是这不可能。

因为始终有一个不散的阴魂在他身边,或者在他的脚后拼命地追,或者又跑到他的面前绊他的脚,巴豆没有办法摆脱这个无所不在、却又抓不着看不见的东西。"

巴豆已经没有拉生意的情绪了,一个晚上,他一个人呆呆地坐在三轮车上,看着别人忙碌,他的脑海里一片空白。

大概在九点钟的时候,金林突然跑来了,巴豆看她很着急的样子,心里又是一惊,不知又出了什么事。巴豆觉得自己简直成了一只惊弓之鸟了,他问金林:"你怎么来了,出了什么事?"

金林说:"你今天没有生意啊,我以为找不到你的,来碰碰运气,倒碰上了。"

巴豆又问:"家里有什么事?"

金林说:"小李在家里,有点事情跟你商量,你不要急,主要是小李那边家里,商量想把毕业接过去住。"

巴豆问:"为什么?"

金林说:"本来他们就不同意把毕业送过来的,他们那边都很喜欢毕业,一直没有告诉你,小李现在的丈夫,是有病的,不能生孩子,所以……"

巴豆一愣,说:"那你们还说那边想要一个孩子,才把毕业送过来的。"

金林说:"主要是小李怕你不同意,才骗你的,可是现在那边一直没有小孩子,那边老人想毕业想得不得了,小李也是左右为难。"

巴豆沉闷了半天,没有说话,那边的老人要孩子,巴豆的父亲难道不想要孩子?巴豆说:"你说怎么办?"

金林说:"我们也不知道怎么办才好,所以叫你回去商量的。"

巴豆说:"她还在?"

金林说:"她在等你回去。"

巴豆说:"我不回去了,我回去也不会有更好的办法的,毕业,就叫她跟她妈妈回去吧。"

金林看着巴豆,说:"你就这样……你就这样把毕业送走,父亲怎么办？"

巴豆说："那你说怎么办？根本没有两全其美的办法。"

金林无话可说。

巴豆说："我心里不大舒服，我现在不回去，你去跟他们说吧，我没有意见，怎么都行。"

金林有点不高兴，说："你不是因为要做生意，连这一点时间也不肯抽出来吧？"

巴豆低垂着眼睛说："随你怎么想。"

巴豆说完没有再看金林，就踏起三轮车走开了。

这一天巴豆在外面荡了很久，他感受着南洲街上富丽堂皇的气势，看着那些灯红酒绿的情形，心里有一种说不清的感觉，他向往这些，却又十分地憎恨，他想到自己家里，现在只有一个孤零零的老父亲独守空房，心里一阵阵地发酸，他不知道回去该怎么面对老父亲，怎么向老父亲交代。

巴豆到很晚才回家，他希望大家都睡了，可是进门一看，家里灯大亮，听见巴豆进门的声音，毕业就跑了出来迎接他。

巴豆一看她，说："你怎么没有跟你妈妈回去？"

毕业说："妈妈叫我在这边的，妈妈说他们那边人多，这边只有你和爷爷，叫我还是陪爷爷住。"

巴豆说："你妈妈呢？"

毕业噘起小嘴说："你还问呢，妈妈等你好半天，叫伯母去叫你，你也不肯回来，妈妈后来就走了。"

巴豆说："这么晚了，你怎么还不睡，爷爷呢？"

毕业说："爷爷不肯睡，在等你呢，你再不回来，爷爷要等你到天亮了。"

巴豆急忙进屋，果然父亲还没有睡。

毕先生看到巴豆回来，说："总算等到了，我还以为你要在外面赚一晚上的钱呢。"

巴豆说:"有什么事明天说也不迟呀,为什么要弄这么晚?"

毕先生说:"明天你又有你的事情,我不敢浪费你的时间,你的时间就是金钱,浪费了我也赔不起的。有件事我一定要跟你说说,关于毕业,我们也不能一直把她拉在我们这边,小李那边的情况你也不是不知道,金林大概都跟你说了,那边两个老人,想孙子都想伤了身体,毕业总是要过去住的,小李真是个好人啊,一心想到我这里没有人,又把毕业留下来了,你想想,人家这么对我们,你不能对不起人家。"

巴豆说:"你的意思……"

毕先生说:"我的意思很明白,你要找一个人了,你回来也快一年了,找一个人,早一点把自己的家安好,让毕业回过去住,小李也好放心了。"

巴豆想不到父亲会提起这件事,但是父亲也好,别的什么人也好,说到这件事,都是理所当然的,巴豆迟早要找女人,要结婚的。

但是现在要巴豆表态,巴豆一时却不知怎么说才好。

毕先生看巴豆不作声,就有点急,说:"到现在你还不想过几天安稳日子,你到底要怎么样,工作的事情,由了你,成家的事情你要听我的了。"

巴豆笑笑,说:"好的,听你的。"

毕先生朝他看看,不相信地摇摇头。

巴豆说:"真的,听你的,你说什么人最合适,什么时间最合适,我都听你的。"

这回毕先生有点相信了,说:"这是你说的,我就去帮你托人了,到时候你要是出尔反尔,我要翻脸的。"

巴豆点头称是,叫父亲去休息,毕先生这才回到自己的东厢房去。

父亲去睡了,巴豆到女儿房里看看,女儿早已经睡熟了,巴豆回到自己屋里躺下,一时间千头万绪,怎么也睡不着。

老态龙钟的父亲……

少不更事的女儿……

章华……

调度……

江三……

一个个人物从巴豆眼前晃过。

巴豆最后想到的是根芳。

巴豆自己也不大明白,为什么总是忘不了根芳。

第 18 章

隔一天夜里巴豆的情绪平静下来,晚上拉了一个客人,弄到很晚才回去。巴豆的三轮车拐进三摆渡,巴豆就发现家乐旅馆门前不远处的路灯下站着一个人。

巴豆看这个人一动不动,心里不免有点紧张,如果是精神病院逃出来的疯子,万一再是个武痴,是要小心一点的。

巴豆的车子再走近一点,他看清了站着的人,巴豆吃了一惊。

这人是根芳。

巴豆停下车子,说:"根芳,你怎么……"

根芳说:"我在等你。"

虽然已经到了夏天,夜里还是很凉的,巴豆看出根芳有点冷,说:"你一直站在这里?"

根芳点点头。

巴豆说:"有要紧事情?"

根芳回头四处看看,其实这样的深夜,是不会有什么人出现的。

根芳说:"你跟我进去,好吗?"

巴豆停好三轮车,和根芳到家乐旅馆里根芳的房间。

根芳关好门,从抽屉里拿出两封信,手抖抖地交给巴豆。

巴豆好像预感到这两封信是一个关键,所以接信的时候手也有点抖。巴豆看第一封信,是江三写给他的,信很短:

巴豆,我也跟着大家一样称呼你的小名,也许我根本没有资格这样称呼你。

我没有更多的话好说,只有一句,我对不起你,当年我害了你,现在我走了你当年的路,是我活该,但是我知道我这一进去,会又一次害你,我只是希望你相信,这一次和上一次不同,不是我有意要害你的,我也是被别人所害,我知道我这一次进去绝不是因为你。

我还不知道什么时候能像你一样熬出头,如果有那么一天,我们再一起喝一杯,那时候我们就是真正的朋友了,不知道你肯不肯认我这个朋友?

另一封信是给根芳的,看了这封信,巴豆才知道根芳的原名叫月秀。

江三给根芳的信上说的也是对不起根芳的话,他坚持要根芳不要再等他,他告诉根芳即便以后出来了,他也没有脸再来找根芳了,他也要和苏北的那个女人过了,那个女人会等他的。

巴豆看了这两封信,半天才说出一句话,他说:"又是'调度',他又把江三害进去了?"

根芳流着眼泪,不说话。

巴豆突然一把抓住根芳,说:"江三不知道谁是'调度',可你知道,你为什么不告诉我?"

根芳一边流泪一边摇头。

巴豆说:"你这样还要害人的,你知道不知道?"

根芳说:"我知道,可是……可是你不知道,他对我,他对我……江三出事以后,我也没有家了,我的一切都是他安排的,这几年,他照顾我,关心我,为我做所有的事情,他对我……"

巴豆听根芳这样说,心里一震,就不再追问了。

根芳说:"这么晚了,你饿了吧?我烧了几个水潽蛋,你吃吧。"

巴豆看根芳端出一大碗水铺蛋来,心里一热,说:"根芳,你为什么一再地帮助我?"

根芳看着巴豆,过了半天她说:"我、我们对不起你。"

巴豆说:"就是为了对不起?"

根芳不敢看巴豆的眼睛,轻轻地说:"或者因为我们都不是很坏的人。"

巴豆听了根芳这话,突然控制不住自己,他过去一把抱住根芳,说:"根芳,不,我应该叫你月秀,我今天……"巴豆停顿了一下,又说,"我不走了。"

根芳好像吓了一跳,害怕地说:"不,不行。"

巴豆说:"为什么,你不愿意跟我?"

根芳说:"不是我不愿意,我不配,我……真的,巴豆,我不配。"

巴豆说:"你以为我还是做大夫时的巴豆吗?你是不是觉得我还是一个有身份的人?"

根芳说:"不是,不是说地位什么的不配,从做人的道理上讲,我……我跟你差得太远了。"

巴豆不再让根芳说下去。

巴豆和根芳对这件事,都没有很大的意外,好像从他们认识的第一天起,他们就知道会有这一天的。

这一夜里根芳告诉巴豆许多事情,根芳承认照片是她有意放在桌子上让巴豆看的,巴豆问她为什么要这样做,根芳说她也不明白自己怎么会这样做,她冒着江三被揭露的危险,让巴豆知道内情,是不是因为她相信巴豆呢?这是肯定的。那么根芳怎么会这样信任巴豆,这个问题根芳好像无法回答。

最后根芳主动提到了毛宗伟,她说她跟毛宗伟从来没有发生过任何关系。

对于根芳主动提到毛估,巴豆有点奇怪,既然根芳和毛估没有什么关系,那毛估半夜三更到家乐旅馆做什么,巴豆很想再问一问,可是根芳已经睡着了。

第二天上午,巴豆在自家院子扫地,陈主任突然来了。

巴豆见了她,连忙请她进屋坐。

谁知陈主任铁青着脸,指着巴豆的鼻子,说:"你不是人!"

巴豆一愣:"什么,陈主任,你说什么?"

陈主任冷笑一声,说:"我说什么你心里有数,你昨天夜里干的什么事情,你自己不知道?"

巴豆心里一惊,立即问:"是不是根芳跟你说了什么?"

陈主任说:"你还算敢承认的。"

巴豆的心一直往下沉,难道他又一次中了别人的圈套?根芳昨天夜里难道又是对他的陷害?巴豆实在不敢往下想,他再想下去他的心就要碎了。

陈主任见巴豆不响,说:"巴豆啊,你叫我怎么说你,你怎么会做出这种事情来,你把你们家的脸都丢尽了。"

巴豆问:"是不是根芳说我什么?"

陈主任说:"你不要管是不是根芳说的,我告诉你,根芳是个很本分的女人,这么多年,她一直好好的,什么事也没出过,为什么你一回来,她就出了事?"

巴豆还是要问:"是不是根芳亲口告诉你的?"

陈主任说:"你呀,还在问根芳说什么不说什么呢,现在根芳要告你强奸了。"

陈主任话音未落,他们同时听见毕先生的东厢房里"扑通"一声,巴豆和陈主任急忙进去一看,毕先生跌倒在地上,神志已经不大清楚。

陈主任也有点急了,说:"不好了,一定是听见我们说的话,把老先生气坏了,快点送医院。"

巴豆背起父亲刚要走,毕先生却醒了,挣扎着要巴豆把他放下,巴豆只好放下父亲。毕先生一下地,手指着巴豆说:"你、你不是毕家的人,你给我走,我不要再看见你。"

陈主任连忙说:"毕先生,你消消气,这件事还没有弄清楚呢,你先不要急坏了身体。"

毕先生说:"什么清楚不清楚,我只知道他不是我们毕家的人。"

陈主任回头看巴豆,那眼神是在埋怨巴豆做出这种事情来。

巴豆又一次问陈主任是不是根芳要告他。

陈主任说:"我刚才去问过根芳了,她只是哭,什么也不说。"

巴豆说:"那就是说,你不是听根芳告诉你的,是谁告诉你的?"

陈主任怀疑地看看巴豆,说:"你这么追着问是谁告诉我的做什么?你想报复?你要报复就来报复我好了,我不怕的。"

巴豆说:"要说清楚这件事情,只有找到根芳问她自己。"

陈主任想想这也对,不是根芳亲口说出来,这事情就不能下结论。

他们正要到家乐旅馆去找根芳,地段派出所来了两个警察,找巴豆询问一些情况。

陈主任很焦急,说:"怎么搞的,事情还没有弄清楚,谁就捅到派出所去了。"

警察说,就是因为弄不清楚才要找警察嘛。

巴豆低着头,一言不发,警察怎么问也不说话,警察最后火了,说:"你这样不配合,只好请你进去一趟了。"

毕先生一听又要巴豆进去,急得从屋里冲了出来,拉住巴豆,说:"不去的,不去的,我的儿子我知道的,他不会做这种事情的。"

警察说:"老先生,法律是根据事实说话的,不是根据你老先生想象的。"

陈主任这时候也插上来说:"是呀,是要有证据的,你们的证据呢?没有证据,你们不能叫巴豆跟你们走的。"

警察说:"现在就是在找证据嘛,有人告了他,我们就是来查这件事的,你们不配合,我们怎么弄得清楚?"

半天没有说话的巴豆突然说:"你们把当事人找来,不就一切都真相大白了吗?"

一个警察就去找根芳,另一个警察等在巴豆家里,这时候大家都捏着一把汗,尤其是巴豆,他现在把唯一的希望都寄托在根芳身上了,如果根芳一口咬定是他强奸了她,巴豆不知道自己会不会把根芳杀了,但是巴豆不相信根芳会这样对他,尽管根芳可能是出于无奈。巴豆到现在还坚信他没有看错根芳。

巴豆的这个赌注下得十分危险。

那个警察把根芳找来了,根芳一到,毕先生就扑过去,差一点给根芳跪下,根芳一把搀住毕先生。

毕先生说:"根芳啊,做人要有良心啊,一个人凭良心活着,哪怕苦一点,心里踏实的,如果昧着良心做人,再有钱再有势,活着又有什么意思。"

根芳的眼泪流进嘴里,她咽了下去。

警察在一边说:"不要多说了,你是当事人,怎么回事,全在你嘴里,你说。"

这时候已经围了许多人,大家的心都吊在嗓子眼上,等着根芳的一句话。

根芳最后抹了抹眼泪,说:"是我情愿的,是我叫他不要走的,根本没有强奸的事,你们大家都听见了,因为我喜欢他。"

所有的人都发出"啊"的一声叹息,内涵当然是极其丰富的,大家在发出这一声叹息的同时都朝巴豆看,他们看见巴豆流下了两行眼泪。

沈美珍也在人群中,看到巴豆流了眼泪,沈美珍居然也哭起来,而且哭出了声,大家又朝她看,她一边哭一边说:"根芳,我知道你会这样说的。"

陈主任却发起火来,说:"沈美珍,你这张嘴,都是你惹出来的事情,你为什么不负责任地乱说?"

巴豆看沈美珍惊慌的样子,知道是沈美珍一大早告诉陈主任的,可是沈美珍怎么会知道,是昨天夜里或者今天早上无意中被她看到了,还是有人告诉沈美珍了,巴豆急于想知道,可是当他把目光投向沈美珍,沈美珍就慌慌张张地走了出去,这更加增加了巴豆的疑虑。

巴豆正想跟上沈美珍,问一问她,陈主任却喊住了巴豆说:"你等一等,我有话跟你们说。"陈主任一边回头对那些看热闹的人说,"好了好了,有什么好看的,走吧走吧,大家都很忙的,在这里浪费时间啊。"

陈主任把那些人赶走后,对巴豆说:"这样站在这里算什么,进去坐下来说吧。"

巴豆就搀了父亲进屋,陈主任则把根芳也带了进来,大家坐了,陈主任说:"今天的事情,虽然没有弄得喇叭腔,但你们这样,背后也要被人家说话的,既然你们两相情愿,我就来做个现成的媒人,怎么样?"

毕先生显然没有考虑过根芳跟巴豆会有什么结果,毕先生是看不上根芳的,却想不到巴豆会跟根芳好上,他本来已经很生气,现在陈主任居然提出要给巴豆和根芳做媒,毕先生心里更急,他怕巴豆轻易地同意了,但是当着根芳的面又不好直说,所以老先生急得要站起来。

根芳看出毕先生的意思,连忙说:"陈主任你寻开心,这是不可能的。"

毕先生一听这话,松了一口气。

陈主任却说:"怎么不可能,我把话说穿了,虽然从前巴豆是做大夫的,你配不上他,但是现在不一样了。巴豆你自己说。"

巴豆说:"是呀,不一样了。"

陈主任抓住巴豆这句话,说:"这么说你是同意的了?"

巴豆不表态。

根芳说:"陈主任,我求求你不要说了。"

陈主任觉得奇怪,说:"你们这样,倒叫我弄不明白了,刚才你自己明明说你喜欢他的,怎么一下子又变得这么复杂了呢?"

毕先生忍不住说:"陈主任,你的一片好心,我们领了,可是巴豆和……巴豆和她,实在是……实在是……"

陈主任看看巴豆,再看看根芳,说:"原来你们根本没有这样的想法,是不是?"

根芳说:"是的。"

陈主任说:"那你们……"她看根芳脸有点红,就停下来不说了。

根芳接过去说:"有些事情,不一定非要有什么原因的。"

陈主任显然有点不高兴,说:"照你这样说,两个人无缘无故就可以睡到一起去了?"

根芳张了张嘴,不好再说什么。

陈主任说:"算我白操心,白起劲,好了,你们只当我没有说过,我要不是看在根芳人老实的分上,我才不来管你们的闲事呢。"

根芳说:"我知道陈主任是为我好。"

陈主任瞪了根芳一眼,说:"你知道什么,你这个人,吃了人家的亏,也不敢说,我看着也看不过去。"

毕先生听陈主任话中有话,连忙说:"陈主任,你这样说,好像我们巴豆叫根芳吃了亏,其实根芳这个人大家都知道的,很来事的,不会吃亏的。"

陈主任听了又不服气,说:"毕先生,倒要跟你辩个清楚,到底是谁吃亏谁占便宜?"

根芳和巴豆互相看了一眼,根芳说:"你们不要争了,都怪我不好,我那边还有事情,先走了。"

陈主任见根芳要走,说:"你走了我在这里做什么,我也走了。"

她们一起走了出去,就听陈主任在问根芳:"刚才你跟警察说的是真话?那为什么沈美珍……"

毕先生看她们走了,对巴豆说:"你……唉,我怎么说你,你怎么会和根芳,我跟你说早点找一个,也好定定心心地过日子了,你偏不听,要做这样偷鸡摸狗的事情,你看看,把警察又弄来了。根芳这个人,不好弄的,你找谁也不要去找她呀。"

巴豆不说话。

毕先生说:"你不说话问题还是解决不了的,你不想想,根芳到底安的什么心,跟你好了,早上又告诉别人,沈美珍这张嘴再臭,总不会无中生有的。再说她说的也是事实,不是根芳跟她说,她怎么会知道?你再想想,根芳这个人可怕不可怕?"

巴豆说:"我不相信会是根芳告诉沈美珍的。"

毕先生长叹一声说:"你就是吃自己的亏,老是相信别人,你知道外面有几个好人。"

巴豆说:"我想陈主任就是一个好人。"

毕先生说:"你说陈主任是好人我也同意,不过你想想陈主任为什么对根芳特别的好,肯定也是有原因的。"

巴豆想根芳说得不错,有时候发生一件事情并不一定能找出很充分的根据来。

到中午毛小白癞子和毛宗伟回来,他们听说了这事情,毛小白癞子说:"根芳这个货,倒会做人。"

毛宗伟把巴豆拉到一边,说:"我听说是根芳要告你,是不是?"

巴豆说:"你说会不会?"

毛宗伟说:"根芳这个女人说不准她的,我跟她也轧过几年,几年也没有摸透她。"

巴豆说:"你跟她好的时候她有没有想过要告你?"

毛宗伟说:"那倒没有,不过我的钱给她弄去不少的,你要当心这个女人。"

巴豆逗他:"是不是看根芳跟了我你吃醋了?"

毛宗伟脸一红,说:"哪里呀?"

巴豆说:"本来嘛,你小子,有了年轻漂亮的小姑娘,就把根芳甩了,不作兴的。"

毛宗伟问:"是不是根芳跟你说的?"

巴豆说:"这个嘛,不说也看得出来的,是不是?"

毛宗伟笑笑,又说:"根芳说我什么我怎么知道,不过她这个人有时候会瞎说的,你对她的话不可以全信的。"

巴豆就有点奇怪,说:"其实根芳在我面前从来没有提起过你呀。"

毛宗伟不相信地看着巴豆,没有再说什么。

巴豆看毛宗伟有点发愣,跟他开玩笑,说:"马上要成亲了,新娘怎么还不领回来给大家看看?"

毛宗伟说:"小姑娘,怕难为情的。"

巴豆说:"婚也要结了,怕什么难为情。"

毛宗伟说:"说实在的,我就是怕根芳纠缠,万一来了被根芳晓得,来触壁脚怎么办?"

巴豆说:"根芳不至于做这种事情吧。"

毛宗伟说:"你倒相信她,我是吃过她的苦头的。"

巴豆问:"什么?"

毛宗伟欲言又止,好像很为难的样子。

如果这一天的谈话到此为止,巴豆也许不会有什么别的想法,可是过了一会儿毛宗伟说:"她先勾引男人上床,再提出要求,我就是上了她的当。"

巴豆这就开始怀疑,根芳曾经跟他说过,她和毛宗伟绝对没有发生过关系,毛宗伟却说他和她睡过觉,两个人里肯定有一个是说了谎。是根芳说谎还是毛宗伟说谎,如果是根芳说谎,可能有两个原因:第一,根芳不想让巴豆知道她和别的男人也有关系,因为她确实想和巴豆好;第二,根芳又在设计新的圈套让巴豆钻。如果是毛宗伟说谎呢,毛宗伟在这件事上完全没有说谎的必要,这件事情整个跟他无关,他为什么要自投罗网呢?或者毛宗伟内心很喜欢根芳,可是根芳不喜欢他?或者毛宗伟也在设计什么圈套,毛宗伟为什么要设计圈套,他设计了圈套给谁钻呢?巴豆觉得这种可能性不大。

下午毛宗伟出车后,巴豆和毛小白癞子聊了一会儿天,巴豆问毛小白癞子毛估的婚事怎么样了,毛小白癞子说定在十月一日办喜事。巴豆说:"没有几天了,怎么还不把新娘子领回来看看?"

毛小白癞子说:"就是,我也跟他说的,他老娘更是急得要命,说人快要进门了,还不知道是长是短是美是丑,这小子,搭死做的,性子温得不得了,哪里像我呀。"

巴豆说:"会不会他怕根芳知道,会搅百叶结?"

毛小白癞子说:"哪里会,这小子,根本不会把根芳放在眼里的。"

巴豆说:"他不是和根芳有过一段……"

毛小白癞子说:"有过一段没有一段他才不在乎呢。"

巴豆说:"到底他跟根芳有没有……"

毛小白癞子看着巴豆,笑起来,说:"好啊,巴豆现在也晓得上心思了,你是不是真的想和根芳过?你要是真的要跟她过,就不要管她从前的事情。谁从前没有一点不清不爽的事情?你要是追究她,她反过来也可以追究你的,这样就没有意思了,你说对不对?"

巴豆点点头,当然他并不是要追究根芳的过去,他也不会去追究,恐怕在这一圈人中,他对根芳的了解,要比别人更多一点。巴豆只是想证实一下到底是谁在说谎。

后来毛小白癞子告诉巴豆,张大帅托人带口信来,说马上要回来了,回来他还要踏车子的,如果巴豆还想做下去就要早做准备了。

巴豆听了这个消息心里很乱,或者确切地说是心里更乱,他好像觉得千头万绪离万宗归一不远了,但是关键的一步还没有找到,找到了这一步,跨出了这一步,一切也就迎刃而解。可是在这一步还没有找到之前,却不断地又有新的头绪冒出来,这实在使巴豆难以应付了。

头绪太多,巴豆只能一点一点地理清,现在巴豆还是要从根芳那里开始,他没有别的路可走,唯一的路就是相信根芳。

巴豆到家乐旅馆没有找到根芳,却碰见了沈美珍。巴豆叫住沈美珍,说:"你怎么知道昨天夜里我在这里过夜的事,是谁告诉你的?"

沈美珍说:"是根芳。"

巴豆冷笑了一下,说:"你可以骗骗陈主任,你骗不了我。"

沈美珍愣了一下,笑起来说:"是呀,什么事情也瞒不过你的。我告诉你,是你的好朋友毛估告诉我的,一大早我碰见毛估,他说根芳要告你了。"

巴豆听沈美珍说是毛估告诉她的,"哦"了一声,他觉得自己心里好像有一样东西被拨动了。

沈美珍见巴豆发愣,又说:"你还不明白,毛估是很想根芳的,你们男人家倒也会吃醋啊,笑死人了,我还从来没有见过呢,两个人抢,抢一个什么货色呀,二婚头。"

巴豆说:"毛估怎么会晓得呢?"

沈美珍说:"肯定是根芳告诉他的啦,这种女人,拿这个做本钱的。"

巴豆问:"你有没有问过根芳?"

沈美珍说:"我听毛估讲了,就去问她的,她不说话,只是淌眼泪,我急了,就去告诉陈主任,我晓得陈主任会出面相帮的,老太婆拿根芳是当宝贝的。"

巴豆问:"为什么这样你知不知道?"

沈美珍翻翻白眼说:"我是不晓得的,她们的私皮夹账,我怎么晓得。"

沈美珍走后,巴豆又等了一会儿,不见根芳回来,问旅馆的人,说不知道上哪里去了,走的时候没有关照,估计就要回来的。

可是这一天一直到下晚根芳也没有回来,巴豆觉得有点蹊跷,但是又说不清为什么。

根芳整整一夜没有回来,到第二天,旅馆其他人也急了,先去报告了陈主任,又到派出所去,派出所说,一点小事又来烦了,这么大的人,出去天把就算失踪啊,这样我们派出所要忙死了,说不定一会儿人就到家了呢。

陈主任还和他们争了几句,没有用,又不知道上哪里去找人,只好坐等。

根芳果然一去不复返了,等了三天也没有回来,这时候派出所重视起来,下来调查了一番,说是立了案,要去找人了。

奇怪的是根芳走的时候对谁也没有说起,事先一点迹象也没有,而且一点可以为据的东西也没有留下,好像根芳这个人从来就没有存在过似的。

第 19 章

苏州有个虎丘,虎丘有块点头石,这是众所周知的。石上刻有"觉石"两字,另刻有一行字:说法非说法,了悟空自色。石闻犹点头,人胡不如石。相传生公在此讲经,直讲得顽石点头。

一日巴豆拉一华侨到虎丘,正在给他讲解点头石的典故,忽听旁边有人插嘴说:"'人胡不如石',请问,这是什么意思?"

巴豆回头一看,不由大吃一惊,是威廉。

巴豆一见之下,心中立即翻滚起来,他呆呆地站在威廉面前,不知道该怎么对待他。

威廉见巴豆这样子,哈哈笑了,说:"怎么,毕先生,不认识我了?"

几年不见,威廉一口汉语竟然说得这么流利,这是巴豆没有想到的,这些年来,巴豆也曾经想过威廉的处境,想威廉经过这件事,不知道会变得怎样。现在巴豆一见威廉,基本上就能感觉出来,威廉没有变。

巴豆说:"怎么会忘记你,八辈子也忘不了你的。你怎么没有犯心脏病呢?"

威廉笑着说:"这还要谢谢你呢,自从上次你给我诊断出来,我一直很重视治疗,现在好多了。"

巴豆说："你又到这里来做什么,又安了什么心,威廉先生?"

威廉哈哈大笑,说:"No,no,我现在不叫威廉,我现在叫魏爱华。"

巴豆不由冷笑了一声。

威廉说:"你笑什么,这个名字不好吗?我爱中华呀,所以叫爱华,对不对呢?"

巴豆说:"你当然爱中华啦,中华有这么多的宝贝,你能不爱中华嘛。"

威廉说:"你说错了,我早已经把中国看成是我自己的国家了,中国的宝贝也就是我自己的宝贝嘛。"

巴豆说:"你的逻辑,还是你们老祖宗留下来的吧?"

威廉并不计较巴豆的态度,只是笑,巴豆陪同的那位华侨见巴豆和别人聊上了,连忙说:"我们走吧。"

巴豆转身要走,威廉说:"你的情况我都知道,你在南洲宾馆门前,是吧?我会来找你的。"

巴豆并不奇怪他怎么什么都知道,这种人,恐怕没有什么事情办不到的。巴豆说:"对不起,请你不要来找我了,我跟你的关系,六年前就断了。"

威廉说:"不要这样嘛,我们再谈谈。"

巴豆说:"没有什么好谈的,再见。"

可是威廉第二天还是找到了巴豆,他希望巴豆再带他到石湖去看看,巴豆说:"你以为我会第二次被你骗?"

威廉说:"你误会了,我绝没有骗你的意思,你如果实在不相信,那就算了。"

巴豆看着威廉,不知为什么,他又动了心,他好像觉得威廉提出的再到石湖看看的希望和他自己的想法不谋而合。

巴豆说:"上车吧。"

威廉一边上车一边说:"我知道你会去的。"

巴豆说："但是这一次你去了石湖你也许会失望的。"

威廉说："不会的，石湖开辟了风景区的事我早知道了。"

巴豆说："是的，你没有什么不知道的事情。"

威廉又笑了一下，说："也有的，比如你为什么还一直对我有看法，有这么深的成见，我就不知道，不明白。"

巴豆想，难道一个人被突然地改变了命运这样的事情也可能轻易地忘记吗？难道外国人的记性就这么差吗？

威廉接着说："该补偿的，我已经补偿了，或者说正在补偿，你还有什么不满意的，你还需要什么，尽管可以提出来，只要我能办到，我会给你办的。你也许觉得我在六年前骗了你，我就是一个彻底的骗子？"

巴豆说不出话来。

威廉又说："我本来想，我给你和章华以及章华弟弟办的事，是最大的补偿了，现在的中国，还有什么比出国更重要的呢。"

巴豆听了威廉的话，开始还不明白是怎么回事，但很快他就想到了，巴豆问威廉："你是说，章华和她弟弟出国的事情都是你帮忙的？"

威廉说："怎么，你不知道，章华没有告诉你？真是奇怪，不只是章华和她弟弟，还有你，你是我第一个要补偿的，不是吗？"

巴豆现在脑子里又是一片混乱。

坐在后面的威廉突然说："你停一停。"

巴豆停下车，回头看威廉。

威廉跳下车来，又把巴豆拉下来，巴豆不知道他要做什么。威廉把巴豆拉下来，又把他推到后面位子上坐好。

巴豆说："你要干什么？"

威廉说："跟你换个位置。"

他骑上车子不由巴豆分说，就踏了起来。

一路引得大家看热闹，议论纷纷。

有人说:"这个老外,犯贱。"

另外个人说:"什么叫犯贱,人家外国人没有见过三轮车,稀奇呀。"

又有人说:"外国人什么东西没见过,三轮车,三轮车有什么稀奇的,外国什么车子没有。"

别人就说:"什么车子都有,说不定就是没有三轮车呢。"

巴豆听他们胡说八道,他看威廉踏车的架势,不像个生手,三轮车虽然有三个轮子,但是没有踏过的人踏起来是很费力的,看威廉踏车的样子,好像是踏过三轮车的。

这时候威廉回头看看巴豆,说:"你看我踏得不错吧,你知道为什么,我在西安踏过半年三轮车的,你信不信?"

巴豆没有理由不相信他,威廉这样的人,什么事情都可能做出来的。

巴豆说:"你说你在哪里杀过人,我也相信的。"

威廉说:"杀人的事我不做的。"

巴豆说:"你做的事情恐怕和杀人的事也差不到哪里去。"

威廉又回头看巴豆,说:"你呀,你这个人,不能做大事的,你太经不起考验。"

巴豆不得不承认威廉说得有道理,不要说和威廉相比,即使比比章华,比比杨蒙,哪怕比根芳,他都不如他们能经事情,巴豆想,说到底,总是因为内心深处始终觉得踏三轮车是低人一等的,是命运逼得走上这条路的。从前的巴豆,人称毕大夫,尤其是在第一人民医院工作的那几年,巴豆的自我感觉当然是很好的,所以当巴豆的命运突然之间发生这么大的变化,巴豆实在接受不了,表面上看,他很沉着,很平静,他默默地度过了五年牢狱生活,出来后也表现得很有自知之明,做了三轮车工人,好像彻底与从前的世界断绝了联系。其实,巴豆这六年来没有一天认过命,没有一天甘心过,他一直不肯放弃他的追查,也正说明了这一点。在巴豆的意识深处,总是还有一丝平反昭雪的念头,所以巴豆的心永远也放不下来,永远也不可能平静松懈。

巴豆真是大错而特错。

谁都知道,包括巴豆自己也很清楚,巴豆的五年官司,是吃的他自己的官司,并不是代人受过。巴豆并没有冤屈,所以巴豆绝不可能有平反昭雪的那一天。巴豆永远不再会是那个毕医生了。

巴豆对这样的事实,接受不了。

威廉一边踏车,一边跟巴豆讲他这几年的经历,威廉说:"你们中国有句老话,吃得苦中苦,方为人上人,是不是?"

巴豆说:"我并不想做人上人。"

威廉说:"但是你也不想做人下人,是不是?"

巴豆无言。

威廉说:"你已经吃了许多苦,你很快就要做人上人了,你应该高兴。"

巴豆说:"你是指我就可以出国了,但是你心里很清楚,现在中国人到了外面,能做人上人的有几个?"

威廉说:"还要你们自己去闯,去苦的。"

巴豆说:"我已经失去了斗志,我不想再奋斗了。"

威廉说:"据我了解,你不会就此罢休的,你还在想着重新出头,但是我要提醒你,你一定要弄清楚什么叫出头。"

巴豆说:"你今天是来给我上人生教育课的。"

威廉笑笑说:"也可以说是受人之托吧。"

又是章华。

巴豆突然对章华有了一种说不清楚的反感,是的,章华把一切都替他安排好了,他就可以和她一起出国,做高级华人去,可是巴豆偏不愿意,巴豆可以有一百个理由不听章华的安排,巴豆不能扔下老父亲,不能丢下女儿,巴豆不想再从头开始努力,他已经很累了,巴豆还没有找到他要找的人——调度,等等等等。但是说到底巴豆只有一个理由,就是巴豆不想出国。

在"出国热"猛烈地冲击着每一个角落,冲击着每一个人的时候,居然有人会对送上门来的出国机会不屑一顾,如果真的有这样的人,这个人就是巴豆。

巴豆坐在后面看出来威廉已经有点累了,但是巴豆只作不知,威廉只好自己停下来,说:"还是你来吧,我踏不动了。"

换过来以后,威廉坐在后面喘了一会儿气,说:"你知不知道我为什么要到石湖看看?"

巴豆没有回答。

威廉说:"我总是觉得那块石碑上刻的内容太了不起了,我简直不敢相信过去真的有那种情景发生过,好多年来,我一直在想象那样的情景,如果我能亲眼看见,真是死也可以瞑目了。"

巴豆说:"你是说老岸?"

威廉有些激动,说:"是老岸,是老岸,你也知道吧?"

巴豆挖苦他说:"如果真会有那样的情形出现,你是不是要把它带回国去呢?"

威廉不在乎巴豆的挖苦,说:"如果有这种可能,我当然想,不想是假的,可惜这是不可能的。"

巴豆说:"你以为你想要这里的什么,你就都能带走吗?"

威廉说:"经过我这么多年的努力,我想我要做的事情,基本上是能够做到的,你说不是吗?"

巴豆不能说不是,的确,威廉这样的中国通,把现在中国的一切都摸得很透,掌握得很准,恐怕确实没有什么事情他做不到。但是巴豆又很不甘心,所以巴豆说:"也有你不能带走的,比如我,你以为可以把我弄出去,是对我最大的补偿,可是我不这么想,你也有失算的时候。"

威廉说:"那天在虎丘,那块点头石上,怎么刻的,'人胡不如石',我想你这个人,真是不如石头聪明。"

现在巴豆胜利似的笑了起来,说:"对了,你只知道和聪明人打交道,但是和笨的人,你反而捉摸不透了。"

威廉点点头,说:"你这话我承认,你当然也不是笨的人,但是我对你确实是很不了解的。"

到了石湖,威廉看到现在的风景点搞了许多人为的建筑,有些油漆得红红绿绿,有些装修得富丽堂皇,威廉连连摇头,说:"还是从前的石湖有看头,顺其自然,古朴纯净。"

其实在这个问题上巴豆也是有同感的,但是这话从威廉嘴里说出来,巴豆听着就不舒服,所以巴豆没有接他的话茬。

威廉到处转了一会儿,就要去看那块石碑。

巴豆说:"石碑上的字如果不修复,现在恐怕也看不清楚了。"

威廉朝巴豆看看,笑笑说:"你这个人。"

巴豆说:"我这个人,是很不识抬举的,是不是?"

威廉笑着说:"你这个脾气,其实我倒是很欣赏的,不过,这样是要吃亏的,中国人最讲究忍辱之道,你不会不明白吧?"

巴豆说:"我不如你明白,你对中国文化,倒是很精通了。"

威廉哈哈大笑,说:"所以我改名叫爱华嘛,这是名副其实的。"

巴豆指着那块石碑,说:"到了,你看吧。"

威廉兴奋起来,过去蹲下来,认真地看那石碑上的字。

这块石碑巴豆看过不知道多少遍了,但每一次来,他总要再仔细地看一遍,每次看过,总有一些想法,并不一定能说清楚是什么样的想法,但总是能感受到一点什么。现在威廉也在仔细地看着,巴豆不知道威廉看了石碑上的字会有什么想法。

威廉直起身子,若有所思地站了一会儿,然后说:"了不起,确实了不起。"

巴豆说:"你说什么了不起,是老岸,还是这块石碑?"

威廉说:"我说的了不起,是指中国人的想象力。"

巴豆说:"你认为这石碑上记的内容是想象出来的?"

威廉没有马上表态,只是沉吟着,后来他说:"这块碑,我是看第二次了,这一次看,比上一次更令人激动。"

巴豆觉得威廉的感觉和他自己有很多相似的地方,巴豆说:"这块碑我看了无数次了。"

威廉又朝巴豆看看,说:"我相信你会常常来看它的,它的魅力太大了,它甚至能把人的思维带出三维空间。"

巴豆承认威廉的话很有道理。

威廉举目四望,过了一会儿,他说:"我听说,这地方从前是古城区的中心位置,后来又成为一个很大的古墓葬区,是不是?"

巴豆说:"你终于又回到你关心的事情上来了,可惜你来迟了一些,你若是早几十年来,你会丰收而归的。"

威廉听了巴豆这话,先是一愣,随后又笑了起来,他说:"你呀,你是不是以为我现在已经改了行,用你们中国话说,改邪归正了?"

巴豆说:"我想不会。"

威廉又笑:"但是有些事情你恐怕是想象不到的,我可以告诉你,我还在干我的老本行,买卖比六年前大得多,而且,你一定不会相信,我的关系人还是做这个的。"威廉模仿了一个踏三轮车的动作。

巴豆不由得脱口问道:"谁?"

威廉说:"谁我是不能告诉你的,倒不是不相信你,因为这个事情知道的人越少越好。你也一定这样想。再说我其实并不知道跟我做交易的到底是什么人,我也不想知道,我是只认东西不认人的。"

巴豆说:"那你怎么会认识我这个人呢?"

威廉说:"你不同,你是我的朋友。"

巴豆笑了一下。

威廉说:"怎么,你不承认我们是朋友?"

巴豆说:"我当然应该承认你这个好朋友啦,你对我的帮助再大也没有了,除了你,还有谁能给我这么大的帮助呢?!"

威廉知道巴豆说的是反话,也不在乎,他拿出笔来,把石碑上的字记了下来,说:"六年前我来的时候,急急忙忙地看了一下,走了之后就一直很后悔,现在总算如愿以偿了。"

巴豆不由叹息了一声,说:"六年,六年以后,一切都不再是从前了。"

威廉说:"可是在我眼里,你还是六年前的你。"

巴豆听了,心里一震,他知道威廉不会随便说这话的,威廉说这样的话当然有他的意思,但是在巴豆听来,好像威廉对他六年的命运变化,作了一个结论,这个结论就是,巴豆还是巴豆。

难道命运发生如此之大的变化的六年,巴豆居然一点也没有变吗?

巴豆总是以为自己已经变得不认识自己了,可是威廉居然说他没有变,巴豆有点迷惑。他不知道威廉说的六年前的他是哪个意义上的他,是本质,是性格,是生命的全部,还是别的什么。

威廉见巴豆不作声,又说:"你的事情章华告诉过我,她说你到现在还对六年前那件事放不下来,说你一定要找到那个三轮车工人,我听了就笑了,你这个人,你以为找到了还会怎么样,后来你果真找到了,又怎么样呢,你既没有打他,也没有骂他,甚至还和他一起喝酒了,是不是?你在见到我之前,你也一定想过,找到了我要怎么怎么样的,可是现在你见到了我,什么事也没有呀,为什么呢?因为过去毕竟已经是过去了。"

已经不是第一个人这么说了,杨蒙说过这样的话,章华虽然没有直接说,但她也是这样的意思。现在威廉也这么说,这些话对巴豆不可能没有影响,而且巴豆也已经有了体验,巴豆在找到江三,在见到威廉的时候,确实没有发生什么事情,好像一切都已经淡忘了似的。

但是巴豆却知道,有一个人没有淡忘,这个人就是毛小白癞子。

毛小白癞子至今没有劝过巴豆放弃他的努力。

为什么？

因为牵涉到毛小白癞子的清白？

不是。

毛小白癞子不是那种拿不起放不下的人。

因为毛小白癞子是一个真正的三轮车工人,一个真正的三轮车工人,是不会屈服于事实的。

巴豆现在没有办法理清这许多头绪,他把威廉送到住处,威廉要付车钱,巴豆想了想,说:"既然你说你是我的朋友,车钱就不收了。"

威廉当然不在乎这几个钱,但是他好像也有点感动,他顿了一下,最后终于说:"巴豆,我也学着他们叫你一声巴豆,你要找的人,也许就在你的身边,你为什么总是想不到呢？你这个人,怎么说呢,还是用你们中国话说,是不是书生气太重了一点？"

巴豆说:"你说的话是不是有事实根据？"

威廉一笑,没有回答。

巴豆如果到现在还心中无数的话,那巴豆差不多就是一个白痴了。其实巴豆早就想到了,调度究竟是谁,巴豆已经有所觉察,只是巴豆实在不愿意往这个人身上想。巴豆知道自己在有意回避不可能回避的事实。

第 20 章

章华终于办成了离婚手续。

一桩不幸的婚姻拖了整整十年,最后终于在金钱的力量之下解决了。

为了一纸离婚证书,章华几乎花去了多年来所有的积蓄,但是章华一点也不后悔,她花去的是钱,得到的却是自由和未来。

章华拿到离婚证书,第一件事就是跑到巴豆家里,她明知道这时候巴豆可能不在家,但她还是忍不住去了。

巴豆果然不在,毕先生见过章华还是六年前的事情,巴豆出事,毕先生曾经一口咬定章华是祸害,他认为是章华害了巴豆,毕先生是把章华恨到了极点的。现在六年过去了,毕先生乍一见章华,已经有点不记得她了。

毕先生说:"你找谁?"

章华还沉浸在喜悦之中,笑嘻嘻地说:"毕老伯,我是章华呀,你不认识我了?"

毕先生一听,早已平静了的心绪又翻腾起来,他不顾章华现在的地位和面子,指着章华说:"你给我出去,我不认识你!"

章华兴冲冲地过来,却不料毕先生兜头浇了一盆冷水,不过章华这许多年也是久经考验的了,她不会因为毕先生这一小小的态度而泄气的。章华说:"毕老伯,我知道你恨我,当年是我对不起巴豆,现在轮到我来补报了,你不会不让我赎自己的罪过吧?"

毕先生张了张嘴。

章华说:"我有好消息,毕老伯,我离婚了。"

毕先生的火气又上来了,说:"你这是什么意思?你离婚跟我们有什么关系?"

章华想自己是太激动了,因为自己和巴豆的事情,毕先生并不清楚,所以现在一两句话也说不清的。章华说:"巴豆出车了?我去找巴豆。"

毕先生喊住她,说:"你以后少到我们家来,你从前害巴豆害得也够了,不要再来添乱了,我们也不想你补报什么,只要太太平平的就知足了。"

章华听了毕先生的话,一颗滚烫的心慢慢地冷了下来,她办成了离婚,并不等于一切就迎刃而解了,前面的障碍还多着呢,一想到这些,她的心又乱了。她急于要找到巴豆,好像只有巴豆能帮助她化解一切矛盾,或者说好像巴豆一来就能帮她解除一切烦恼。

章华有了一种急不可待的感觉,已经熬了这么多年,等了这么多年,她实在不想再等下去了,她觉得自己所有的力量都快要用尽了。

章华从毕家出来,到南洲宾馆门前找到了巴豆。

见了巴豆章华却冷静下来了,不像在毕先生面前那样有些忘乎所以。她没有说话,拿出那张离婚证书,递给巴豆,巴豆接过去看了看,又还给了章华,也没有表现出特别激动兴奋的样子。

巴豆闷了半天,才说了两个字:"终于……"

就是巴豆这两个字,章华的眼泪就流了下来。

巴豆却笑起来,说:"你是章总啊,这是你的地盘,章总怎么可以在自己家的大门口哭呢?"

巴豆这样说,章华的眼泪不仅没有收住,反而流得更厉害了。

旁边长发他们不知道发生了什么事情,他们也不认识章华,都围上来,"三枪"开玩笑说:"哟,巴豆老兄怎么弄了个林妹妹呀,眼泪答答滴。"

长发说:"喂,小妹妹,是不是巴豆欺负你了?"

章华这才收住了眼泪,一时很尴尬。

巴豆说:"你们不要搞百叶结好不好,走开点吧。"

"三枪"说:"为什么要我们走开,这地方又不是你包下来的,林妹妹,对不对?"

章华看了巴豆一眼,说:"我们找个地方吧。"

巴豆说:"好吧,我跟你走。"

长发他们又起哄,说:"巴豆一帖药,服服帖帖跟着走。"

章华说:"就到宾馆里去吧。"

巴豆说:"我这样子,他们也许不让我进去呢,上次我找你,就被挡在门外了。"

章华说:"你还说这种话?"

巴豆跟着章华进南洲宾馆的大门当然是长驱直入的。

"三枪"他们看了很奇怪,后来长发"哎"了一声,说:"我想起来了,听说过的,巴豆有个女朋友,在宾馆做副总经理的,就是她呀。"

于是他们在巴豆他们背后大声地吹起口哨。

在宾馆的休息厅,章华和巴豆坐下了,巴豆的衣着显然和这里的一切很不协调,来去过往和章华打招呼的人都注意到巴豆,巴豆说:"你领我到这里来,好像有点不合适。"

章华却说:"我不跟你说别的了,我的机票已经订好了,下个月的。"

巴豆说:"怎么这么急?"

章华说:"早晚要走了,晚走不如早走,我先去,把那边安排好,把你的签证办好,你就可以过去了。"

巴豆笑了一下,连他自己也笑得莫名其妙。

章华狐疑地看了他一眼,说:"你笑什么?"

巴豆说:"你为什么要帮我包办一切呢?你不知道,对一个男人来说,这不是一种幸福,而是……而是一种……"

章华看着巴豆,说:"一种什么,一种耻辱吗?难道你到现在还在讲究什么虚名?"

巴豆说:"什么叫虚名?"

章华说:"为什么我成功了你反而不高兴?"

巴豆摇了摇头,他确实不知道这是为什么。

章华的眼睛又红了,可是在这里她不能太放肆,虽然她就要走了,但她还是想给这里留下一个完整的美好的印象。

他们一起沉默了,章华吸了一口饮料,巴豆只是一个劲地抽烟。

过了好一会儿,章华说:"你难道不明白我的心思,这么多年……"

巴豆打断她,说:"你不用说,我全明白。"

巴豆确实完完全全明白章华所想所做的一切。

章华要做到一件事,让巴豆到国外去重操旧业,她认为是她在六年前断送了巴豆的事业,断送了巴豆的前途,她一心想挽回这个悲剧,现在她的愿望就要实现了,巴豆对此十分清楚,但是巴豆好像并不愿意。

为什么?

巴豆不相信出国以后能够达到这个目的?

或者,巴豆不能丢下国内的一切?

章华看巴豆半天不作声,章华有点担心,她怕自己多年的努力,被巴豆一句话就轻易地否定了。

章华说:"我想,在我出去之前,我们……"

巴豆看她停了下来,他知道她不大好直说,就代她说了:"是不是在你走之前我们办婚事？"

章华激动地看着巴豆，说："你是知道我的，只有你。"

巴豆说："可是你却不太明白我，原来我以为你是这世界上最了解我的人，可是……"

章华盯着他的脸，说："难道不是吗？"

巴豆顿了一下，说："还是的。"

章华说："那就好，你明白我，我也知道你，还有什么能阻碍我们呢？"

巴豆说："可是，我对你的了解和你对我的了解结果却是不一样的。我了解你，但是我并不想改变你。反过来，你了解了我，你却要按照你的想法改造我。"

章华说："没有，巴豆，你说的不是事实，我没有要改造你，一点没有。你想想，你刚回来时，一定要踏三轮车，我有没有阻拦你？没有，我还帮了你。你要追查从前的人从前的事情，我有没有阻拦你？也没有，我叫我弟弟帮你，他也确实帮了你的，你难道都忘记了？"

巴豆说："我当然不会忘记，我会一辈子记住的。对了，你弟弟去了，怎么没有信来？"

章华说："打过电话回来，说是太忙，实在没有时间写信。"

巴豆说："他出去有一个多月了吧，他有没有说说他的感受？"

章华听巴豆这么问，又顿了一顿，然后慢慢地说："说了，他现在最想回家。"

巴豆说："回家，回哪个家？"

章华说："你明知故问，当然是这里的家啦。"

巴豆说："你这样告诉我，你不怕我有别的什么想法？"

章华说："这是事实，隐瞒不了的。"

巴豆盯着章华看，说："你真的能够把你女儿一个人扔在这里？"

章华忍着眼泪说:"你不会以为我是一个铁石心肠的女人吧?我怎么会,可我总是想,要做一点事情,总要有一个过程的,总会有一天,我们能够团聚的,到那时候,我想我的女儿和你的女儿一定会成为好朋友的。"

巴豆看着章华,他心里涌起一股热流,此刻,他真想去拥住她,搂住她,可是他不能,在这里,章华是受人尊敬的,有德有能的总经理。

巴豆压下心中的热浪,只说了一句话:"你太累了。"

章华说:"只要我所做的努力没有付诸东流,再累我也是心甘情愿的。"

巴豆点点头,他说:"这不是一件小事,你能不能让我再考虑考虑,我会在这几天内给你答复的。"

章华说:"你知道的,我要的答复只有一种。"

巴豆说:"我知道。不过,有一件事,我不能不告诉你,我心里还有一个人。"

章华问:"你还想着你的前妻?"

巴豆说:"不是,我虽然不会忘记我的前妻,但这已经是不可能的事情了。我是……我跟你说过一个人的,叫根芳。"

章华大吃一惊,说:"根芳,你说过的,那个江三的妻子,你怎么……"

巴豆说:"我也不知道为什么,第一次见到她,我就有一种感觉。"

章华说:"你是不是感觉到最终你会和她结合?"

巴豆说:"没有,不是很明显的,只是一种模模糊糊的感觉。"

章华定定地看着巴豆,后来突然笑了起来,说:"你为什么要逃避我,我知道你是在逃避我,你心里明明只有一个人,你为什么要强加一个进去,你这是自己和自己过不去。"

巴豆长长地出了一口气,说:"你说得对,我一直在做自己和自己过不去的事情,我没有办法控制自己,也没有办法摆脱自己,我很苦恼。"

章华说:"我能够帮助你,你为什么不肯相信我,我……"

章华的话被人打断了,那人过来说:"章总,钱总找你,说有要紧事情。"

章华点点头,说:"好的,我马上去。"

巴豆站起来,说:"我走了。"

章华拉住巴豆的手使劲地握着,巴豆觉得自己的手被她握得发痛,巴豆的手也不由自主地握紧了章华的手。

章华说:"巴豆,我再说一句,我要的答复只能有一个。"

巴豆在心里叹了口气。

巴豆现在不能再回避这件事情了,已经到了非作决定不可的时候,巴豆把老姜金林都叫回来,毕竟和毕至不知道出了什么事,也要跟过来,巴豆说:"好吧,我也听听你们的意见,你们也都长大了。"

这天晚上,一家老少七口人,全部聚在毕先生的东厢房里。

巴豆先把事情说清了,最后他说:"说实在的,我不知怎么办好,所以请你们来一起商量商量。"

谁也没有先说话,连毕竟也沉默着。

大家沉默了好一会儿,好像每个人都屏着气,看谁先说话。

出乎巴豆的预料,最先说话的竟然是老父亲。

更使巴豆吃惊的是老父亲说话的内容。

毕先生经过反复的考虑,他说:"你去吧,我没有意见。"

毕先生的话虽然使巴豆大吃一惊,但对其他人来说,却有着一锤定音的意义。

所以毕先生刚说完这句话,老姜就跟着说:"这是一个千载难逢的好机会,你不应该错过。"

金林说:"家里,父亲,都有我们,你尽管放心。"

老父亲和哥嫂这么坚决这么一致地支持巴豆出去,是巴豆没有想到的,现在巴豆听了他们的话,心里只有一种感觉,那就是感动。他完全明白,父亲和哥嫂只有一个目的,一切为了他。

但是巴豆并不觉得很高兴,他说:"你们现在不觉得章华是个害人精了?"

金林看了他一眼说:"现在你还说这话做什么,当时也是一时的怨气没有地方发,才这么说她的。其实她能这样爱你,比什么都强。"

巴豆莫名其妙地笑了一下。

老姜说:"巴豆,你不要发呆,现在许多人想出去,想也想不到呀。"

巴豆说:"许多人想出去,这许多人中也许并没有我呢。"

一直没有开口的毕竟说:"我就知道巴豆叔叔会有花样经的。"

巴豆说:"什么花样经,听你的口气,也是希望我出去的啦。"

毕竟没有马上回答。

老姜说:"当然希望你能出去。"

巴豆又笑了,他看看毕至和毕业,说:"现在看来,我如果说不想出去,就会群起而攻之了,没有人会站在我这边了。"

毕业说:"我站在你这边。"

她说了这话,又回头问毕至:"你呢?"

毕至想了想说:"我、我也是……我也不知道。"

巴豆说:"毕至最滑头。"

毕至叫冤枉了,说:"我怎么滑头呀,我真的不知道怎么说,我是又想你出去,又不想你出去的,真的。"

毕至这样说,大家听了都说不出什么来。

过了一会儿巴豆说:"你为什么这样?"

毕至说:"你出去了就不会回来了,是不是?"

巴豆一愣。

毕业听毕至这么说,连忙说:"那我更不要爸爸出去,要不然我就再也见不到爸爸了。"

金林瞪了毕至一眼,说:"毕至,你懂什么,小孩子不懂就不要乱说。"

毕至说:"我怎么乱说啦,我没有乱说,你问巴豆叔叔是不是?"

金林说:"你给我闭嘴。"

毕至噘起嘴来,不说话了。

毕业说:"你不说我也会说的,我也知道的,大人都是最黑心的,只知道自己怎么怎么,根本不管我们小孩子。"

巴豆说:"你是说我吧。"

毕业看了他一眼,说:"谁是这样的人我就说谁。"

巴豆笑笑,说:"如果我不是这样的人呢?"

毕业说:"那我说的就不是你。"

毕至也笑着说:"你心虚什么呀,又不是说的你。"

毕先生和老姜他们见巴豆只顾和小孩子说这些没用的话,很着急,毕先生打断他们,说:"巴豆,你怎么还在当儿戏,这是大事情呀。"

老姜说:"是呀,我们都在为你急,为你紧张,你这个人,真是的……"

巴豆说:"就是因为太紧张,大家应该放松一点嘛,再说,这么大的事情,你们几句话就定下来,我好像有点不甘心似的。"

老姜说:"真是奇怪,你有什么不甘心,这又不是坏事。"

巴豆说:"我当然知道是好事,可是辩证法说好事也会变坏事,坏事也会变好事,我是不敢保证的。"

金林说:"你这不是辩证法,你这是胡搅蛮缠。"

老姜盯着巴豆看,过一会儿他摇着头说:"我弄不明白你,你好像老是在跟自己过不去。"

毕先生说:"真是的,弄不明白他到底要做什么。"

巴豆心里其实也一直在想为什么自己要跟自己过不去,出国连父亲都认为是一件好事,可是他偏偏自己跟自己别扭,难道是因为他跟这个世界隔绝了五年的缘故?

巴豆还是定不下心来,他觉得自己有点神思恍惚,总好像有什么事情要发生似的。

后来老姜他们等得不耐烦了,老姜说:"你到底怎么样,你为什么还犹豫不决?"

巴豆说:"我也说不清楚。"

老姜说:"我们的意见就是这样了,你听不听是你的事,但是你叫我们来,要听我们的意见,我们说了你又不当回事,这算什么?"

巴豆说:"如果我们换个位置,如果你是我,现在要你一下子做出这么大的改变,你会毫不犹豫地做出决定吗?你恐怕也要好好地考虑考虑吧。"

老姜说:"考虑当然是要考虑的,但只是考虑一些细节问题,总的目标是用不着多考虑的。"

毕竟也说:"巴豆叔叔,你还是去的好,你不去在这里能混出什么样子,即使你做了三轮车的托拉斯,又怎么样。"

巴豆说:"我什么时候要做托拉斯的?"

毕竟说:"不想做那就更应该走了,你出去了,今后我们说不定还能靠你的福,也出去混呢。"

金林说:"现在的人想出国都想疯了,真是不择手段的,我们也不要像那些人那样,但是现在送上门来的好事,总不见得放弃掉吧。"

巴豆说:"送上门来的好事,世界上还真有这样的好事。"

金林说:"你出去了,以后要是过得好,真的,毕业他们小一辈的,也是有希望的。"

巴豆说:"要是混得不好呢?"

老姜说:"你怎么这么没有信心,还没有开始努力就打退堂鼓。"

毕先生说:"你出去,你的家还在这里,要是过得不好,你还可以回来。"

巴豆说:"我可以出去洗五年盘子,赚一大笔钱回来养老,是不是?"

毕竟说:"你不要以为你这是说的反话,这是真的,你要是出去洗五年盘子,回来保证是大富翁。"

老姜说:"钱当然也是重要的,但是我们还希望你能出去做一点事情。"

巴豆说:"我这样的年纪,还能混成什么大气候吗?"

金林说:"你即使做不了什么,也应该为小辈人想想,为他们做一点事情,也算是对得起他们了。"

几个人轮番地说,但是巴豆始终不表态,他们也说得没有趣了,终于停了下来。

大人的话一停,毕业就说:"你们说了也是白说,爸爸不会走的。"

巴豆说:"毕业,你凭什么说爸爸不会走的?"

毕业先是笑而不答,后来说:"我不告诉你,反正我知道你不会走,你说是不是?"

巴豆无言以对。

正如老姜说的,巴豆叫他们来商量,但实际上大家说的话巴豆根本没有听进去,巴豆叫大家来只是骗骗他自己。

这天夜里巴豆没有出车,他一个人在大街小巷转悠,他很想去找章华,可是他不知道章华现在在哪里,章华已经离了婚,不会在原来的家了,她在养父母那儿,还是在自己的亲生母亲那儿,或者就在南洲宾馆？她说过，直到最后一天，她也要把应该做的工作做好的。

巴豆估计章华多半在宾馆。

巴豆慢慢地走到南洲门口，他在这里拉了大半年三轮车，和门卫也都熟了，门卫见他没有踏三轮车，觉得奇怪，问他为什么。

巴豆说："今天不想做了。"

门卫说："赚得不想赚了，是不是？"

巴豆说："哪有这样的事情，钱这东西总是越多越好的，哪有不想赚的。不过世界上有些事情也比赚钱更重要的，你说是不是？"

门卫看看他，说："那当然。"

巴豆说："我想进去看一个人。"

门卫问他看谁。

巴豆说："章华，看你们的章总。"

门卫又狐疑地看看巴豆，问："你找章总做什么？"

巴豆说："总是有事情才找她的。"

门卫问："你事先有没有联系过，有没有约好？"

巴豆摇摇头。

门卫说："那不行的，你要事先约好才能进去，你要是有急事，先在这里打电话进去。"

巴豆想了想，说："好吧，我先打电话进去。"

当总机小姐说"好的，请您稍等"时，巴豆放下了电话。

门卫说："怎么，不在？"

巴豆点点头。

门卫奇怪地说："咦，怎么会不在呢，章总一般晚上是很好找的，白天倒是不大好找的，晚上章总一般都在。"

巴豆应付了一句："也许她出去了。"

门卫还想和巴豆聊聊，巴豆没有兴致，走开了。

巴豆终于没有去见章华,因为现在见章华,他还是没有答案给她,而章华并不需要别的什么,她只要巴豆的唯一的答案。

巴豆离开南洲宾馆,又漫无目的地在街上走着,他经过柳贞巷口,发现江四的好运酒吧重新又开张了。巴豆过去看看,江四不在,有两个女招待见巴豆探头探脑,说:"有什么好看的。"

巴豆笑笑,没有跟她们啰唆。

巴豆看现在的好运酒吧在档次上比过去有过之而无不及,不由不佩服江四的头脑,江四的头脑真是很硬,打不软。

两个女招待见巴豆不走,又说了几句挖苦的话。

这时候江四在里面大概听见外面的声音,走了出来,一见巴豆,愣了一下,随即恢复了正常,笑笑说:"好久不见。"

巴豆说:"怎么,不想请我喝一杯了。"

江四说:"怎么不想,你进来坐嘛,我们这种人,想得开的,对过去的事,不会纠缠不清,也不会放在自己肚子里发烂发臭。"

巴豆说:"你是说我,对过去的事情想不开?"

江四说:"这个你自己去想吧。"

巴豆说:"其实我和你,两清了,谁也不欠谁,你说是不是?"

江四说:"本来这个世界上谁欠谁是说不清的。"

巴豆说:"你倒真的想得开。"

江四说:"当然也要看人的,你这个人,我也拿你没有办法,真是刀枪不入。"

巴豆说:"什么叫刀枪不入,我听不懂。"

江四说:"听不懂就算了,反正你放心,我不会再怎么样你了。我见过江三,有些事情我都明白了,我们虽然不是一条道上的,但也没有必要做仇人,你说呢?"

巴豆说:"那当然,恐怕没有人会希望自己多一个仇人的。"

江四说:"江三说你是好人,我不知道你是什么人,我是吃过你的苦头的,但是我也相信江三不会乱说。江三说好人会有好报的,你现在有了好报,说明你是个好人。"

巴豆问:"我有什么好报?"

江四看看他,说:"你以为别人都不知道你要走了,这里的消息,传得比你自己知道得还快。"

巴豆一时不知道说什么才好。

江四看巴豆不说话,就说:"你放心,我绝不会捣蛋的,能出去是件好事嘛。"

巴豆问:"以前的事情真的一笔勾销了?"

江四说:"你到现在还不相信?"

巴豆顿了顿说:"如果我不想一笔勾销呢?"

江四说:"又来了,说你是刀枪不入,还真是刀枪不入的,宁可放弃出国这样的好事,你还是要找'调度'?"

巴豆说:"你的意思是如果我再问'调度','调度'就要破坏我出去的事?"

江四说:"这个你是多问了,其实不问你也明白的,事情就是这样。"

巴豆说:"这只是你们,或者说只是'调度'单方面的想法。如果我本来就不想出去,那他就失算了。"

江四说:"那你就是一个大傻×。"

巴豆这时候笑了起来,说:"你也许说对了。"

江四听了巴豆这话,愣了一会儿,后来他点了点头,好像突然间明白了什么真理一样。

第 21 章

毛宗伟改行了。

踏了十多年三轮车的毛宗伟现在不再踏三轮车了。

巴豆初一听到这个消息,怎么也不能相信。

巴豆一大早就起来,想找毛宗伟证实一下,可是毛宗伟比他起得更早,巴豆去喊他时,他已经出去了。

毛小白癞子看着巴豆,他当然知道巴豆找毛估要问什么,毛小白癞子低垂着眼睛,有意不看巴豆。

巴豆说:"毛估怎么会呢?"

毛小白癞子不作声。

巴豆说:"你也不知道?"

毛小白癞子过了一会儿才说:"说是他老婆不愿意他再做三轮车。"

巴豆说:"还没有过门呢,就能做毛估这么大的主啦。"

毛小白癞子一笑,看上去笑得有点酸涩。

巴豆说:"要恭喜你了,毛估终于跳了龙门。"

毛小白癞子又看了巴豆一眼,说:"什么跳龙门,他这个人,我是不明白他的。"

巴豆说:"不管怎么样,反正毛估也算是争了口气。"

这时毛师母过来听他们说话,插上来说:"就是,我也是这样想的,这是一件好事情,巴豆你说是不是?可是你看这死老头子,倒挂八字眉毛,一脸的晦气,好像挖了他的祖坟似的。"

巴豆朝毛小白癞子看看,说:"不会的,他心里也高兴的。"

毛小白癞子闷声闷气地说:"我高兴个屁!"

毛师母说:"你看看,你看看,这算什么,儿子好像和他是天生的对头,儿子向上他不开心的,这种人,世上少见。"

毛小白癞子"哼"了一声,说:"向上,向什么上,他能有什么好事情做出来。"

巴豆这才想起还不知道毛宗伟改行改到哪里去呢,他问毛师母:"毛估不做三轮车,改做什么了?"

毛小白癞子不等毛师母说什么,抢在她的前面说:"只有他小子想得出,要开服装店。"

毛师母说:"开服装店有什么不好?"

毛小白癞子说:"好,好,我看他好到哪里去。"

毛师母有点生气了,说:"你这种做爷的,像什么爷,你是不是比不过儿子,吃儿子的醋?你自己没有本事,做一世人生还在踏一辆破三轮车。现在儿子有本事自己闯出来,一点也没有靠你什么福,你倒还要挑三挑四。"

毛小白癞子瞪了老太婆一眼,不跟她啰唆,回头对巴豆说:"我是死脑筋,大家都认为踏三轮车是下等事情,我偏偏要踏一世三轮车,下等上等,全是自己做出来的,跟做什么生活没有关系的。"

巴豆说:"你的话是对的,可是社会上大家不这么看,所以你这种想法就不能适应了。"

毛小白癞子说:"不适应就不适应,为什么一定要适应?为什么一定要我去适应他们?他们为什么不来适应我?"

毛师母说:"你做梦。"

等毛师母走开后，巴豆又问毛小白癞子："毛估真的是因为女朋友的缘故才不做三轮车的？"

毛小白癞子好像有心思，他摇了摇头，避开巴豆的注视，说："他自己这么说的。"

巴豆问："你相信？"

毛小白癞子又摇摇头，说："我不晓得。"

巴豆注意到毛小白癞子的神态，说："你是不是有什么话要说？"

毛小白癞子又把眼睛低垂了，过了半天才说："没有，没有什么。"

现在巴豆的一种预感越来越明显，越来越突出，心里也越来越紧张，他拼命地排除这种预感，但是越是要排除，这种感觉却越是强烈，甚至有些害怕了。

他不能再问毛小白癞子什么问题，再问下去，巴豆不知道会出现什么样的结果。

毛小白癞子上午出车以后，巴豆一个人坐在天井里，他看着毛家的屋子，想着毛家的每一个人，想着这么多年来他们两家的关系，巴豆心里涌起一股酸涩的滋味。

巴豆走出去，他到家乐旅馆去看看根芳有没有消息，正好碰见陈主任，陈主任见了巴豆，说："你来了，我正要去找你呢。"

巴豆问什么事。

陈主任说："根芳的事啦，除了根芳的事，我找你还会有什么别的事。你告诉我，根芳到底到哪里去了？"

巴豆说："你怎么问我，我怎么知道根芳到什么地方去，我要是知道，早就去把她找回来了。"

陈主任怀疑地看着巴豆，说："可是有人说你知道根芳在哪里。"

巴豆说："谁说的？"

陈主任说:"谁说的你就不要管了,到底是不是?"

巴豆不由得笑了一下,说:"为什么老是有人这么看重我,什么事情都要和我挂上钩。"

陈主任说:"这要问你自己了。"

巴豆说:"是的,我是应该好好想一想了。"

陈主任说:"你想什么我不管,你要是知道根芳的下落,不说出来你不作兴的。"

巴豆说:"陈主任,你对根芳这么关心,关心得别人都要忌妒了,好像根芳是你的女儿。"

陈主任一愣,说:"我关心根芳有什么不对,根芳一个人,孤苦伶仃的,我应该关心帮助她的。再说她在家乐旅馆做负责人,家乐旅馆搞得很有起色,现在她一走,这里就乱得不像样子了。"

巴豆不想听陈主任多说,正要走开,突然看见毛宗伟从旅馆里走了出来。

毛宗伟一见巴豆,说:"你也来了,我们走到一起来了。"

巴豆说:"你怎么知道我们是走到了一起呢,你知道我是来做什么的吗?"

毛宗伟拉了巴豆进去,到根芳原来的屋子里坐下。

巴豆看根芳的屋子还是原来的样子,里边的摆设一点没有动过,巴豆说:"好像根芳还在这里。"

毛宗伟说:"你说我不知道你来做什么,其实你来的目的和我来的目的是一样的,我们都是来找根芳的。"

巴豆笑笑说:"你这小子,自己有了年轻漂亮的女人,为什么还盯住根芳不放?"

毛宗伟也笑,说:"你呢,你还不是一样,自己有章华那样身份的高级女人,还盯住根芳做什么?"

巴豆说:"你真是无所不知。"

毛宗伟说:"是的,我知道的是不少,我还知道你马上要出去了,和自己心爱的人一起远走高飞,你总算是有了这一天了。"

巴豆说:"你不也一样,跳出龙门,做服装老板,也总算是有了这一天。"

毛宗伟说:"可是我们两个都忘不了根芳,是不是?"

巴豆没有直接回答毛估的话,他看着根芳屋里的摆设,过了一会儿,说:"根芳到三摆渡,是你介绍来的吧?"

毛宗伟注意地看看巴豆,说:"你怎么会有这种想法?"

巴豆说:"有时候我会无缘无故地产生一些奇怪的想法。"

毛宗伟说:"我没有介绍根芳到这里来,根芳先是在吴老师家做保姆,那时候我还不认识她呢。后来她到小店里做,我才认识她的。"

巴豆说:"真的吗?"

毛宗伟盯着巴豆的眼睛说:"你不相信我?"

巴豆一笑:"我不相信你还能相信谁?"

毛宗伟说:"那我告诉你我现在真的不知道根芳在哪里,你相信吗?"

巴豆这下不好说了,他是不相信的,他认为毛宗伟是知道根芳的去处的,但是毛宗伟这样一说,巴豆倒不好再追问他了。

毛宗伟见巴豆没有说话,就说:"你现在还要找根芳,到底为什么,你就要走了,难道还要盯住人家不放吗?"

巴豆听了毛宗伟这话,心里一震,毛宗伟眼巴巴地看着他,好像充满着期待,又好像饱含着辛酸。

巴豆心里的一股劲又松下来了,他的心又软了,他半天没有说话,只是茫然地看着毛估,自言自语地说:"我要走了,你们都认为我要走了。"

毛宗伟说:"我们都到了一定的时候了,你出国,我也要结婚了。"

巴豆说:"十月一日,是吧?没几天了。"

毛宗伟突然叹了口气,说:"我要结婚了。"他一边说一边怪模怪样地一笑。

巴豆问:"你都准备好了?"

毛宗伟又是怪样地一笑,说:"我都准备了十几年了,还没有准备好啊,你想想,我今年多大了,整四十了,一个人到四十岁才结婚,这个滋味,别人是不知道的。"

巴豆看毛估眼睛里有了泪花,他避开了自己的目光。

毛宗伟又说:"我现在什么也不想了,只想结了婚安安逸逸地过日子。"

巴豆想说所以你改了行,不再踏三轮车了,但是话到嘴边,还是收了回去。

毛宗伟知道巴豆想说什么,就代他说了:"所以我不想再做三轮车了。"

巴豆终于忍不住说:"你认为踏三轮车不安逸是吗,其实我做了这大半年下来,也没有觉得怎么不安逸呀。"

毛宗伟说:"你没有说真心话。"

巴豆说:"是我没有说真心话,我想不管做哪一行,同样都有安逸和不安逸的区别。一个人如果只做自己分内的事情,他到哪里都会安逸的,反过来如果他的行为超出了一定的范围,恐怕就会产生不安逸的感觉了。"

毛宗伟说:"你是说我吧?"

巴豆没有回答。

毛宗伟等了一会儿,说:"好了,我也要走了。"

巴豆说:"你很忙啊。"

毛宗伟说:"你现在怎么变得阴阳怪气的,我再告诉你一遍,我真的不知道根芳在哪里,我到这里来,也是想看看根芳有没有回来的。"

巴豆想,你现在说什么我都可以相信,也都可以不相信,一切都在我自己。

毛宗伟走后,巴豆回家去,他一路走一路想着毛估,他想起毛估小的时候跟在他身后的情形。想起毛估到苏北插队时的情形。想起毛估从苏北乡下回来时的情形,想起毛估刚开始做三轮车时的情形。巴豆又想到父亲跟他说过多少次,在他服刑期间,毛估对他们家的帮助,巴豆越想就越有一种心碎的痛楚。

巴豆站在三摆渡巷子里,虽然眼前只有一条路,可是巴豆却恍惚地感觉到眼前有许多条路,他实在不知道应该走哪一条。

巴豆正站在那里发愣,突然肩上被人拍了一下,一回头,是张大帅。

巴豆既觉得意外,又很高兴,连忙说:"张师傅,你回来了?"

张大帅说:"怎么,我出去不到一年,张大帅就变成张师傅了。"

巴豆不好意思地一笑。

张大帅说:"笑什么,车子呢?我是来问你要车子,这大半年,把我闷坏了,真是脚痒得不得了了。"

巴豆说:"车子在,你要的话现在就可以踏回去。"

张大帅说:"怎么,你另外搞到车子了?"

巴豆说:"没有,你还不知道,毛估不做三轮车了,我如果要,可以用他的车子。"

张大帅听说毛宗伟不做三轮车了,好像也没有很吃惊,只是说:"这小子,会捉老鼠猫不叫。"

巴豆说:"你倒了解他?"

张大帅说:"我这双眼睛,什么样的事情看不穿。"

巴豆忍不住一笑。

张大帅说:"你笑我吹牛?"

巴豆笑着摇头。

张大帅说:"毛小白癞子呢,在不在家?"

巴豆说:"早上出车去了。"

张大帅说:"也是个做不死的,和我一样的坏子,巴豆,我交给你一个任务,你帮我告诉毛小白癞子,今天晚上,我请客,我在那边帮忙,给了我一笔奖金,今天弄几个老朋友吃一顿,你也来。"

巴豆说:"我也是你的老朋友?"

张大帅说:"怎么,你不承认?"

巴豆连忙点头。

张大帅说:"晚上你和他一起来,另外我还叫了个把人,一起热闹热闹。"

巴豆说:"到你家里?"

张大帅说:"当然到我家里,你放心,不要以为我没有老太婆就弄不出好饭来,告诉你,我还专门请了一个厨师呢。"

巴豆说:"那你现在要把车子踏回去吗?"

张大帅说:"那当然,我等不及了。"

他跟着巴豆到家,把他的车子踏走了。巴豆送他出去,看着张大帅把那辆跟了他大半年的车子踏走,心里有一种依依不舍的感觉。

这天晚上,巴豆和毛小白癞子一起到张大帅家里去,进门一看,张大帅还请了一个人,竟然是江大咬子。

江大咬子一见巴豆,马上站起来,说:"巴豆,上次我是错怪了你,现在给你赔不是。"

巴豆连忙说:"别,别这样,其实什么事情也没有。"

张大帅说:"你让他赔礼道歉,要不然他心里不好过的,谁叫他一贯自以为是的,这样一把年纪了,看人看不清,活该道歉。"

江大咬子说:"我是活该,谁叫我养了这么几个好儿子。"

张大帅说:"算了算了,不说小辈了,说了小辈,酒也喝不下去了,你的儿子总算还是孝顺你的呢,你不看看我的几个——唉,只怪前世里没有修好。还是毛小白癞子,前世里修得好,一儿一女一枝花,毛估总算是争气的。"

巴豆注意张大帅说这话的时候,毛小白癫子心事重重,笑颜难开,而且只要巴豆一看他,他就把眼睛避开。

张大帅也注意到了,他看看毛小白癫子,说:"你是难得上心思的,什么心思说出来大家听听,说不定可以相帮相帮。"

毛小白癫子摇摇头,说:"唉,一家不知一家,老古话说得真是有道理。"

张大帅说:"什么叫一家不知一家,你的家我就知道。"

毛小白癫子突然发了火,说:"你知道个屁!"

毛小白癫子一发火,张大帅就笑起来,说:"好了,发了这股臭气,松了,可以喝酒了。"

毛小白癫子说:"松了,八辈子也松不了了。"

张大帅和江大咬子都有点奇怪地看着他,他们这三个人,脾性其实很相像,都是比较乐开的人,难得毛小白癫子会这样心事重重的。

张大帅问巴豆:"你知道不知道他什么名堂,你跟他天天一扇门进一扇门出,他的心思你应该知道吧?"

巴豆看着毛小白癫子,摇了摇头:"我不知道。"

毛小白癫子迅速地抬眼看了一下巴豆,又低下了眼帘。

张大帅看菜准备得差不多了,说:"好了,好了,不说就是没有什么心思,没有心思就痛痛快快地喝酒。"

大家摆开了酒杯碗筷,毛小白癫子只顾给自己倒酒,倒满了一杯就喝,一言不发。

张大帅有点不高兴了,说:"叫你来是为了大家高兴高兴的,你这张驴脸,给谁看,你不想高兴你走吧。"

巴豆怕毛小白癫子一气之下真的走了,谁知他好像没有听见张大帅的话,还是闷头喝酒。

江大咬子说:"毛小,你还有什么想不开的,人到老了,还不就是指望小辈有点出息,你看我弄了这样几个小辈,也没有像你这样晦气呀,你们毛估……"

毛小白癞子一听到江大咬子提毛估,就开了口,说:"你们为什么老是要提他?"

说这话时,他又看了巴豆一眼。

张大帅说:"不提就不提,毛估又有什么了不起,不就是不做三轮车,做一个服装店小老板吗,提都不能提了。"

毛小白癞子张了张嘴,没有说出话来。

后来他们就尽量避开提毛小白癞子家里的事,几个人敞开来喝了一斤半白酒,大家都有点醉了,毛小白癞子一开始只是喝闷酒,到后来就有点胡说八道了,但是他尽管胡说,却只字不提毛估。

江大咬子和张大帅也都有了醉意,他们说了许多往事,发了许多感慨,巴豆就静静地听他们说,他听他们说到从前给车行老板拉车时的生活,又说五十年代初三轮车的兴旺,说到六十年代三轮车的大劫难,再说到七十年代后期三轮车的复兴,巴豆听着好像看到了一部三轮车的历史,虽然他们说话颠三倒四,但是大体的轨迹是不难听出来的。

说到最后,三位老三轮车工人共同的感叹是觉得他们自己跟不上时间了,他们觉得时间走得太快,他们说五十年代初一角钱就能拉一次生意,现在开口要十块钱实在是小意思了。

如果说到这里他们不再往下说,事情也许就到此为止了,可是偏偏张大帅又说了一句,他说:"十块钱,十块钱算什么,这个问问巴豆,问问毛估,他们狮子大开口是怎么开的,恐怕我们这些老东西听也没有听说过的呢。"

巴豆说:"开口是开得比较大的,但是开了口并不一定就能弄到的,而且这个口也不是常常能开的,有时候一连几天都没有生意的,要不然,在宾馆街做的人一个个岂不都是大富翁了。"

张大帅说:"这很难说,叫毛小白癞子说,你们毛估,这几年到底赚了多少,开得起服装店,可不是小数字啊。"

他们看着毛小白癞子,毛小白癞子开始还哼哼哈哈的,后来一下子扑在桌子上哭了起来。

张大帅和江大咬子都说:"醉了醉了。"

毛小白癞子却一边哭,一边说:"谁醉了,我没有醉,我只是心里闷。"

巴豆搀起毛小白癞子,说:"回去吧。"

张大帅说:"要不要紧?"

巴豆说:"不要紧的,我踏他的车子,没有问题的。"

他们一起把毛小白癞子扶上车子,由巴豆踏他回去。

巴豆踏了一小段路,毛小白癞子在后面说:"巴豆,你停一停。"

巴豆停下来,回头看着他。

毛小白癞子说:"我现在,不想回去。"

巴豆点点头,把车子歇到路边,停了。

毛小白癞子一把抓住巴豆的手,说:"巴豆,我真的没有醉,他们都不明白我,我只是心里闷。"

巴豆说:"我知道。"

毛小白癞子把巴豆的手抓得更紧了,他盯着巴豆看了一会儿,好像有点气急了,问道:"巴豆,你是不是什么都知道了?"

巴豆的心好像被一只手揪得紧紧的,绞得很痛很难受,巴豆慢慢地摇了摇头。

毛小白癞子又说:"巴豆,你一定都知道了,你不说,为什么,你是怕我……"

巴豆再一次否认,他说:"我什么都不知道。"

毛小白癞子流下两行眼泪,说:"巴豆,你恐怕不会知道,你是我最喜欢的人,我不敢说比喜欢我的子女更甚,但至少是等同的。可是巴豆,最对不起你的也是我……可是……可是……毛估他毕竟是我儿子呀……"

巴豆好像预感到毛小白癞子要说什么,他阻止了他,说:"时间不早了,回去再说吧。"

他让毛小白癞子重新上了车,又踏起车子上了路。

车子拐进三摆渡,毛小白癞子突然说:"巴豆,你为什么不跟我提毛估的事?"

巴豆回头对毛小白癞子一笑,说:"毛估有什么事,毛估什么事也没有,毛估最大的事情就是他的喜事。"

毛小白癞子最后说了半句话:"毛估要是像你这样就……"

巴豆没有说什么,但是他想,毛估是不可能像他的,每个人都是一个独立的人,毛估当然也是一个独立的人,他不会,也不必要像别的任何人。

尾　声

　　九月三十日晚，毛宗伟的结婚喜宴在得月楼举行，十桌。

　　十桌，按现在的行情，不能算是最多，但是也不算少，尤其是在得月楼又是三十日晚上这样的黄金时间，要订下这样的场面是很不容易的。

　　当然，再难的事，毛宗伟也能办到，这一点不用怀疑。

　　巴豆踏着毛宗伟的那辆车去得月楼喝喜酒，巴豆的口袋里揣着章华的来信。

　　章华信上说，她知道巴豆还没有最后下决心，她知道巴豆是因为放不下"调度"的事情而下不了决心，她告诉巴豆，"调度"就是毛宗伟。她又说很可能巴豆已经知道了，但是她还是要亲自告诉他。

　　章华在信上为毛宗伟说了不少好话，巴豆不知道是杨蒙要她说的，还是她自己要说的。但巴豆明白，章华也好，杨蒙也好，他们都希望他大事化小，小事化了，不要再拿自己的前途和命运和早已经过去的不值得的事情赌了。

　　章华说毛宗伟当初并不想把巴豆拉下水，他把威廉要古董的事情告诉了江三，本来是想让江三一个人带威廉去的，可是巴豆偏偏做事情太认真，一起陪着去了，事情就发生了根本性的变化。以后巴豆出狱,一步步地追查下去,毛宗伟始终打的被动战,他实在不想让巴豆知道"调度"就是他。毛宗伟不想让巴豆知道这一切,出于什么原因,章华和杨蒙并不很清楚,但他们分析这和巴豆和毛宗伟家做了多年的邻居肯定是有关系的。巴豆和毛宗伟本来就是一对好朋友,毛宗伟大概不想改变这种关系。

对于章华信上所说的一切,巴豆都相信。巴豆可以承认毛宗伟绝不是从害他的目的出发的,但是即便如此,现在要巴豆面对这样一个他苦苦追了这么多时间,连睡梦中也想着要揭露的事实,巴豆是很难做到的。

现在巴豆口袋里揣着章华的信,他踏上了得月楼的二楼,毛宗伟的十桌酒席就摆在这里。

喝喜酒的人已经到得差不多了,大厅里十分热闹也十分混乱,巴豆站在大厅门口,朝里边看。

毛宗伟穿一套白色西装,系着红领带,胸前一朵红花,红白相衬,使毛宗伟看上去格外精神,毛宗伟虽然踏了十多年的三轮车,他的皮肤却并不黑,也不显得怎么粗糙,平时大家就跟他开玩笑,说他是晒不黑的白面书生。从神态上看,现在做了新郎的毛宗伟不改往日的腼腆,又增添了一些少见的风采,与一个新郎的身份十分相配。

新娘子看上去很年轻,几乎还是一个少女,穿一身大红的裙衫套装,更显得纯情天真,一笑,脸上有两个小酒窝,毛宗伟不时地看着自己的新娘。

大家说,毛估今天是越看越开心,越看越要看。

又说,以后有的是时间让你看,今天就等不及啦。

毛宗伟听大家说,就跟着笑。

这许多人中,也许只有巴豆才能从毛宗伟的笑意中看出一丝忧愁、一份沉重。

在整个宴席上,最光彩的大概要算是毛师母了,她满脸通红,到处张罗,一会儿招呼你多喝一点,一会儿叫他放开肚子吃菜,在大厅嘈杂的人声中,始终能听见她的大嗓门。毛师母几次走到巴豆这一桌,劝酒劝菜。巴豆这一桌是毛家的邻居,巴豆家就来了三个,巴豆、老姜和毕竟。

和毛师母的热烈情绪正好相反的是毛小白癞子的沉闷,毛小白癞子在这一个晚上,只做一件事:闷头喝酒。

巴豆几次想过去和毛小白癞子干一杯,但是他始终没有过去,巴豆坐在对面桌子上看着毛小白癞子,这时候,巴豆有了一种很深切的感受,他感觉到毛小白癞子老了,可以说仅仅是在短短的几天时间里,毛小白癞子至少老了十岁。巴豆想到这里,他的心里就胀痛、就发闷,巴豆一只手老是放在口袋里,不知不觉中,把章华的那封信揉得粉碎。

散席了,毛宗伟偕新娘向宾客一一致谢,在经过巴豆面前时,毛宗伟深深地看了巴豆一眼,没有说话,但是巴豆当然明白,这一眼,什么都在里边了。

小车是毕竟帮忙开的,毛宗伟和新娘上了毕竟的车,巴豆他们到门口去送一对新人。

毕竟说:"巴豆叔叔还是踏一辆三轮车啊?"

巴豆点点头。

毕竟临上车时,说:"有一部电影叫《最后的贵族》,你们的三轮车恐怕也到了最后的……"他拍了拍自己的雪亮的车身,说,"这个会取代一切的。"

巴豆笑笑说:"但是在目前,恐怕还要各司其职的,即使到了以后,也会有小轿车代替不了的东西。"

毕竟也笑了,他一边笑一边钻进小车。

人慢慢地都散了,巴豆正要过去踏三轮车,毛小白癞子从暗处走了出来。

巴豆说:"你怎么……不是走了吗?"

毛小白癞子说:"我不走,我不想走。"

巴豆说:"你没有踏车子出来?"

毛小白癞子说:"他们用汽车接我出来的。"

巴豆说:"正好,我踏你回去。"

毛小白癞子没有表态,他盯着巴豆看了好一会儿,最后说:"巴豆,我对不起你。"

巴豆说:"你又来了。"

毛小白癞子不相信似的看着巴豆,说:"你难道真的不再……"

巴豆笑笑,又摇摇头。

毛小白癞子长长地出了一口气,说:"那我走了。"

巴豆说:"我送你回去。"

毛小白癞子说:"不要,我想一个人慢慢走走。"

巴豆目送毛小白癞子,看着毛小白癞子沉重的背影,他的心里反倒慢慢地轻松了。

巴豆到街对面踏了三轮车。

这是毛估的三轮车,巴豆第一次用。

这个第一次,究竟是巴豆的这一段人生的开始还是终结?

这个第一次,究竟是第一次还是最后一次?

巴豆踏起三轮车慢慢地向前。

后　记

　　我在写作《老岸》的整个过程中以及完成《老岸》以后,我一直没有很明白,这部以三轮车工人的生活为主要内容的长篇小说,怎么会取"老岸"这样一个名字?

　　老岸是什么?

　　这在题记和内容中都已经说明,已经说明了的东西还会有不明白的地方吗? 我想还是会有的。有些东西是可以通过语言的媒介加以说明,但是另一些东西却是说不大明白的,比如"老岸"。

　　所以我一直说不清楚"老岸"到底是什么,甚至不知道究竟有没有"老岸"。这种仅见于方志史书记载的现象,到底是有还是没有,这并不很重要。问题的关键在于"老岸"和我的这部小说到底有什么联系。

　　这也正是我自己有些迷惑的。

　　我是在去年夏天写抗洪救灾文章查找一些水利资料时,偶尔看到关于"老岸"的记载,原文是这样写的:据《太湖备考》记载,明万历十七年(1598年)正遇大旱,太湖水浅,在去胥口几里的湖中,曾发现一座九孔的大石桥。又如在葑门外的黄天荡,在宋朝初年,每逢枯水期,有些地方便露出古代田岸的遗迹,当时称为"老岸"。

看到这一段文字,我心里突然地就跳了一下,我就决定把手头的一部长篇定名为"老岸"。现在回想起来,这实在是有点心血来潮,有点牵强附会。古时的"老岸"和现在的三轮车,实在是挨不上边的。在这之前,我也曾为这部长篇想过不少名字,当然是既要切合作品内容,又要有更深远一些或者是耐人寻味的意思,比如像"轮下"这样的题目,既能反映出三轮车的内容,又别有一种意味在里面,当然也不是不可取的。但是在我的心里总是过不了关的,我一直为小说的题目犯愁,好像写一部小说最难的不是把文章写出来,而是给小说取一个合适的题目。一直到我看到了"老岸"这两个字,我就确定了拿来做我的小说的题目,没有一点犹豫,也没有再动摇过。

我并不是写的水利方面的文章,不是写考古,也不是写古建筑,更不是写地形地貌什么,我却把"老岸"来作小说的题目,这正是我一直不很明白的原因。

自己也不很明白的事情,可以这么随随便便地去做吗?

自己也不很明白的事情,也许还是不做的好吧。

自己也不很明白的事情,做做也无妨吧。

其实,不很明白,并不是一点也不明白,多少还是有一点明白的,只是说不很清楚罢了。就像拿"老岸"来作我的小说题目,我多少总是有一些想法,有一些感触的。我总是觉得在"老岸"和我的这部小说之间有一种内在的联系,这种联系,是必然还是偶然,是紧密还是松散,是一种规定性还是一种随意性,这些问题,或许应该是我和读者共同面对共同思考的,至于能否解答,我想那是不重要的。

关于题目,我想说的也就这些。还有一点,就是我无意把"老岸"当作一种象征或者一种比喻。

"老岸"是什么?"老岸"什么也不是,它不是人生的某种返回,也不是社会的什么写照,它不应该也不会有超越它自身内涵的价值取向。

"老岸"就是"老岸",就是它自己,方志史书中记载的一种现象。

有许多人一辈子也没有坐过三轮车,有的地方根本就没有三轮车,因此也有的人根本就没有见过三轮车,但是另外有一些人他们踏了一辈子三轮车,或者还有另外的一些人他们乘坐过无数次的三轮车,人和人,常常就像运行中的星球,都有自己的运行轨道,永远也不会碰到一起,一旦碰到了,那就是另外的一个世界、一个天地,另外的一番景象了。

我原先也是很少有机会乘坐三轮车的,留在记忆中唯一的一次是我小时候摔破了脑袋,母亲送我去医院,是坐的三轮车。我还记得,母亲一路呻吟不止,当然是为我而呻吟。那位三轮车工人回头看我们,他问:"你们到底是谁跌破了头?"这是留在我记忆中的唯一的一段也是印象最深的一段与三轮车有关的内容。后来有很长很长的一段时间,有关三轮车的记忆好像出现了空白,其实出现空白的并不是记忆,而是历史。不仅仅是三轮车的历史。

近几年我外出的机会多了一些,每次出远门回来,如果行李比较重,那么下了火车,我总是坐一辆三轮车回家,并不是我们这个小城没有出租车或者出租车很少,恰恰是在三轮车日益要被淘汰的时候,出租车正在日益兴起,所以许多人奇怪我为什么要坐三轮车。出租车不仅有速度的优势,有气派的特点,并且有风吹不着,雨打不到这样的实实在在的好处,虽然车钱比三轮车贵一些,但是多半公家是可以报销的,即使公家不能报销,自己也不见得就拿不出这几个钱来。我不喜欢坐出租车,显然不是因为钱的原因。那么是不是对旧式的生活有一种依恋之情,乘坐一回三轮车,可以追寻一些失落的记忆?也不是的,我想我并不是一个多愁善感的人,没有更多的诗情画意,也没有更多的失落可以追寻。其实我不坐出租车的原因只有一个,我坐小车不舒服,因为颈椎有些问题,容易晕车,大凡一段火车坐下来,早已经头脑发涨,若是紧接着再钻进小车,那滋味是不大好受的,所以我就坐三轮车,原因实在也是很单纯很明白的。当然坐三轮车的次数多了,也是会坐出一些感情来的,即使不多愁善感,正常的感情总还是会产生的。

三轮车工人是各种各样的,老的少的、五大三粗的、文绉绉的、沉默寡语的、能说会道的,他们把我送到家,有的人会主动帮我把行李送上四楼,也有的在给发票时提出要加两块钱。我和他们的接触并不很多,和一般的乘客也差不多,但是他们给我的印象却是相当丰富的。一直到后来我萌发了写三轮车工人生活这样的想法,我才知道,这些人里,百分之九十五是山上下来的,也就是说除了少数老工人,年纪稍轻一些的恐怕绝大部分都是进过宫的人,这个比例曾经使我吃了一惊。

萌发写这部小说的念头,完全是一个偶然因素造成的。一次我在一家个体理发店等着弄头发,进来四个男人,个个西装革履,谈吐不俗,美发美容,做面部按摩,其中的一位对其他几个人说,你们尽管开销,今天我包了。

真是气势非凡的。女理发师忍不住问他们是做什么的,几个人就打趣,说出钱的那个人是董事长,一会儿又叫他调度,绕了几个圈子才知道这是几位三轮车工人。所有在场的人都很吃惊,谁也想不到做三轮车能做出这样的气势这样的实力来。

所有在场的人当然也包括我。

后来那位"董事长"回答大家的询问,说了这样几件事:一是说他一个人一个月的开销在两千元左右;二是说他们做外国人的生意;三是他说他们做生意都是有规矩的,至于什么样的规矩,他没有说。

我觉得很新奇,有了新奇感,就有了创作的欲望,基本上就是从那时候起,我开始酝酿写一部这方面的书了。我本来是应该跟踪采访这位"董事长"的,但是我没有这样做,为什么不这样做,那就是因为我不好意思跟踪采访,就是这样。现在因为我的作品里写了三教九流的人物,许多人都觉得我在这方面是做得很不错的,接触社会各阶层,和三教九流交朋友,其实不是这样的,我实在不是一个善交三教九流的人,我没有跟踪采访那位"董事长",等于是把一块到手的肥肉白白地扔了,这实在是很可惜很遗憾的,这种遗憾无疑是我的性格弱点造成的。

但是我虽然没有跟踪采访"董事长",我却从另外的角度切入了这个行业,这是殊途同归,还是事半功倍,那则是另外一个话题了。

是不是写什么样的人,作者自己就应该是什么样的人?这也未必,这一点大家都是明白的。如若详加说明,那就是一个文艺理论方面的问题了,在此不赘。但是另外有一点恐怕是要肯定的,那就是写什么样的人,作者必须了解什么样的人、熟悉什么样的人。我写了三轮车工人,我了解他们吗?我熟悉他们吗?一直到完成这部长篇,我也不敢说我已经很了解他们,很熟悉他们,但我也不是一点不了解,一点不熟悉。我对许多的三轮车工人,恰恰是在了解与不了解之间,在熟悉又不熟悉之间。正是由于有这样的一种状况,我写出了《老岸》。如果我这部小说是成功的,我想多少也要归功于这样的一种状况;如果我这部小说是失败的,那么其中的原因恐怕多半也在于这样一种状况。这种既了解又不了解,既熟悉又不熟悉的状况,可以说是一种距离、一种落差。文章的好坏,在于你把距离掌握在什么样的分寸,在于你把落差控制在什么样的角度。

其实,掌握距离,控制落差,在我想来,也就是体验,也就是感受。对于生活的体验,对于生活的感受,你做到了哪一步,你的小说也就写到了哪一步。

不断地体验生活,不断地感受生活,这正是我要努力去做的,也许一辈子也达不到某种标准和要求,但我还是会不断地去学习去努力的。

还想说一说巴豆。

巴豆怎么样,巴豆是高是矮,是胖是瘦,是英俊是丑陋,是坚强是软弱,是聪明是愚笨,这些都无关紧要。巴豆到底在做什么,这才是重要的。

巴豆到底在做什么,他到底想要做什么,巴豆是在追求,他为什么要追求,他追求的是什么。

在我们这个小城的三轮车队伍中,在过去曾经有过的数千名三轮车工人和现在所有的几百名三轮车工人中,恐怕不会有巴豆这样一个人。

那么,巴豆是一个虚假的人?

或者,巴豆是一个理想的人?

其实,虚假也好真实也罢,理想也好现实也罢,说到底巴豆只是小说中的一个人,是作者在感受和体验了生活之后创造出来的,所以巴豆能被人接受或者不能被人接受,这与巴豆本人是没有关系的,关系在于作者,作者对生活的体验和感受是否到位,作者的写作才能是否到家,这才是决定巴豆命运的关键。

巴豆的命运如何,现在我还不知道。

在我就要写完这部小说的时候,我无意中在上海《新民晚报》上看到一篇文章,写的是上海滩上三轮车的现状,题目我已记不很清,好像是叫"最后的风景线",或者就是类似的题目。文章说,在上海解放时,有三轮车工人八万人,现在仅存四十人。从八万到四十,真是有一种盛极而衰的意味。看了这篇文章,不知为什么,我心里生出一些怅然,生出一些忧伤。

真的,我完全不必有这种多余的想法,盛极而衰,这是规律,这是趋势。但是,我确实是有这样的感受。

1992年2月于苏州